Yoko Ogawa

Zärtliche Klagen

Roman

Aus dem Japanischen
von Sabine Mangold

atb aufbau taschenbuch

Die Originalausgabe unter dem Titel
Yasashii uttae
erschien 1996 im Verlag Bungeishunju, Tokio.

Yoko Ogawa wird durch das
Japan Foreign-Rights Centre vertreten.

MIX
Papier aus verantwortungsvollen Quellen
FSC www.fsc.org FSC® C083411

ISBN 978-3-7466-3437-1

Aufbau Taschenbuch ist eine Marke
der Aufbau Verlag GmbH & Co. KG

1. Auflage 2018

Druck und Binden CPI books GmbH, Leck, Germany
Printed in Germany

www.aufbau-verlag.de

I

Es war bereits dunkel, als wir beim Landhaus eintrafen.

»Soll ich Sie zur Tür begleiten? Sie haben so viel Gepäck«, bot sich der Taxifahrer freundlicherweise an und war schon im Begriff, die Taschenlampe aus dem Handschuhfach zu holen.

»Nein, das ist nicht nötig. Ich kenne den Weg.«

Die Handtasche unter die Achselhöhle geklemmt, griff ich beide Reisetaschen und kletterte mühsam aus dem Wagen.

»Nun gut, dann werde ich zumindest wenden, damit die Scheinwerfer Ihnen den Weg leuchten.«

Am Himmel schien der Vollmond und der Bordstein zeichnete sich im Licht der Pension »Grashüpfer« ab, sodass ich nicht völlig im Dunkeln stand. Trotzdem drehte der Fahrer hastig am Lenkrad, um die hellen Scheinwerfer auf die Bäume zu richten.

»Vielen Dank.«

Sobald ich von der Straße auf den Waldpfad abbog, wurde es noch stiller um mich herum. Nur meine Schritte auf dem Weg waren deutlich vernehmbar. Kein Lufthauch ging und die Zweige der Lärchen verschmolzen lautlos mit der Finsternis.

Unterwegs wandte ich mich noch einmal um, doch das Taxi war bereits von den Bäumen verdeckt. Allein das diffuse Licht der Scheinwerfer wies mir den Weg.

Ich hatte zwar behauptet, die Gegend zu kennen, doch tatsächlich war ich seit acht Jahren nicht mehr in dieser Gegend gewesen. Damals hatte ich hier mit meinem Mann einen kurzen Sommerurlaub verbracht. Im Jahr davor waren wir im tiefsten Winter angereist, um den Jahreswechsel zu feiern. Später war die Familie meiner Schwester dazugestoßen, und mein Mann hatte unserem kleinen Neffen das Skifahren beigebracht. Es muss kurz nach unserer Hochzeit gewesen sein, als mein Vater uns zum letzten Mal hier besuchte. Er hatte Lungenkrebs im fortgeschrittenen Stadium und war völlig ausgezehrt. Dennoch schaffte er den Weg von der Landstraße zum Haus allein.

In meiner Kindheit pflegten wir hier unsere Sommerferien zu verbringen. Zusammen mit meiner Schwester habe ich Insekten gesammelt und im Fluss gebadet; die Nachmittage verbrachten wir auf der Terrasse, wo wir die »Gesammelten Werke der Kinderliteratur aus aller Welt« lasen oder von unserer Mutter das Sticken lernten.

Natürlich war mein Vater damals noch jung und strotzte vor Kraft. Er kletterte auf jeden noch so hohen Baum, um in der Krone Nistkästen für Vögel anzubringen, oder stürzte sich in die rauschenden Wildwasser-Kaskaden.

Noch heute habe ich seinen nassen Oberkörper vor Augen, die Wasserperlen, die im Sonnenlicht auf seiner Haut schimmern. Es gab nicht das geringste Anzeichen für einen wuchernden Tumor und erbärmliches Siechtum. Die Welt mochte sich weiterdrehen, aber die Tage auf dem Land würden alle Ewigkeit überdauern, davon war ich überzeugt. Seine Brust strahlte eine Zuversicht aus, die mich in Sicherheit wiegte.

Die beiden Taschen waren übervoll, aus dem klaffenden

Reißverschluss der einen lugte sogar ein Stoffzipfel hervor. Es war das Cocktailkleid, das ich mir anlässlich der Praxiseröffnung meines Mannes gekauft hatte.

Wieso hatte ich es mitgenommen? So etwas Dummes! Was hatte ein Kleid aus Seide bei einer Flucht in die Berge verloren? Ich musste über mich selbst lachen, über meinen merkwürdigen Einfall. Während ich noch darüber den Kopf schüttelte, verließ mich plötzlich der Mut, ich fühlte mich hilflos. Die Tragegriffe schnitten mir schmerzhaft ins Fleisch. Das Gepäck wog derart schwer, dass ich kaum vorankam. Um mich herum gab es nur den finsteren Wald.

Schließlich stieg der Pfad sanft an und machte einen Bogen nach rechts. Am äußeren Rand der Kurve kam das Haus in Sicht, es sah aus wie eh und je – mit dem Ziegelschornstein und der hellblau getünchten Terrasse.

Was für ein Glück, dachte ich erleichtert.

Seitdem ich Tokio verlassen hatte, war ich von der grundlosen Angst befallen gewesen, dass es das Haus nicht mehr geben könnte. Ich fragte mich, ob nicht nur das Gebäude, sondern die gesamte Landschaft aus meiner Erinnerung in eine unerreichbare Ferne gerückt sei.

Vermutlich versuchte ich mit derart diffusen, abstrusen Gedanken lediglich die ganz banalen Sorgen, die einen Ausreißer plagen mögen, zu verdrängen: beispielsweise, wer sich um die am kommenden Sonntag fällige Reinigung der Rinnsteine kümmern würde. Und wie ich ohne Auto Einkäufe erledigen konnte, oder, schlimmer, was ich tun sollte, wenn mir das Geld ausging?

Aber die Landschaft war nicht verschwunden. Sie erwartete mich wie ein treuer Hüter meiner Erinnerung.

Ich drehte den Schlüssel im Schloss und stieß die Tür auf. Nachdem ich mein Gepäck in der Diele abgestellt hatte, knipste ich die Beleuchtung am Portal mehrfach an und aus, um dem Fahrer ein Signal zu geben. Ob er es wahrgenommen hatte? Jedenfalls hörte ich kurz darauf ein Hupen und sah, wie sich das Licht jenseits der Bäume entfernte.

»Was mag das für ein Stück sein?«, murmelte ich beim Verquirlen der Eier, die ich in einer Schüssel aufgeschlagen hatte.

»Hm …«

Mein Mann blätterte in der Zeitung.

Ich habe dich doch gar nicht gefragt, sondern nur mit mir selbst geredet. Diesmal sprach ich es nicht aus und murmelte es im Stillen. Ich stellte die Pfanne aufs Feuer und rührte die Eier erneut gründlich durch.

»Jedenfalls klingt es nicht nach einer bloßen Fingerübung.«

Es war Sonntag, spät am Morgen, die Sonne stand schon hoch am Himmel. Seit dem Aufwachen hörten wir ununterbrochen das Spiel einer Geige. Der zehnjährige Junge von nebenan übte Violine. Vor zwei Wochen war seine Mutter zu uns gekommen, um sich vorsorglich für die Störung zu entschuldigen, da ihr Sohn wegen eines bevorstehenden Wettbewerbs möglichst bis abends zehn Uhr üben sollte.

Tagtäglich spielte er unablässig nur dieses eine Stück. Mit der Zeit kannte ich die Melodie auswendig und wusste sogar, an welcher Stelle er immer wieder patzte. Genau um zehn beendete er, sich an die Verabredung haltend, seine Übungen.

»Das Stück hat doch bestimmt einen Titel.«

Ich gab Champignons, zerdrückte Tomaten und Käse in die Schüssel. Mit dem Ei vermengte sich alles zu einer zähen Masse.

»Woher willst du das so genau wissen?«, brummte mein Mann, ohne den Blick von seiner Zeitung zu wenden.

»Jede Komposition hat einen Titel. Suite Nr. 1 oder Konzert Nr. 2, das klingt doch vornehm.«

Das erhitzte Öl zischte, als ich die Ei-Masse in die Pfanne goss, und das Brutzeln übertönte teilweise meine Stimme. Daraufhin schwiegen wir beide. Obwohl ich mich an dieses Schweigen gewöhnt hatte, erschien es mir wie ein kleiner Trost, als die Violine ihr Spiel fortsetzte.

Für einen Jungen von zehn Jahren fand ich das Stück in Moll ziemlich melancholisch.

Die Melodie begann in einer gedankenversunkenen Stimmung und wandelte sich zunehmend. An seinem Höhepunkt bäumte sie sich zu einer mäandernden Woge auf, ohne dass die einzelnen Töne zerstreut umherflirrten, sondern sich einfach nur auf dem Trommelfell schwebend überlagerten. Aber vielleicht hatte dieser Eindruck weniger mit der Natur des Stückes zu tun als mit der mangelhaften Technik des Jungen. Der Klang war unrein, und unmittelbar vor dem Höhepunkt ließ er beim Tonwechsel die letzte Note aus.

»Irgendwie klingt es osteuropäisch, nach Budapest oder Sofia«, sagte ich.

Die glibberige Masse schlug bereits Blasen. Den Pfannenstiel mit beiden Händen umfassend, beobachtete ich, wie langsam der Käse schmolz.

»Obwohl du noch niemals dort gewesen bist …«, warf er ein.

Mein Mann faltete sorgfältig die Zeitung zusammen, nachdem er sie vollständig ausgelesen hatte. Es war eine Geste, die so gar nicht zum Ton seiner Stimme passte.

»Ich stelle mir ein Dorf in Osteuropa vor, wo ein hübscher Jüngling mit kastanienbraunen Augen in der Abenddämmerung diese Melodie summt. Ringsumher blüht der Mohn, und auf einem Hügel erkennt man das verfallene Gemäuer einer Schlossruine und einen Kirchturm.«

»Was für Hirngespinste …«

»Und das Stück hat gewiss einen schönen Titel.«

»Da wäre ich mir nicht sicher …«

Mit dem Bratenwender schichtete ich die Masse zu einem Omelett auf. Der wabernde Brei nahm langsam eine feste Form an.

»Mir ist so, als hätte ich das Stück früher schon einmal gehört.«

»Das glaubst du nur, weil du es tagaus, tagein zu hören bekommst.«

»Wenn ich tagsüber hier alleine herumsitze, dann überkommt mich das Gefühl, dass mir der Titel, den ich eigentlich gar nicht kenne, förmlich auf der Zunge liegt.«

»Ich möchte jetzt einfach nur noch das Omelett essen.«

»Wie bitte?«, gab ich zurück.

»Das Omelett!«, erwiderte er, als würde er ein vulgäres Wort in den Mund nehmen.

»Du siehst doch, dass ich es gerade zubereite.«

»Mir ist dieses stümperhafte Geschrammel von dem Bengel nebenan wirklich egal.«

»Es gibt doch einen Wettbewerb. Deshalb muss er so viel üben.«

»Will er etwa mit diesem Gefiedel auftreten?«

»Das ist doch nicht seine Schuld.«

»Na gut, dann kann eben niemand etwas dafür. Im Übrigen verlange ich nichts Besonderes. Ich will einfach nur mein Omelett essen, und zwar in Ruhe und Frieden.«

»Dann verrat mir den Titel!«

Im diesem Moment brach das Violinspiel ab. Hatte der Junge vielleicht die Stimme meines Mannes vernommen? Oder legte er einfach nur eine Pause ein?

»Meinetwegen Osteuropa oder Mohnblüten, was geht mich das an!«

Er erhob sich, wobei er mit einem lauten Scharren den Stuhl beiseiteschob, nahm Schlüsselbund, Geldbörse und Feuerzeug von der Ablage auf dem Fernseher und fuhr mit dem Auto davon. Zu ihr.

In der Pfanne brannte das Omelett an. Ich drehte schnell das Gas aus und warf den trockenen Klumpen ins Spülbecken.

Er hatte doch sowieso vorgehabt, sich heute mit ihr zu treffen. Es lag also nicht an der Violine.

Der Junge übte weiter. Der Anfang gemächlich, ein kleines Intervall, ein akzentuierter Rhythmus …

Es klappte hervorragend. Wenn der Junge auch den Übergang zum Höhepunkt meistern würde, hätte er vom Auftakt bis zum Ende perfekt gespielt. Trotzdem scheiterte er, wie zu erwarten war, an der üblichen Stelle.

Nachdem mein Mann weggefahren war, begann ich mit den Vorbereitungen für meine Abreise. Aus der hintersten Ecke

des Kleiderschranks holte ich die beiden größten Reisetaschen hervor und stopfte sämtliche Kleidungsstücke, derer ich habhaft werden konnte, und alle Utensilien, die ich für meine Arbeit benötigte, hinein: eine Sammlung von Federhaltern und Pinseln, Tinte, Papier, ein Lineal. Nach kurzer Überlegung nahm ich auch noch einige Medikamente, meine Kreditkarte und den Lockenstab mit.

Als Nächstes schickte ich ein Fax an meine Auftraggeberin, um ihr meine geänderten Kontaktdaten mitzuteilen, und prüfte den Fahrplan des Shinkansen in Richtung Osten, bevor ich schließlich im Grashüpfer anrief. Früher hieß die Pension »Asahiya«, deren Wirtin mein Vater mit der Verwaltung des Landhauses betraut hatte, nachdem es erbaut war.

Ich sagte ihr, dass ich heute alleine kommen würde, und sie möge entschuldigen, dass ich sie so plötzlich mit der Bitte überfiel, das Haus für mich vorzubereiten.

Die Wirtin war ganz gerührt, als sie mich nach so langer Zeit am Telefon vernahm, und stellte keine aufdringlichen Fragen. Ich fügte als Ausrede hinzu, dass ich einen wichtigen Auftrag zu erledigen habe und mich auf die Arbeit konzentrieren müsse.

Alles verlief reibungslos, viel besser, als ich erwartet hatte. Ganz so, als hätte ich es lange im Voraus geplant.

Vor drei Jahren hatte ich gemerkt, dass mein Mann eine Geliebte hatte, aber zwischen uns war schon zuvor vieles schiefgelaufen. Einer von uns beiden hatte bereits vorgeschlagen, getrennt zu leben, sogar von Scheidung war die Rede. Wenn man alle harmonischen Phasen in unserem zwölfjährigen Eheleben zusammenzählen würde, käme nur eine sehr kurze Zeitspanne heraus, in der wir uns einmal nicht ge-

stritten haben. Und dann passierten alle möglichen Dinge in meinem Leben: Mein Mann machte sich selbstständig und eröffnete eine Augenarztpraxis in der Innenstadt, mein Vater verstarb und ich fasste als Kalligrafin Fuß. Letzten Endes haben wir den unausgegorenen Zustand unserer Beziehung einfach beibehalten.

Aus welchem Milieu seine Geliebte stammt, ist mir nicht bekannt. Es könnte die Orthoptistin sein, die er damals kennengelernt hatte, als er noch in der Klinik beschäftigt war, aber ich selbst bin ihr nie begegnet. Mein Mann pendelt zwischen zwei Haushalten hin und her.

Natürlich war ich nicht glücklich mit der Situation, aber mich klammheimlich aus dem Staub zu machen, scheint mir auch keine geeignete Lösung zu sein. Das würde ihn bestimmt maßlos ärgern und die ganze Situation noch verschlimmern. Aber ich konnte nicht mehr tatenlos zusehen.

Als die Violine sich von einem bedeutsamen Ton lossagte und sich in den Schwingungen des heiseren, rauen Nachhalls verlor, kam mir plötzlich das Landhaus in den Sinn. Ich war seit Jahren nicht mehr dort gewesen, konnte mich jedoch noch lebhaft an jedes Detail in dem geräumigen, wenn auch schlichten Gebäude erinnern. Das Haus würde mir Unterschlupf bieten und Geborgenheit schenken.

Ohne eine Zeile zu hinterlassen, ohne die schmutzige Pfanne abzuwaschen, eine halbe Tomate auf dem Schneidbrett zurücklassend, ging ich fort.

2

Dass ich glaubte, alles sei unverändert, hing damit zusammen, dass ich nachts eingetroffen war. Als ich am nächsten Morgen die Umgebung genauer in Augenschein nahm, stellte ich durchaus einige Veränderungen fest, die im Laufe der Jahre eingetreten waren.

Dank der Wirtin des Grashüpfers waren Fenster und Böden geputzt, die Betten frisch bezogen, ohne klamm zu sein, und auch die Wasserleitungen und Öfen funktionierten einwandfrei. Dennoch hatte die Zeit ihre unvermeidlichen Sedimente wie eine Art Patina über alles gelegt.

Das Sofa stand zwar noch genauso wie in meinen Kindertagen, aber sein stumpfer, spröder Lederbezug gab einem das Gefühl, als hätte es seit Langem keinen menschlichen Kontakt mehr genossen.

Das Bücherregal, wo einst die »Gesammelten Werke der Kinderliteratur aus aller Welt« gestanden hatten, war leer geräumt worden, bis auf zwei alte Kochbücher in verblichenen Farben. Eines hieß »Gerichte für jeden Tag«, das andere »Backrezepte für alle zwölf Monate«. Auf dem Umschlag des Letzteren war ein Haufen Mehl mit Butterflöckchen abgebildet.

Auch die wenigen Bilder, die einst die Wände geschmückt hatten, waren verschwunden. Meine Mutter, der im fortgeschrittenen Alter die Anreise zu beschwerlich geworden

war, hatte sie wahrscheinlich mit zu sich nach Hause genommen. Auf den ausgeblichenen Tapeten konnte man noch die helleren Quadrate erkennen, die vom Sonnenlicht verschont worden waren.

Ich konnte mich noch gut an das Stillleben erinnern, das über der Stereoanlage hing. Es zeigte eine Glasschale, drei Turteltauben und einige Maiskolben. Die toten Vögel lagen einträchtig nebeneinander, und mit ihrem blutbefleckten Gefieder sahen sie aus, als seien sie gerade erst erlegt worden.

Gleich nach dem Aufwachen war ich auf die Terrasse hinausgetreten. Etwas anderes fiel mir im Moment nicht ein. Ich hatte alles durchstöbert, aber nichts Essbares gefunden, nicht einmal Tee zum Aufbrühen gab es.

Die Terrasse war mit Tau benetzt und glitzerte in der Morgensonne. Die hellblaue Wandfarbe blätterte an vielen Stellen ab, und einige der Stützstreben des Geländers lagen zerbrochen im Garten.

Von der Westseite aus trat ich auf jede einzelne Bodenplanke und zählte sie schrittweise ab. Eine von ihnen hatte früher gequietscht, als würde eine Katze miauen, und meine Schwester hatte mir damit oft Angst eingejagt: »Wenn du darauf trittst, wird dir nachts im Traum eine Geisterkatze erscheinen.«

Eins, zwei, drei, vier … Tatsächlich! Es quietschte. Die Diele unter meinem Fuß gab einen jämmerlichen Klagelaut von sich.

Kurz vor Mittag brachte mir die Wirtin die im Voraus bestellten Lebensmittel und ein paar Dinge für den täglichen Bedarf vorbei.

»Verzeihen Sie, dass ich Ihnen so viele Umstände bereite.«

Wir setzten uns auf die Bank auf der Terrasse.

»Aber nicht doch. Die Feiertage sind ja vorbei, jetzt kann ich durchatmen. Außerdem muss ich doch sowieso täglich einkaufen gehen, da machen mir ein paar Sachen mehr oder weniger nichts aus.«

Die Wirtin schien überhaupt nicht gealtert. Sie war immer noch die dickste Frau, der ich jemals begegnet bin. Überall hatte sie Speckrollen und Fettpölsterchen: an den Fingerkuppen, hinter den Ohren, an den Fesseln, am Grübchen des Kinns. Weiß, prall und zart, dass man unwillkürlich Lust verspürte, sie anzufassen. Sie bewegte sich mit einer wiegenden Geschmeidigkeit und plapperte unbekümmert daher.

»Trotz meiner kurzfristigen Ankündigung haben Sie alles sauber bekommen.«

»Haben Sie denn gut schlafen können?«

»Ja, vor allem, wenn man bedenkt, dass ich zum ersten Mal ganz allein hier bin.«

»Damals, als wir noch eine Herberge waren, herrschte hier ein ziemlicher Trubel, was? Ihr wart noch so klein, Ihre Schwester und Sie, Ruriko.«

Den Kopf zur Seite geneigt, senkte sie ihre Handfläche.

»Wie geht es Ihrer Frau Mama?«

»Ach, ihr Rheuma hat sich verschlimmert. Sie wohnt jetzt bei meiner Schwester. Seit dem Tod meines Vaters hat sich ihr Gesundheitszustand abrupt verschlechtert.«

»Wie lange mag das her sein?«

»Zehn Jahre. Man glaubt es kaum, die Zeit vergeht wie im Flug, nicht wahr? Es ist, als wäre keine einzige Minute verstrichen …«

»Ja, das stimmt!«

Wolken zogen über den Himmel. Während wir schweigend dasaßen, konnten wir die verschiedensten Geräusche wahrnehmen: das Rascheln von Blättern, Vogelgezwitscher, ab und zu ein säuselnder Windhauch. Vielleicht lag es am Verschmelzen all dieser Töne, dass ich trotzdem eine tiefe Stille empfand.

»Aber hier hat sich so gut wie nichts verändert, oder? Es scheinen kaum neue Häuser gebaut worden zu sein.«

»Weil die Immobiliengesellschaft bankrott ist. Aber es hat sich schon einiges geändert, was auf den ersten Blick nicht auffällt. Unsere Katze ist tot, die Ziege ebenfalls. Und einige Leute aus der Nachbarschaft sind auch gestorben. Nun ja, da kann man nichts machen.«

»Ach, die Ziege ist tot?«

Ich hatte ab und zu beim Melken geholfen.

»An ihrer Stelle haben wir jetzt einen Pfau.«

»Einen Pfau?«

»Ja, einen richtigen Pfau. Kommen Sie doch mal vorbei, um ihn anzuschauen. Er schlägt ein Rad auf mein Kommando! Wirklich! Ich habe es ihm beigebracht. Also dann, falls Sie noch irgendetwas brauchen, scheuen Sie sich nicht, mir Bescheid zu sagen.«

Sie erhob sich und stieß dabei mehrmals mit ihrem dicken Bauch gegen die Tischkante. Ich gab ihr das Geld für die Einkäufe, eingewickelt in ein Stück Papier, das ich gefunden hatte. Mit einer Verbeugung nahm sie es mit beiden Händen entgegen. Ihre mollige Erscheinung ließ jede ihrer Gesten gefühlvoll erscheinen.

»Die nächsten Male komme ich aber bei Ihnen vorbei, um die Sachen zu holen.«

»Nein, nein! Ich muss mich doch ein bisschen bewegen. Wenn ich noch dicker werde, passe ich irgendwann nicht mehr durch die Toilettentür.«

»Oje, glauben Sie? Haben Sie jedenfalls vielen Dank für alles.«

»Gern geschehen. Auf Wiedersehen.«

Zum Abschied winkend, entfernte sie sich auf dem Waldpfad. Ein Laubblatt hatte sich in ihrem weißen Haarknoten verfangen.

Die nächsten Tage verliefen ereignislos. Es passierte nichts. Ich verließ weder das Haus, noch wechselte ich mit irgendjemandem ein Wort. Ich verbrachte die Zeit damit, in den beiden Kochbüchern, die als Einzige noch im Regal standen, zu blättern oder auf der Terrasse zu sitzen, Tee zu trinken und dabei Radio zu hören. Unten im Schrank entdeckte ich alte vergilbte Zeitungen, die von wundersamen, höchst verwickelten Vorfällen berichteten. Ein Mann mittleren Alters, der mit einer Pilotenuniform bekleidet als Heiratsschwindler sein Unwesen trieb, war verhaftet worden. Die Gäste eines Hochzeitsbanketts hatten sich beim Hummeressen mit Cholera infiziert; ein Löwe und ein Leopard hatten einen Mischling gezeugt; eine Frau hatte einen Mann mit einer Ahle erstochen, weil er sie verlassen wollte. Ich las diese Geschichten wie Märchen aus einem fernen Land.

Das schöne Wetter hielt an, der weite Himmel zeigte tagsüber immer das gleiche Blau. Die Fensterläden der anderen Hütten waren allesamt geschlossen. Hin und wieder erblickte ich Gestalten, offenbar Einheimische, auf dem Pfad,

der am Haus vorbeiführte, aber sie nahmen keine Notiz von mir.

Wenn die Nacht hereinbrach, schloss ich die Fenster, verriegelte die Haustür und zog mich in das europäisch eingerichtete Zimmer im oberen Stockwerk zurück, um zu arbeiten. Die Stille lastete auf meinen Ohren, und wenn ich müde wurde, begab ich mich zu Bett.

Meistens konnte ich nicht einschlafen. Sobald ich die Augen schloss, hatte ich das Gefühl, von einer tiefen Finsternis verschluckt zu werden. Nirgendwo dort gab es einen Halt oder Wärme.

Ich hatte zahllose Nächte, in denen mein Mann nicht nach Hause kam, in Einsamkeit verbracht. Es ging nur um ihn, er fehlte mir. Ich hatte mir sehnsüchtig gewünscht, er möge nach Hause kommen und alles würde sich regeln.

Aber es war eine andere Art von Finsternis, die mich hier im Wald heimsuchte. Die eisige Kälte, die sich in meinem Herzen breitmachte, ließ mich erstarren. Ich begriff, dass selbst seine Gegenwart diesen angstvollen Zustand nicht würde ändern können. Es war viel eindringlicher, überwältigender. Ein Gefühl, als befände ich mich auf dem Meeresgrund, einsam, fern von allem Licht.

Es war nicht mein Mann, nach dem ich mich sehnte. Sondern ein warmer Lichtstrahl, der nur mich erleuchtete. Dies wurde mir in jenem Moment zum ersten Mal bewusst.

Er meldete sich nicht. Das Telefon duckte sich in die Ecke und gab keinen Laut von sich.

Meine kargen, einsamen Mahlzeiten waren schnell eingenommen. Wie sehr ich mir auch bei der Zubereitung Mühe gab, die Zeit kroch nur langsam voran. Ich putzte Salat,

kochte Spargel, raspelte Karotten und bereitete mir daraus ein Mahl. Obwohl ich mich fast nur davon ernährte, wurde der Salatkopf nicht kleiner, ganz gleich, wie viele Blätter ich von ihm abzupfte. Dann erwärmte ich eine Maissuppe aus der Dose und legte dazu eine Scheibe Baguette auf den Teller. Das war's. Im Spülbecken blieben nur die schmutzige Kasserolle und Karottenschalen zurück.

Wenn ich auf die Rückkehr meines Mannes wartete, habe ich oft gedankenversunken dagesessen und auf das Essen gestiert, das ich eigens für ihn gekocht hatte. Es waren Gerichte, für deren Zutaten ich oft zu entlegenen Märkten gefahren war und für die ich ganze Nachmittage brauchte, um sie zuzubereiten. Ich schaute zu, wie die Sauce kalt wurde, das Gemüse trocken, das Fleisch dürr. Irgendwann konnte ich nicht mehr unterscheiden, ob es das Essen war oder mein eigenes Herz, was da vor meinen Augen verkümmerte.

Das Grausamste daran war, wenn sich mir am nächsten Morgen der gedeckte Tisch genauso darbot wie am Abend zuvor. Ich kippte dann alles in die Mülltonne. Es wäre mir nie in den Sinn gekommen, die Speisen, die stehen geblieben waren, weil mein Mann die Nacht mit einer anderen Frau verbrachte, selbst zu verzehren.

Während ich die Maissuppe löffelte, wanderte mein Blick unwillkürlich zum Telefon hinüber. Wann mochte es ihm wohl aufgefallen sein, dass ich weg war? Versuchte er mich dort zu erreichen, wo er mich vermutete? Die Auswahl an Möglichkeiten war beschränkt. Infrage kamen lediglich meine Familie und eine Handvoll Freunde. Keine Ahnung, ob seine Vorstellungskraft ausreichte, auch das Landhaus in Be-

tracht zu ziehen. Vermutlich würde er allein schon die Idee als unsinnig verwerfen.

Der Teller Suppe war im Nu leer. Ich war soeben der Illusion verfallen, dass er mich anrufen würde. Das durfte ich mir nicht erlauben.

Am fünften Abend, ich nahm gerade ein Bad, fing es an zu regnen. Kaum hörte ich die ersten Tropfen aufs Dach schlagen, wurde das Prasseln zunehmend stärker, bis binnen weniger Minuten ein heftiges Unwetter tobte.

Ich saß in der Wanne und schaute zum Fenster hoch, wo das Wasser gegen die Scheiben trommelte. Draußen war es stockdunkel. Der Regen brandete schubweise in Wogen heran. Es war ein Wolkenbruch, der alles zu zersprengen drohte: das Haus, die Bäume, den Himmel.

Bei dem draußen herrschenden übermächtigen Brausen erschien mir das Badezimmer umso stiller. Ich hatte mich offenbar übernommen, mein rechter Arm war ganz taub. In letzter Zeit erholte ich mich nicht mehr so leicht von der Anstrengung meiner Arbeit. Vom Halten der Feder war der Mittelfinger meiner rechten Hand durch eine verhornte Stelle ganz krumm geworden. Meinem Mann war diese Beule unheimlich. Er sagte, sie sehe aus, als könnte sie jeden Moment aufplatzen und eine Raupe herausschlüpfen.

Deshalb hatte ich es mir angewöhnt, in seiner Gegenwart meine Hände zu verbergen. Ich trug weder Ringe noch Armbänder, und ich lackierte mir auch nicht die Fingernägel. So hatte mein Körper in seinen Augen allmählich an Reiz verloren. Nicht bloß der Mittelfinger, sondern auch

meine Ohrläppchen, mein Nacken, mein Rücken, meine Brüste.

Zum Regen gesellten sich Donner und Blitze, die am Himmel zuckten. Selbst durch die beschlagene Luke sah ich die hellen Lichtreflexe. Nackt wie ich war, kam ich mir noch verletzlicher vor, und in dem Moment, als ich mich erhob, um aus der Badewanne zu steigen, gab es einen Kurzschluss.

Notgedrungen kauerte ich mich wieder ins Wasser. Um mich herum war nur Finsternis. An den Wannenrand gelehnt, betrachtete ich, sobald es draußen blitzte, meinen kurz beleuchteten Körper.

Wie lange mochte das nun schon dauern? Das elektrische Licht flackerte nicht einmal kurz auf, während das heftige Unwetter immer weiter tobte.

Plötzlich war mir, als hörte ich eine Stimme. Zuerst vernahm ich sie ganz schwach, wie das Summen eines Insekts, das sich in die Pausen zwischen dem Donnergrollen schlich. Vielleicht hatte ich mich auch verhört, und es war nur eine Einbildung, aber dann wurde sie immer lauter. Es war nicht mehr zu leugnen.

»Hallo?«, hörte ich jemanden deutlich rufen.

Es war eine Frauenstimme.

»Hallo, ist jemand da?«

Diesmal war gleichzeitig ein Klopfen an der Tür vernehmbar. Im selben Moment ertönte ein heftiger Donnerschlag.

Wer sollte das sein? Unangemeldet, und dann noch bei diesem Unwetter? Ich verspürte jedoch kein Unbehagen, denn die Stimme der Frau hatte sehr zurückhaltend geklungen.

»Frau Hino? Frau Ruriko Hino? Sind Sie da?«

Ich griff nach meinem Bademantel, zog ihn über und stolperte zur Haustür.

»Entschuldigen Sie bitte, dass ich Sie einfach so überfalle.«

Als sei das schlimme Unwetter ihr Verschulden, senkte sie den Kopf, die Kapuze ihres Regencapes hatte sie tief ins Gesicht gezogen.

»Die Wirtin des Grashüpfers hat mich gebeten, Ihnen eine Kerze und Streichhölzer zu bringen. Von mir aus ist es nicht so weit wie von der Pension.«

Sie legte ihre Taschenlampe auf der Kommode ab und hob das Cape ein wenig an, um in die Hosentasche ihrer Jeans zu greifen. Sie holte die wegen der Nässe in Zellophan gewickelte Kerze und die Streichholzschachtel hervor.

»Oje, jetzt mussten Sie wegen mir aus dem Haus, und das bei diesem Unwetter!«

»Die Wirtin war besorgt, weil die Notbeleuchtung ausgefallen ist. In dem Fall ist die Stromversorgung für längere Zeit unterbrochen.«

Ihr Cape triefte vom Regen, in der Diele hatte sich gleich eine Pfütze gebildet. Sie zog die Kapuze herunter. Das Licht der Taschenlampe beleuchtete ihr Profil. Eine junge Frau mit hellem Teint und feinen Gesichtszügen. Sie trug ihr Haar kurz und war ungeschminkt. Doch ihr Blick war ausdrucksstark und die Lippen schimmerten in einem natürlichen frischen Rot. Unter dem linken Jochbein hatte sie einen Leberfleck. Über ihr Gesicht perlten Regentropfen.

»Treten Sie doch bitte ein. Hier auf der Schwelle kann ich Ihnen schlecht danken.«

»Nein, ich muss gleich wieder zurück. Ich wollte das nur schnell vorbeibringen.«

Ich nahm Kerze und Streichhölzer entgegen.

»Aber ist es nicht zu riskant, bei diesem Unwetter draußen herumzulaufen? Es wäre doch besser, Sie warten hier, bis es sich beruhigt hat. Besonders die Blitze können gefährlich werden.«

»Das geht schon. Sie treffen uns hier nicht. Am Wasserspeicher ganz in der Nähe gibt es einen Blitzableiter.«

Schüchtern senkte sie beim Sprechen den Blick. Sie war höflich, ohne dabei steif zu wirken, ganz im Gegenteil, sie besaß eine ungezwungene, offenherzige Art.

»Außerdem habe ich es nicht weit. Es ist gleich da drüben.«

Mit der linken Hand zeigte sie Richtung Norden. Jedes Mal, wenn sie sich bewegte, tropfte es an ihr herunter. Das Regencape war offensichtlich eine Männergröße, denn es bauschte sich unförmig auf, was sie recht zierlich aussehen ließ.

»Also noch tiefer im Wald?«

»Ja, am Ende des Pfades. Ein Bach führt dort entlang und gleich dahinter kommt eine steile Böschung.«

Ich wusste, welches Haus sie meinte. Es war das mit dem ziegelroten Dach. Davor befand sich ein Feld mit Kohl und Kartoffeln. Als Kinder durften wir über das Grundstück laufen, wenn wir im Bach angeln wollten, und meine Mutter lieh sich manchmal dort Gewürze aus, wenn ihr welche fehlten. Damals lebte dort ein kinderloses altes Ehepaar, weshalb ich mich fragte, in welcher Beziehung die junge Frau zu ihnen stehen mochte.

»Also dann auf Wiedersehen.«

Sie zog die Kapuze über den Kopf und öffnete geschwind die Tür.

»Vielen Dank für alles. Im Haus war es stockfinster, ich hatte eine ziemliche Angst.«

»Wenn Sie allein sind und sich fürchten, kommen Sie ruhig vorbei. Sie bleiben doch sicher noch eine Weile, oder?«, vergewisserte sie sich, bevor sie endgültig im Regen verschwand.

»Kommen Sie gut nach Hause!«, rief ich ihr hinterher.

Sie winkte, ohne sich umzudrehen. Nur die Pfütze auf dem Boden blieb zurück.

Am nächsten Morgen hatte sich das Unwetter verzogen. Die Sonne strahlte wie tags zuvor. Es war überall noch feucht, aber der Wald sah unverändert aus, als wäre nichts geschehen.

Ich rief die Wirtin an, um mich bei ihr für die Aufmerksamkeit am gestrigen Abend zu bedanken, und konnte bei der Gelegenheit, da ihr Einkaufstag war, meine kleine Wunschliste übermitteln: Mehl, Backpulver und Vanillezucker.

Von ihr erfuhr ich, dass die alten Leute aus dem Haus mit dem ziegelroten Dach längst verstorben waren. Nach ihrem Tod war das Haus lange Zeit leer gestanden, bis ein gewisser Herr Nitta aus Tokio es vor fünf, sechs Jahren erworben hatte. Dieser Nitta fertigte Musikinstrumente, und die junge Frau, die mir gestern die Kerze vorbeigebracht hatte, war seine Assistentin.

»Musikinstrumente?«

»Ja, wie heißt das doch gleich ... Ich frage ihn immer danach, vergesse es aber sofort wieder ...«

Sie schien am anderen Ende der Leitung nachzudenken, kam jedoch zu keinem Ergebnis.

Am Nachmittag, als die bestellten Sachen geliefert wurden, holte ich den kleinen Ofen aus dem Küchenschrank und backte Kekse.

Das uralte Gerät schien jahrelang nicht benutzt worden zu sein, und ich hatte schon die Befürchtung, dass es gar nicht mehr funktionierte, aber als ich den Thermostat einstellte, erreichte er wie gewünscht die Temperatur von 180 Grad.

»Backrezepte für alle zwölf Monate«, eines der beiden Kochbücher, kam nun zum Einsatz. Mit den frisch gebackenen Keksen machte ich mich anschließend auf den Weg zum Haus des Instrumentenbauers.

Als ich ans Ende des Pfades gelangte, breitete sich zu meiner Überraschung eine große Lichtung vor mir aus. Wo früher der Gemüseacker gelegen hatte, war nun Brachland, auf dem eine Halle stand, die offenbar als Lager diente. Ganz am Rand des Grundstücks, halb abgewandt vom Weg, erblickte ich das Haus.

Als ich näher kam, konnte ich deutlich das Murmeln des Bachs hören. Durch das weit geöffnete Fenster war etwas erkennbar, das an das Bein eines verzierten Möbelstücks erinnerte.

»Oh, Sie kommen uns besuchen?«, rief sie mir freundlich zu, und schon stand sie vor mir.

Im Sonnenlicht wirkte ihre Haut blass und makellos. Das

am gestrigen Abend klatschnasse Haar war nun trocken und seidig und ließ ihre hübschen Ohren erkennen.

»Vielen Dank noch einmal für gestern Abend. Sie haben mir wirklich sehr geholfen.«

Ich überreichte ihr die Kekse. Sie hielt das Päckchen mit beiden Händen, versenkte ihr Gesicht darin und lobte mich, wie gut sie dufteten.

»Bitte, kommen Sie doch herein. Es trifft sich gut, ich bin gerade dabei, Tee zuzubereiten.«

»Störe ich Sie denn nicht bei der Arbeit?«

»Nicht im Geringsten. Treten Sie ein!«

Sie öffnete mir weit die Tür und winkte mich hinein.

Solch einen Raum hatte ich mein Lebtag noch nicht gesehen. Ein Dielenboden von sechzehn Tatamis, mit ausgeblichenen Flecken übersät. Auch die Wände und die Decke waren voll davon. Die hölzernen Stützpfeiler waren zerkratzt, die Fensterrahmen aus Metall stellenweise angerostet, und trotzdem wirkte es keineswegs schäbig. All diese Gebrauchsspuren verliehen dem Raum einen eher würdevollen Charakter.

Im Regal an der Wand, die nach Norden ging, zierte Nippes aus Glas, ordentlich aufgereiht, die Borde: kleine Teller, Bonbonnieren, Parfümflakons, Arzneifläschchen, Weinkelche, Likörgläschen. Blau, rosa, orangefarben, milchig weiß. Ein umfangreiches Sortiment.

Von irgendwoher kam ein Hund angelaufen. Er sprang um mich herum und rieb sein Gesicht an meinen Beinen. Es war ein dunkelbrauner Mops.

»Entschuldigung. Haben Sie keine Angst, er beißt nicht. Er ist eigentlich ganz zahm, aber schon ziemlich alt und kann

nicht mehr richtig sehen und hören. Deshalb beschnüffelt er jeden Gast, um festzustellen, mit wem er es zu tun hat. He, Dona, lass das, komm her!«

Sie klopfte dem Mops auf den Rücken, woraufhin er eine Art Rülpsen von sich gab.

Auf einer Kommode stand ein Telefon mit Faxgerät, daneben lagen ein Stapel Briefe und ein Notizblock. Inmitten des Zimmers befand sich ein runder Tisch mit vier unterschiedlichen Stühlen, und in einer Ecke stand eine Stereoanlage.

Außerdem entdeckte ich zwei Paar an die Wand gelehnte Skier, eine Reihe von Werkzeugkästen, die über das Zimmer verteilt waren, einen achtlos hingeschmissenen alten Lederkoffer und verschiedenartige Lampen, die von der Decke baumelten.

Der restliche Raum war mit Musikinstrumenten und seltsamem Zubehör vollgestellt. Holzflöten verschiedenster Größen und Orgelpfeifen an der Wand, noch nicht fertiggestellte Geigen, ein Harmonium, Triangeln, Hörner, Akkordeons, Notenständer, Partituren, Metronome.

Ganz besonders fielen mir jedoch die Instrumente auf, die aussahen wie Miniaturflügel. Es waren drei, die links vom Eingang auf der Fensterseite ganz hinten im Raum standen.

Ich wies auf das erste, das sich direkt neben dem Fenster befand.

»Das ist ein Cembalo«, sagte eine Männerstimme.

»Ein Cembalo …«, wiederholte ich im gleichen Tonfall. Das Wort hatte einen wundervollen Klang.

»Sie wissen, was das ist?«

»Nein, ich sehe es zum ersten Mal«, erwiderte ich ehrlich.

»Kaoru, mach uns doch heute bitte einen schwarzen Tee. Du kannst eine neue Dose öffnen.«

Die junge Frau, die er Kaoru nannte, brachte ein Teeservice aus der Küche und stellte sich vor dem Regal auf die Zehenspitzen, um vom obersten Bord einen Teller aus Kristallglas zu nehmen, auf dem sie die Kekse arrangierte.

»Sie bauen also diese Cembalos?«

»Ja«, erwiderte Nitta und nickte.

»Was für ein schönes Musikinstrument! Mit den zierlichen Beinen wirkt es von Weitem wie ein antikes Möbelstück.«

»Es war ja auch vom 16. bis zum 18. Jahrhundert beliebt.«

Nitta war groß und geschmeidig, sein langes gewelltes Haar fiel ihm über die Schultern. Er sah aus wie Mitte vierzig. Ab und zu legte er die Hand ans Kinn, und er sprach mit sonorer Stimme.

Kaoru schenkte drei Tassen Tee ein. Nitta stellte eine vor mich und hob den Deckel der Zuckerdose. Mir fielen die langgliedrigen Finger der beiden auf, expressiv in ihren Bewegungen, was die robusten Sehnen auf den Handrücken sichtbar machte. So sahen vermutlich die Finger von Instrumentenbauern aus.

Die Unterhaltung war nicht besonders lebhaft, aber jeder von uns trug etwa gleich viel dazu bei und es herrschte eine angenehme Stimmung. Wenn die Konversation einmal stockte, war es meistens Kaoru, die sie wieder in Gang brachte, indem sie ein neues Thema anschnitt, Tee nachschenkte oder den Geschmack der Kekse lobte.

Dona wuselte wie zuerst unruhig hin und her, bis er schließlich einen bequemen Platz unterm Tisch gefunden

und sein Kinn auf meinen Fuß gelegt hatte. Seine hinter den halb geschlossenen Lidern hervorlugenden Glubschaugen hatten trotz offenkundiger Altersschwäche eine hübsche Farbe, es war, als hätte man himmelblaue Pigmente in Joghurt aufgelöst.

Ich gab Dona einen Keks, den er ausdruckslos und mit puderbestäubter Schnauze geräuschvoll auffraß. Nach diesem kleinen Imbiss legte er sich wieder zum Schlafen auf meinen Fuß. Die schlaffe Zunge hing ihm seitlich aus dem Maul.

Als der Tee in der Kanne zur Neige ging, wusste ich schon ein wenig mehr über die beiden.

Nitta war auf dem Konservatorium im Klavierspiel ausgebildet worden, hatte sich dann jedoch gegen die Laufbahn eines Berufsmusikers entschieden und war vor siebzehn Jahren nach Belgien gezogen. Nachdem er dort das Handwerk des Cembalobauers erlernt hatte, richtete er sich eine Werkstatt in einem Vorort von Tokio ein. Doch wegen persönlicher Umstände seines Vermieters war er gezwungen gewesen, das Grundstück zu räumen. Daraufhin war er in diese Gegend gezogen, denn hier konnte er nicht nur günstig Rohmaterialien für sein Handwerk beziehen, sondern auch das Klima erwies sich als sehr vorteilhaft für die Instrumente.

Kaoru stammte aus Nagasaki, sie war die Tochter eines Pastors. Ursprünglich hegte sie nur eine Leidenschaft für Barockmusik, aber als sie einmal einem Kirchenkonzert mit alten Instrumenten beiwohnte, verliebte sie sich in ein Cembalo von Nitta. Es brauchte fast detektivische Fähigkeiten, bis sie ihn endlich ausfindig gemacht hatte. Sie nahm sich ein Zimmer nahe seiner Werkstatt und ging nun Tag für Tag bei

ihm in die Lehre. Das war gerade einmal ein Jahr her, und offenbar durfte sie bisher nur Hilfsarbeiten verrichten.

»Bisher habe ich mir nie Gedanken über den Bau von Instrumenten gemacht«, sagte ich. »Ich bin zwar keine Liebhaberin von klassischer Musik, gehe aber schon hin und wieder in ein Konzert oder bleibe mal vor einem Musikaliengeschäft stehen, aber dann ziehe ich gar nicht in Betracht, dass die Instrumente von Menschenhand gefertigt sind, sie existieren einfach, als wären sie etwas ganz Natürliches.«

»Alle Instrumente haben etwas Natürliches an sich. Sie besitzen die passende Form, um die irdischen Töne wiederzugeben«, erwiderte Nitta.

Mir kam sofort der Geigenschüler von nebenan in den Sinn. Übte er immer noch das gleiche Stück? Und mein Mann, bekam er es noch mit?

»Und Sie, Ruriko, was haben Sie für einen Beruf?«, fragte mich Kaoru.

Auch diesmal trug sie weder Make-up noch irgendwelchen Schmuck.

Ich hatte bereits mehrmals versucht, Dona von mir wegzuschieben, er ließ sich jedoch nicht vertreiben und bettete weiterhin seinen Kopf auf meine Füße.

»Meine Arbeit besteht darin, dass ich Buchstaben schreibe. Eine ästhetische Ausgestaltung des Alphabets. Nicht gedruckt, sondern mit der Hand, Zeichen für Zeichen.«

Nitta nickte und schaute mich gespannt an, was ich noch dazu sagen würde.

»Man könnte es westliche Kalligrafie nennen, oder Abschrift eines Manuskripts, so etwas in der Art. Ich entwerfe Speisekarten für Restaurants, Weihnachtsgrußkarten, Ein-

ladungen zu einem Hochzeitsbankett oder zum Beispiel eine Sonderedition von ›Mother Goose‹. Sogar Passagen aus dem Evangelium habe ich schon kopiert.«

Kaoru war begeistert. Als Tochter einer Pastorenfamilie weckte dies natürlich ihr Interesse.

»Das war sogar für mich eine außergewöhnliche Aufgabe. Heutzutage ist es eigentlich normal, eine Metallfeder und Papier zu benutzen, aber der Auftraggeber der Bibeltexte hat von mir verlangt, dass ich wie im Mittelalter mit einem Federkiel auf Pergament schreibe. Als ich mich in diese Arbeit versenkte, war es wie ein Rückzug ins Kloster. Allerdings ist es keine besonders lukrative Arbeit.«

»Ganz so wie bei uns.«

Die beiden tauschten einen Blick aus und lachten.

Plötzlich schimmerten bunte Lichtstrahlen auf dem Tisch, rot, blau und gelb. Sie fielen durch eine kleine Deckenluke aus Bleiglas, die ich bisher gar nicht bemerkt hatte und über der jetzt die Sonne stand.

Das Cembalo neben dem Eingang war aus dunklem Holz, es besaß zwei Manuale übereinander. Das zweite war weiß mit goldenen Ornamenten, und auf der Innenseite des offen stehenden Deckels war eine ländliche Szene in einem fernen Land dargestellt – ein See, Büsche und Gebäude aus Stein. Das dritte in der Nähe des Fensters war offenbar noch nicht fertig, es fehlten der Deckel und der Anstrich. Aber die Platte unter den Saiten zeigte eine fein ziselierte Dekormalerei mit lieblichen Vögeln und Blumen. Es hatte nur eine Tastenreihe.

»Es ähnelt einem Klavier, nicht wahr?«

»Ja, aber mechanisch unterscheiden sie sich. Beim Klavier

werden die Saiten mit Hämmerchen angeschlagen, während hier sogenannte Kiele die Saiten zupfen«, erklärte Nitta.

»Deshalb ist der Ton beim Cembalo auch schwächer als beim Klavier und lässt sich durch den Anschlag nicht modifizieren«, fügte Kaoru hinzu.

»Werden die Instrumente hier hergestellt?«

»Nein, im Wald gibt es noch eine Werkstatt, wo ich überwiegend arbeite. Aber die meiste Arbeit, beispielsweise das Hobeln und Biegen der Hölzer, wird vorne im Hof in dem Fertigbau ausgeführt.«

»Die drei Cembalos, die hier stehen, haben Sie die angefertigt?«

»Ja. Das mit den zwei Manualen ist eine Auftragsarbeit, ich habe es letztes Jahr für ein Konservatorium in Tokio gebaut. Es sollte überholt werden, da es verstimmt war. Das Cembalo ist flämischer Bauart. Ich habe es bereits repariert und muss es nur noch ausliefern.«

»Das da ist aber noch nicht fertig, oder?«, fragte ich und zeigte auf das Cembalo am Fenster. »Was sind das für Leute, die sich solch ein Instrument bauen lassen? Wahrscheinlich Berufsmusiker, nehme ich an.«

»Nein, nicht unbedingt. Das hier hat ein Professor für russische Literatur in Auftrag gegeben. Es soll ein Geburtstagsgeschenk werden für seine Tochter, die noch zur Grundschule geht.«

»Oh, das hört sich wundervoll an, ein Cembalo geschenkt zu bekommen.«

»Ihr Geburtstag ist schon nächsten Monat, deshalb muss ich es bald schon zum Klingen bringen.«

Als Laie konnte ich nur belanglose Fragen stellen, aber

zu meiner Beschämung hörte Nitta mir aufmerksam zu und wählte seine Worte mit Bedacht, wenn er über Cembalos sprach.

Dona öffnete nun doch die Augen. Seine Miene schien zu fragen: »Warum gibt es keine Kekse mehr?«

Als ich sein Kinn näher betrachtete, bemerkte ich, wie platt es war, geradezu geschaffen für menschliche Füße. Seine Zunge hing ihm unverändert seitlich aus dem Maul.

Er blickte mich noch ein Weilchen aus seinen halb blinden Augen an, gab jedoch schließlich auf und trottete zum Koffer. Es war mehr ein Schlittern, denn seine Hinterbeine glitten auf den Holzdielen aus, wie beim Torkeln eines Betrunkenen.

»Kaoru, spiel doch bitte unserem Gast etwas vor«, sagte Nitta.

Es lag nichts Forderndes in seiner Stimme, eher etwas Sanftes, er sprach mit einer klaren Bestimmtheit, die einen innehalten ließ, einem für einen kurzen Augenblick den Atem verschlug, ohne dabei unangenehm zu sein.

»Ja«, erwiderte Kaoru und setzte sich vor das weiße Cembalo.

»Sie müssen entschuldigen, aber ich bin nicht sonderlich begabt«, sagte Kaoru und senkte beschämt den Kopf, als sie die Finger auf die Tasten legte.

Obwohl sie vor meinen Augen spielte, hatte ich das Gefühl, als würden die Klänge aus weiter Ferne zu mir dringen. Als läge in ihnen die unberührte Erinnerung unendlicher Zeit. Einschneidend und sanft, majestätisch und anmutig, rein und gedämpft – Klänge, die ganz widersprüchliche Empfindungen in einem weckten, um sogleich zu einer Einheit zu verschmelzen.

Beim Zuhören konnte ich kaum merkliche Schwingungen vernehmen, die sich in die Intervalle der Töne schlichen. Aber vielleicht war es einfach nur Kaorus Atem.

Ihre zierlichen Handgelenke traten aus den Ärmeln ihres Pullovers hervor, während sie leicht nach vorne gebeugt die Finger mühelos über die Tasten gleiten ließ.

Das Licht, das nun schräg von Westen her durch die Dachluke fiel, schien auf ihre Füße. Gebannt hielt ich den Atem an, die Lippen fest geschlossen.

Nitta beobachtete aufmerksam das Spiel ihrer Finger. Nur Dona schenkte den Klängen des Cembalos keinerlei Beachtung, sondern leckte sich die Schnauze mit seiner blassrosa Zunge.

3

Mitten in der Nacht klingelte das Telefon. Erschrocken fuhr ich hoch, blieb jedoch im Bett liegen, unentschlossen, ob ich rangehen sollte.

In Anbetracht der späten Stunde hatte ich, noch völlig schlaftrunken, das Klingeln erst gar nicht einzuordnen gewusst.

In Wahrheit jedoch zögerte ich, weil mir sofort der Gedanke gekommen war, es könnte mein Mann sein. Was sollte ich ihm denn sagen? »Guten Abend«, »Lange nicht gesehen« oder eine ähnlich lapidare Begrüßungsformel? Vermutlich würde er mich sowieso beschimpfen. Meinetwegen konnte er sagen, was er wollte, schlagen konnte er mich jedenfalls am Telefon nicht.

Es klingelte unablässig weiter. So blieb mir nichts anderes übrig, als doch noch aufzustehen. Ich warf mir eine Strickjacke über und stieg langsam die Treppe hinab. Als ich den Hörer ans Ohr hielt, hörte ich nur noch das Freizeichen.

Ich erinnere mich noch genau daran, als mein Mann mich zum ersten Mal geschlagen hat. Den Grund dafür weiß ich zwar nicht mehr, aber ich sehe noch ganz deutlich seine Hand vor mir und den Ausdruck in seinem Gesicht, ich kann die Spannung in der Luft spüren und wie es sich anfühlte, als er mich traf.

Es war sein OP-Tag gewesen. Er hatte eine Reihe schwieriger chirurgischer Eingriffe vornehmen müssen und mehrfach erzählt, wie erschöpft er sei. Soweit ich mich erinnere, hatten wir miteinander nur ein paar Worte gesprochen, ein argloser, banaler Wortwechsel, als plötzlich, wie aus heiterem Himmel, die Stimmung umschlug und die Situation eskalierte.

So läuft es immer ab. Eigentlich wollen wir friedlich zusammen sein, aber dann, in einem unachtsamen Moment, verirren wir uns in einer dunklen Höhle. Dort ist es kalt und klamm, und man findet den Ausgang nicht. Und trotzdem passiert es immer wieder, auch wenn wir beide es hinterher bedauern.

Seine Finger waren noch weiß und geschwollen, da er kurz zuvor erst die OP-Handschuhe abgestreift hatte. Mit derselben Hand, die eingetrübte Augenlinsen entfernt, eine neue Hornhaut verpflanzt oder sich um eine gerissene Retina kümmert, gab er mir eine Ohrfeige.

Seine rechte Hand holte aus und sauste wie ein Fabelwesen durch die Luft, bevor sie meine linke Wange traf.

Merkwürdigerweise schmerzte es gar nicht. Auch er schien völlig unbewegt. Er sah aus, als würde er im OP einen medizinischen Eingriff vornehmen. Und es war nicht bloß schmerzlos. Ich hatte weder Angst, noch war ich desillusioniert. Vielmehr beschlich mich das Gefühl, seine Hand habe soeben die für uns beide angemessene Geste vollbracht. Schon lange Zeit bevor er mich schlug, hatte ich ihn in Gedanken bereits in Stücke zerfetzt.

»Hallo?«, sprach ich in den Hörer. »Hallo …«

Ich lauschte angestrengt. Vielleicht bildete ich mir ein,

wenn ich nur geduldig wartete, würde mir schon irgendwann jemand antworten.

An diesem Tag entdeckte ich Nittas verstecktes Atelier. Zuerst war ich eher ziellos durch die Gegend gelaufen, aber als ich durch den Wald streifte, bekam ich plötzlich Lust, ihn dort aufzusuchen. Es wäre mir peinlich gewesen, ihn schon wieder ohne ein besonderes Anliegen zu belästigen, aber wenn ich unbeabsichtigt in seiner Werkstatt auftauchte, würde er bestimmt nichts dagegen haben.

Auf der anderen Seite der Landstraße, die entlang des Bachs zum gebührenpflichtigen Aussichtspunkt führte, erreichte ich eine Weggabelung mit einem Hinweisschild, das die Richtung zum Vogelschutzgebiet wies. Etwas ratlos entschied ich mich für den anderen Weg. So tief im Wald gab es weder Häuser, noch traf ich auf andere Spaziergänger.

Schließlich kam ich an einen Weiher, der vollständig mit Wasserpflanzen bedeckt war. Er hatte die Form eines Schmetterlings und war von weißen Birkenstämmen gesäumt. Ganz in der Nähe erblickte ich eine verwilderte Hütte. Das Dach war mit Moos bedeckt, die Wände waren mit Ranken überwuchert.

Als ich Dona neben dem Eingang erblickte, war mir sofort klar, dass hier das Atelier sein musste.

»Guten Tag. Bitte verzeihen Sie, dass ich Sie bei der Arbeit störe …«

Ich trat zögernd ein.

»Nein, Sie stören überhaupt nicht. Kommen Sie nur herein, Sie sind jederzeit herzlich willkommen. Wie haben Sie

hierher gefunden?«, wunderte sich Nitta, der sich zu mir umgewandt hatte und seine Brille absetzte. Es war ein schlichtes Modell mit Metallfassung.

»Als Kind habe ich oft diese Gegend durchstreift. Deshalb kenne ich mich hier ganz gut aus.«

»Diese Hütte, die ich übernommen und umgestaltet habe, war früher einmal ein Pumpenhaus. Es tut mir leid, dass alles so eng ist, aber bitte treten Sie doch näher!«

In der Hütte standen drei Werkbänke, an allen Wänden reichten die Regale bis unter die Decke, sodass für zwei Personen kaum genug Platz war. Auf sämtlichen Tischen und Borden türmten sich Werkzeuge und Gerätschaften in den merkwürdigsten Formen, Kartons, Dosen und andere Utensilien: Meißel, Zangen und Schraubenzieher in diversen Größen, Elektrosägen, Pinsel, Messlatten, Schublehren, Buntstifte, Keile, mit Gummibändern zusammengehaltene Bündel aus Vogelfedern, Farbtöpfe, Klebstoff, Hobel ... Auf den ersten Blick herrschte Chaos, doch die Dinge, die hier aufbewahrt wurden, waren je nach Verwendungszweck systematisch geordnet.

»Wo ist Kaoru?«, fragte ich, nachdem ich mich an den nächsten Werktisch gesetzt hatte.

»Sie ist gerade zum Haus zurückgegangen, um Büroarbeiten zu erledigen.«

»Arbeiten Sie immer nur zu zweit?«

»Ja, die meiste Zeit hier, zurückgezogen, ohne Gerede. In aller Stille.«

Ich versuchte mir die Szene vorzustellen: beide an ihrem Arbeitstisch, wo sie hoch konzentriert die Einzelteile für ein Cembalo fertigten. Wie ihre Finger, als wären sie aufeinan-

der abgestimmt, im Duett hantierten, wie sie Holzteile zurechthobelten, schnitzten und polierten. Von Zeit zu Zeit gab er ihr eine kurze Anweisung. In dem gleichen Tonfall, wie er sie gebeten hatte, mir etwas vorzuspielen. Und Kaoru antwortete ihm mit ihrer schlichten schönen Stimme. Dann kehrte wieder Stille ein, in der nur ihr Atem den Raum zwischen ihnen füllte.

»Wenn man Töne fabriziert, sollte die Umgebung still sein, nicht wahr?«

Er nickte, während er die Brillenbügel auf- und zuklappte. Draußen zwitscherten unablässig die Vögel. Durch den Spalt der halb offenen Tür sah man lediglich Donas Hinterteil.

»Ist das eine Klaviatur?«, fragte ich und zeigte auf das Werkstück, das vor ihm lag.

»Ja. Daran arbeite ich gerade jeden Tag.«

Das Manual war noch lange nicht fertig. Längliche, rechteckige Hölzer, auf denen mit Bleistift Nummern notiert waren, lagen in einer Reihe nebeneinander, immer nach der Farbe geordnet, abwechselnd schwarz und weiß, und am Ende mit Klötzchen versehen, die eine komplexe Struktur bildeten. So abgetrennt vom Cembalo für sich allein wirkte die Klaviatur ziemlich fragil.

»Die Stammtöne auf dem Manual werden mit Lamellen aus Rinderknochen furniert, die chromatischen Tasten mit einem Belag aus fossilem Eichenholz.«

»Wo haben Sie denn die Rinderknochen her?«

»Ich habe sie mir in Deutschland besorgt. Dort gibt es eine Firma, die Komponenten für Musikinstrumente liefert.«

Ich legte einen Finger auf eine der Stammtontasten. Für einen Knochen fühlte es sich ziemlich weich und glatt an.

Allein durch die flüchtige Berührung geriet die Taste in Bewegung, bevor sie mit einem heiseren Klicken in ihre Ausgangsstellung zurücksprang.

»In die Verlängerung einer Taste ist ein Holzstäbchen montiert, ein sogenannter Springer, an dem als Plektron der Kiel angebracht ist, und dieser Kiel reißt dann die Saite an. Schauen Sie, hier! Das ist der Springer. Beim Anschlagen der Taste springt er hoch und die Saite wird gezupft. Lässt man die Taste los, fällt der Springer wieder zurück. Das angebrachte Filzstückchen hier dämpft die Schwingung der Saite.«

Nitta holte solch ein Holzstäbchen aus einer bis zum Rand gefüllten Kaffeedose und zeigte mir, wie man diesen Springer an der Taste fixierte.

Seine Erklärungen waren differenziert und systematisch. Er ging sehr ins Detail, sodass ich ihm kaum folgen konnte, aber das störte mich nicht. Mir machte es vielmehr Spaß, seinen rasch hantierenden Fingern zuzuschauen. Es war nach so langer Zeit wohltuend, zu erleben, dass jemand allein für mich etwas tat.

Außerdem sah die Klaviatur wunderschön aus. In der Reihung der Holzklötze gab es nicht die kleinste Unregelmäßigkeit. Selbst in der kleinsten Vertiefung, selbst im winzigsten Zwischenraum erkannte man die Sorgfalt, mit der sie gefertigt waren. Es sah aus wie ein raffiniertes Kunstobjekt. Die gerade erst hergestellten Tasten trugen noch den Duft von Holz in sich.

»Diese Springer hier hat alle Kaoru angefertigt. Die zu Plektren geschnittenen Kiele stammen von den Federn französischer Gänse. Manchmal benutze ich auch Federn von

Kolkraben oder Bussarden, falls ich im Wald welche entdecke, aber die Gänsekiele geben das beste Timbre.«

»Ach, deshalb haben Sie hier so viele Federn. Aber macht die Vogelart denn tatsächlich so viel aus bei der Klangfarbe?«

»Aber natürlich! Vielleicht glauben Sie, es handle sich um ein einfaches Musikinstrument, bei dem ein Interpret nur die Tasten der Klaviatur bedienen muss. Ich kann Ihnen aber versichern, dass in seinem Innern eine unergründliche Welt verborgen liegt.«

Er hielt mir einen Springer vor die Nase. Dabei konnte ich auch seine Hand betrachten. Es war eine große Hand, übersät mit Kratzern. Von der Sonne gegerbt, robust, schmutzig.

Er wollte mir zwar den Springer zeigen, ich aber hatte nur Augen für seine Hand. Mit dem Mittelfinger zupfte er das aus dem Federkiel gefertigte Plektron. Um den Ton genauer zu hören, kam ich mit dem Gesicht näher heran. Mir war, als könnte ich mit den Lippen seine Körperwärme spüren.

»Sie können ihn gerne anfassen«, ermunterte er mich.

Völlig zwanglos weihte er mich in die geheime Welt des Cembalos ein. Ein ganz neuer Kosmos, der mir bis eben noch völlig unbekannt war.

Ich erinnerte mich an die Hand meines Mannes. Sah seine desinfizierte, aufgedunsene Handfläche vor mir, kurz nachdem er die OP-Handschuhe abgestreift hatte, in dem Augenblick, als sie zur Ohrfeige ausholte. Es war nicht unangenehm gewesen. Der Schmerz hatte mich gelehrt, nicht mehr zu zögern.

Nitta wartete auf mich.

Um das Gefühl so lange wie möglich auszukosten, zö-

gerte ich den Moment, in dem ich nach dem Springer griff, möglichst heraus. Ich hielt so lange still, bis es nicht mehr ging, da ich auch nicht zurückweisend sein wollte.

»Hier.«

Er hielt mir den Springer noch dichter vors Gesicht. In diesem Augenblick berührten sich ganz leicht unsere Hände.

Erschrocken zog er den Springer zurück.

»Aber wenn ich ihn zerbreche …«, wisperte ich vorsichtig, damit meine Stimme nicht zitterte.

»Keine Angst!«

Er schlug die Augen nieder.

Sein grau meliertes, welliges Haar war locker nach hinten gestrichen. Er trug ein ausgeleiertes Sweatshirt über verschlissenen Jeans, beide mit Holzspänen übersät.

Im Schlaglicht, das durch die geöffnete Tür fiel, lag sein Gesicht halb im Schatten. Je dunkler der Schatten war, umso deutlicher erkannte ich die winzigen Schweißperlen in den Hautfalten, auf den hervorsprießenden Bartstoppeln und seiner Stirn.

Nitta strahlte eine ungeheure Gelassenheit aus. Die Vögel mochten draußen noch so laut zwitschern, wir mochten noch so angeregt miteinander plaudern, seine Ruhe erfüllte ihn wie dichter Nebel, der sich nicht auflöste. Als würde darin alles absorbiert werden und verklingen, sogar die Töne der Instrumente, die er baute.

Wenn er schweigsam und mit gesenktem Blick der Stille lauschte, schien sie allein ihm zu gehören. Vielleicht waren für ihn auch nur jene Töne von Bedeutung, die verborgen in seiner Brust klangen.

Und ich war voller Sehnsucht, sie zu hören. Ich wollte

ganz und gar eintauchen in seine Ruhe. Der Federkiel einer französischen Gans, der gerade dicht vor meinen Augen schwebte, war der Zugang.

Ich streckte meinen Zeigefinger aus und tat es ihm gleich, indem ich daran zupfte. Aber der Nebel in seiner Brust gab keinen Laut.

Der Springer landete wieder in der Kaffeedose.

»Das ist in der Tat eine äußerst schwierige Angelegenheit. Wie kann man nur mit den Händen und allein auf sich gestellt ein derart kompliziertes Instrument bauen? Und zwar von Grund auf ...« Meine Worte sollten den Augenblick, in dem wir uns berührten, fortwähren lassen.

»Das habe ich anfangs auch gedacht. Während der Arbeit tauchen immer wieder unerwartet Probleme auf, und wenn man nicht entsprechend reagiert, dann kommt man nicht weiter. Man hat stets das Gefühl, niemals damit fertig zu werden. Aber wenn man mit Geduld und Hingabe einen Schritt nach dem anderen tut, dann ist irgendwann das Cembalo fertig.«

Er malte mit der Spitze seines Turnschuhs im Sägemehl, das den Boden bedeckte.

»Verzeihen Sie bitte, dass ich nur über Cembalos rede.«

Ich schüttelte den Kopf.

»Aber nein, ich höre Ihnen gerne zu.«

»Es hängt wohl damit zusammen, dass ich Tag für Tag hier allein zubringe. Die Instrumente sind praktisch meine einzigen Gesprächspartner. Sie würden sich wundern, wenn Sie wüssten, wie selten ich die Gelegenheit habe, jemanden kennenzulernen. Besonders seitdem ich hierher gezogen bin. Es gibt kein Fernsehen, ich lese keine Zeitung und bekom-

me keinen Besuch. Meine Fähigkeit, mit anderen Menschen zu kommunizieren, nimmt ständig ab.«

»Und Kaoru?«

»Ja, da haben Sie recht. Seitdem sie bei mir ist, hat sich die Situation verändert. Wir nehmen gemeinsam die Mahlzeiten ein und unterhalten uns ein wenig. Aber im Grunde ist es wie vorher. Denn sie ist ja auch nur hier, um Cembalos zu bauen.«

»Haben Sie denn keine Familie?«

Unwillkürlich stellte ich ihm diese Frage. Unter dem Vordach seines Hauses stand ein verrostetes Damenfahrrad mit kaputtem Sattel.

»Ich war verheiratet, aber wir haben uns getrennt. Vor drei Jahren.«

Nitta erzählte dies ganz nüchtern, als würde es ihn überhaupt nicht berühren.

»Sie war meine Klassenkameradin auf der Oberschule, wir haben sofort nach dem Abitur geheiratet. Unsere Ehe hat immerhin zweiundzwanzig Jahre gehalten.«

In diesem Moment ertönte der Schrei eines Vogels, hoch und durchdringend, von den Birken her. Es raschelte in den Zweigen.

»Sie ist Kuratorin in einem Museum.«

Abgelenkt durch den Schrei des Vogels, wusste ich zunächst gar nicht, wen er meinte. Aber dann wurde mir klar, dass er von seiner Frau sprach.

»Sie war diejenige, die mein Klavierspiel am meisten geliebt hat.«

Ich hob den Blick und betrachtete sein Profil. Er stieß einen tiefen Seufzer aus und klopfte fahrig mit dem Lineal auf

die Kaffeedose, bevor er fortfuhr: »Deshalb wollte sie nicht mit mir kommen, als ich das Klavierspielen aufgegeben habe, um Cembalos zu bauen.«

»Wieso haben Sie denn das Klavierspielen aufgegeben?«

Ich bereute sofort meine Frage, denn er schaute mich nur an und sagte kein Wort. Seine Miene wirkte nicht verärgert, ein leises Lächeln umspielte seine Mundwinkel. Es war ein kaum merkliches, eher flüchtiges Lächeln, das sich jeden Augenblick in einen Ausdruck von Melancholie verwandeln konnte.

»Weil ich nicht talentiert genug war«, sagte er nach einer langen Pause.

An einem Samstag Anfang Juni wurde ich von Nitta und Kaoru zum Barbecue eingeladen.

»Wir haben den Grill lange nicht benutzt, er ist völlig verrußt. Aber ich finde, wenn man das Fleisch auf dem verkohlten Rost brät, schmeckt es umso besser.«

Kaoru hatte sich Arbeitshandschuhe übergestreift und schleppte die Grillkohle heran.

Die Barbecue-Ecke befand sich an einer Seite des fächerförmigen Vorhofs neben der Halle. Nitta hatte das Ensemble offenbar selbst konstruiert: aufgeschichtete Backsteine in Hufeisenform mit einem Eisenrost darauf, dazu einen Tisch mit einer Bank aus Granit. Tatsächlich waren die Backsteine und der Rost mit einer schwarzen Schicht überzogen.

Durch die halb offene Tür der Montagehalle sah man Stapel von Holzbrettern, die alle exakt auf die gleiche Länge zugeschnitten waren.

»Bitte nehmen Sie doch Platz, Ruriko. Möchten Sie etwas Erfrischendes trinken? Wir bereiten inzwischen alles vor.«

Nitta wischte mit einem Tuch die Bänke sauber, damit ich mich setzen konnte, und stellte eine Karaffe mit Limonade und Gläser auf den Tisch.

Es herrschte eine ausgelassene Stimmung. Der Abend rückte heran, aber noch war die Sonne nicht untergegangen und das späte Nachmittagslicht umschmeichelte das satte Grün der Umgebung. Die schwüle Hitze hatte sich verzogen, und ab und zu ging eine sanfte trockene Brise.

Sogar der Mops war aufgeregt, er lief hin und her und schnüffelte auf dem Boden herum. Als er um Kaorus Beine strich, die mit den Vorbereitungen beschäftigt war, fuhr sie ihn an: »Scher dich weg!«

Ich schenkte mir ein Glas aus der Karaffe ein und trank einen Schluck. Das Getränk war tatsächlich erfrischend und sehr lecker. Es schmeckte nach Limonen.

Auf der Bank sitzend, schaute ich ihnen dabei zu, wie sie durch die Verandatür hin- und hergingen, das Geschirr nach draußen brachten, Fleisch und Gemüse aufspießten, Käsehäppchen zurechtschnitten. Allein der Anblick der beiden versetzte mich in eine friedliche Stimmung. Hier schien es nichts zu geben, was unsere gute Laune verderben konnte. Das satte Grün vor Augen, keine Wolke trübte den Himmel, und von den Ziegelsteinen her stieg mir ein köstlicher Duft in die Nase.

In meiner Kindheit haben wir oft ein Barbecue veranstaltet. Ich fragte mich, wo der Grill abgeblieben war. Ihn aus dem Schuppen zu holen, war immer die Aufgabe meines Vaters gewesen. Mit meiner großen Schwester und den Cou-

sinen hatten wir darum gewetteifert, wer das erste Stück Fleisch ergattert. Zu unseren Füßen brannten die Mückenspiralen. Wenn einer von uns aus Versehen auf die quietschende Planke trat, grölten alle: »Nimm dich in Acht, die Geisterkatze!«

Zu jener Zeit hatte ich Pausbäckchen. Sie waren weich und zart und hatten noch nie Schmerzen verspürt. Die Hände der Personen, die sie damals berührten, waren immer voller Zärtlichkeit.

Die beiden hantierten mit bewundernswertem Geschick. Keine unnötigen Gesten, aber auch keine geschäftsmäßige Routine, sogar ihre geringfügigsten Handlungen waren voll Achtsamkeit. Ein kurzes Zwinkern von Nitta, das Kaoru, lediglich ein knappes »Ach ja« vor sich hin murmelnd, sofort verstand und daraufhin das Gewünschte brachte. Er war hauptsächlich damit beschäftigt, die Saucen zuzubereiten und das Feuer zu beaufsichtigen, aber sobald es Probleme gab – sei es, dass sie nicht an das oberste Regal herankam, um die großen Teller herunterzuholen, oder über einen Stein im Garten stolperte –, eilte er ihr sofort zu Hilfe, ohne viel Aufhebens.

Wir prosteten uns mit Weißwein zu: »Auf das Wohl aller bedeutenden Kalligrafen und Cembalo-Hersteller und solcher, die es werden wollen!«

»Und auf das Wohl des alten Dona. Auf dass er sich keine schrägen Töne verstimmter Cembalos mehr anzuhören braucht«, fügte Kaoru hinzu, worauf wir noch einmal miteinander anstießen.

Das Barbecue war ausgezeichnet. Die beiden überließen mir die zartesten und besten Fleischstücke, sie füllten mein

leeres Weinglas und wedelten mit einem Fächer den Rauch weg, damit er mir nicht in die Augen stieg. Ich wurde wie eine Prinzessin hofiert.

Dona bekam eine Suppe aus Kohl und Mais in seinen eigenen Napf. Wie üblich klapperte er beim Fressen mit den Zähnen.

»Ist Dona tatsächlich vollständig taub?«, fragte ich.

»Er hat die gesamte Musik seines Lebens wohl schon gehört«, bedauerte Nitta.

Donas dreieckige Ohren wiesen spitz nach oben und besaßen innen einen rosa Flaum, der sich wahrscheinlich ganz weich anfühlte.

Ob Dona seinerzeit Nitta Klavier spielen gehört hatte? Mir kam der Gedanke, dass die Erinnerung an die nie wiederkehrenden Töne vielleicht in seinem Innern weiterexistierte.

Wir hatten alle reichlich gegessen. In meinem ganzen Leben war ich noch niemals so satt gewesen.

Kaorus Appetit war bemerkenswert. Kaum war ihr Teller gefüllt, schob sie sich Bissen für Bissen geräuschlos in den Mund, worauf sofort wieder ein Stück Fleisch auf ihrem Teller lag.

»Heute, wo wir einen Gast bei uns haben, hält sie sich ein wenig zurück. Ihr Rekord ist ein 700-Gramm-Steak«, lachte Nitta.

Seiner Neckerei zum Trotz packte sie sich mit ungerührter Miene ein neues Stück Fleisch auf den Teller.

Während des Essens tauschten wir uns über alle möglichen Dinge aus: Bücher, die uns am Herzen lagen, Reiseerinnerungen, die erste Liebe, wie wir einen perfekten Tag verbringen würden.

Nitta war wie immer sehr wortkarg, aber wenn er gefragt wurde, dann redete er freigiebiger, als man es erwartet hätte. Kaoru, für gewöhnlich weitaus gesprächiger als er, plauderte ein paar seiner Geheimnisse aus. Doch er lächelte bloß und enthielt sich eines Kommentars. Es handelte sich ja auch nur um harmlose Episoden, dass er sich beispielsweise einmal wegen übermäßigen Verzehrs von Käsekuchen den Magen verdorben hatte oder immer noch nicht wusste, wie man ein Faxgerät bediente.

Als wir die Weinflasche geleert hatten, öffnete Nitta eine weitere, die er genauso elegant entkorkte, wie er die Teile eines Cembalos zusammenbaute. Er schien ziemlich viel zu trinken.

Wenn ich mit Männern an einem Tisch saß, passierte es mir eher unbewusst, dass ich deren Alkoholkonsum wahrnahm. Irgendwo in meinen Gehirnzellen wurden voller Angst die Mengen registriert: ein Glas, zwei Gläser … Denn wenn ein gewisses Maß überschritten war, wurde mein Mann noch gewalttätiger.

Aber Nitta zeigte keine Auffälligkeiten. Seine Miene, sein Benehmen waren genauso wie vor unserem Barbecue.

»Ruriko, Sie ähneln Rembrandts Frau auf einem seiner Gemälde«, sagte Nitta, während er die Wassertropfen von einer neuen Weinflasche wegwischte.

»Rembrandt?«

»Ja, ihr Name war Saskia.«

»Stimmt! Jetzt, wo Sie es sagen …«, pflichtete ihm Kaoru bei.

»Aber inwiefern sehe ich ihr ähnlich?«

»Die Augen, der Mund … auch die Stirnpartie. Die wei-

chen Konturen Ihres Gesichts und die üppige Haartracht«, erklärte er mit gedämpfter Stimme, ohne mich anzuschauen, den Blick starr auf die Weinflasche gerichtet.

Es war überraschend, von ihm eine derart persönliche Äußerung zu vernehmen. Ich kannte diese Saskia zwar nicht, aber wie sie auch aussehen mochte, es freute mich, gesagt zu bekommen, dass ich jemandem ähnelte. Es war lange nicht mehr vorgekommen, dass sich jemand so für mein Gesicht interessierte.

»Herr Nitta ist vortrefflich darin, Ähnlichkeit zwischen Frauen zu erkennen. Das hat er wirklich raus«, neckte ihn Kaoru. Nitta widersprach nicht, sondern legte ein noch größeres Stück Fleisch auf ihren Teller.

Mittlerweile dämmerte es bereits. Kurz bevor die Dunkelheit hereinbrach, nahm der Himmel eine undefinierbare Farbe an. Dona, der satt und zufrieden aussah, schleckte mit sichtlicher Wonne das frisch nachgefüllte Wasser aus seinem Napf. Hin und wieder sah man dunkle Schatten durch die Zweige huschen. Nitta meinte, es seien Fledermäuse. Es wehte kein Lüftchen, sodass der Rauch direkt nach oben stieg, als würde er vom Himmel aufgesogen.

»Fühlen Sie sich nicht verloren, so allein in diesem großen Haus?«, fragte mich Kaoru.

»Ganz und gar nicht. Ich bin ja extra hergekommen, weil ich für mich sein möchte.«

»Aber Ihr Mann ist dann sicher einsam.«

»Ach, ich weiß nicht …« Ich schüttelte den Kopf. »Er mag es nicht, wenn ich mich in meine Arbeit vertiefe. Für Kalligrafie hat er nichts übrig. Kein Verständnis. Er fragt immer, was das für einen Wert haben soll, wenn man

nichts anderes tut, als Buchstaben auf ein Stück Papier zu kritzeln.«

»So ganz allein in dem Landhaus können Sie sich bestimmt sehr gut konzentrieren, nicht wahr?«

»Ja. Wenn ich mich in meine Arbeit vertiefe, überkommt mich oft das Gefühl, dass nur noch ich und das Manuskript vor mir existieren. Die Buchstaben gelingen mir besser, wenn ich bei der Ausführung Strich für Strich meine Einsamkeit genießen kann.«

»Was für eine Art von Text übertragen Sie denn gerade?«

»Es ist die Autobiografie einer englischen Lady. Sie ist bereits sechsundneunzig Jahre alt. Abgesehen von der Selbstpublikation auf eigene Kosten möchte sie wohl ihren Kindern eine bibliophile Ausgabe ihrer Memoiren hinterlassen.«

»Das ist eine ziemlich anstrengende Arbeit, oder?«, fragte Nitta, der mit übereinandergeschlagenen Beinen auf der Bank saß.

»Nein. Verglichen mit der Herstellung von Cembalos ist es nicht schwierig. Aber das Leben der englischen Dame verlief ziemlich turbulent. Sie war das neunte Kind eines Rinderzüchters und musste sich als Dienstmädchen verdingen. Pflichtbewusst verrichtete sie ihre Arbeit, bekam jedoch kein einziges Mal frei, nicht einmal zu Weihnachten. Eines Tages erlitt sie eine schwere Kopfverletzung, als sie die Tochter des Hauses vor einem durchgegangenen Pferd beschützen wollte, und erblindete. Sie wurde daraufhin einfach auf die Straße gesetzt und fand schließlich in einem Kloster eine Bleibe, wo sie Hausdienste verrichtete. Mit fünfzehn Jahren spürte sie plötzlich, dass sie eine hellseherische Gabe besaß, und schlug sich fortan als blindes Medium durchs Leben. In je-

ner Zeit hatte sie zahlreiche Affären. Doch dann geriet sie an einen Halunken, der mit ihrem Geld durchbrannte, wobei ich mich frage, wie ihr das als Hellseherin passieren konnte. Jedenfalls begann sie danach ein neues Leben und reiste nach London, wo sie sich einem Zirkus anschloss und als Dompteuse auftrat. Dank ihrer Gabe konnte sie natürlich hervorragend mit wilden Tieren kommunizieren. Aber auch das währte nicht lange. Sie wurde vom Rüssel eines Elefanten getroffen und schlug abermals mit dem Kopf auf den Boden. Durch den Aufprall erlangte sie wie durch ein Wunder ihr Augenlicht wieder, wobei sie damit auch ihre hellseherischen Fähigkeiten verlor. An dieser Stelle ihres Lebens bin ich gerade angelangt. Es geht aber noch endlos weiter.«

Ihre beiden Zuhörer gaben gleichzeitig einen weithin hörbaren Seufzer von sich.

»Was für eine aufregende Lebensgeschichte!«

»Das heißt, Sie nehmen Tag für Tag am Leben dieser alten Dame Anteil …«, staunte Nitta.

»Es ist eine ziemlich absurde Tätigkeit. Das Leben eines fremden Menschen aufzuzeichnen.«

Mit der Grillzange pickte ich ein am Rost klebendes Stückchen Fleisch auf.

»Aber welche einschneidenden Ereignisse es auch gegeben haben mag, für den, der sie zu Papier bringt, ist die Sache mit ein, zwei Zeilen abgetan. Für ›Ich erblindete‹ oder ›Ich blieb mittellos zurück‹ reichen ein gutes Dutzend Buchstaben aus dem Alphabet. Deshalb ist es stellenweise geradezu bequem, wenn man eine Biografie transkribiert. Man könnte sagen, es lohnt kaum, sich übermäßig den Kopf zu zerbrechen über das, was in der Welt geschieht.«

Der Grill war nun leer, die Kohlen waren verglommen. In der zweiten Flasche war nur noch ein kleiner Rest Wein. Bei Nacht drangen die Geräusche – das Flattern eines Vogels im Wald, unsere Stimmen, Donas Getrappel auf dem Boden – viel dichter an mein Ohr.

Erst jetzt bemerkte ich, dass Kaoru inzwischen ins Haus gegangen war und sich ans Cembalo gesetzt hatte. Das Licht im Zimmer war ausgeschaltet, nur eine Lampe über der Klaviatur leuchtete. Das Instrument wirkte in der Dunkelheit wie angestrahlt, als sei es ein auserwähltes Kleinod.

Nachdem Kaoru den Hocker zurechtgerückt, das Abdeckvlies vom Manual genommen und es ordentlich zusammengefaltet hatte, fing sie an zu spielen. Trotz der Entfernung waren die Töne deutlich zu hören. Ich saß neben Nitta. Die steinerne Bank war angenehm kühl.

»*Les Tendres Plaintes* von Jean-Philippe Rameau«, flüsterte mir Nitta zu. Sein Atem streifte mein Ohrläppchen.

Zuerst begriff ich gar nicht, dass es sich um den Titel des Stücks handelte. Es klang, als stammten seine Worte aus einem inbrünstigen Gebet.

Vor dem Cembalo sitzend sah Kaoru noch reizender aus. Die sanft geschwungenen Konturen ihres Körpers, die von den Handgelenken bis hin zum Nacken verliefen, als würde sie Teil des Instruments sein, mit ihm verschmelzen. Kaoru vermochte die versiegelte Truhe, die Nitta gefertigt hatte, zu öffnen. Ihr gelang es, dem Cembalo unerschöpflich Töne zu entlocken. Mit einem Mal wurde mir bewusst, dass ich sie darum beneidete.

»Hat sie denn Talent, Instrumente zu bauen?«, fragte ich leise, um ihr Spiel nicht zu stören.

»Ehrlich gesagt, ich weiß selbst nicht so recht, was für eine Art von Talent man dazu braucht.«

Nitta nahm einen Schluck Wein, den er im Mund behielt, bevor er ihn langsam die Kehle hinuntergleiten ließ.

»Man braucht vermutlich eine gehörige Portion Fingerspitzengefühl, ein ausgeprägtes ästhetisches Empfinden und ein gutes Gehör, aber welche der Eigenschaften zwingend notwendig dafür sind, kann ich nicht sagen. Auf jeden Fall ist Kaoru fest entschlossen, Cembalos zu bauen. Das ist das Einzige, was ich weiß.«

Wenn er ihren Namen aussprach, versetzte mir der Klang einen leisen Stich ins Herz. Denn jedes Mal artikulierte er die Silben so behutsam, als könnten sie Schaden nehmen.

»Aber sie spielt großartig.«

»Wahrscheinlich hat sie während ihrer Kindheit Harmonium in der Kirche gespielt. Natürlich ist sie technisch nicht so virtuos wie ein Berufsmusiker, aber ihre Interpretationen haben doch eine gewisse persönliche Note. Gefühlvoll, meditativ …«

»Wieso ist sie zu Ihnen gekommen?«

Ich trank den letzten Schluck Wein aus meinem Glas, um den Stich zu vertreiben.

»Bei einem so jungen, hübschen Mädchen würde man normalerweise kaum auf die Idee kommen, dass sie sich für den Bau von Musikinstrumenten begeistert. Man würde eher denken, dass sie Musik hören oder selbst musizieren möchte. Aber ein Instrument herstellen und spielen, selbst wenn es etwas Ähnliches sein mag, sind meines Erachtens ganz und gar verschiedene Dinge.«

»Stimmt, das finde ich auch.«

Nitta löste seine zusammengefalteten Hände, die auf dem Knie lagen, um die Finger gleich wieder zu verschränken. Dann blickte er auf den entstandenen kleinen Hohlraum zwischen den Handflächen hinab.

»Für sie ist das ganz wichtig. An einen Ort zu kommen, wo sie niemanden kennt und nicht unter Zeitdruck steht, wo sie ihr Dasein allein mit unsichtbaren Tönen verbringen kann, ohne von Sorgen oder unliebsamen Erinnerungen heimgesucht zu werden.«

»Sie kennt niemanden sonst hier?«

»Soweit ich weiß, nein. Sie erhält keinen Besuch, und sie nimmt sich auch nie frei, um irgendwohin zu reisen. Während der ganzen Zeit ist sie nicht ein einziges Mal nach Nagasaki zurückgekehrt. Seit einem Jahr hat sie sich immer hier oder in der Pension aufgehalten, beziehungsweise im Auto, mit dem sie zwischen beiden Häusern hin- und herpendelt.«

»Was ist denn in Nagasaki?«

»Sie hatte auf einer Fachschule eine Ausbildung zur Erzieherin absolviert und war anschließend ihrem Vater in der Kirche behilflich. Aber dann war sie in einen Unfall verwickelt …«

»Einen Unfall?«, platzte ich etwas zu laut heraus, worauf ich mir die Hand auf den Mund presste.

»Kurz nach ihrer Hochzeit ist ihr Ehemann gestorben.«

Nitta schien seine Worte sorgsam abzuwägen.

»Der junge Mann soll Angestellter bei der Sozialfürsorge gewesen sein. Sie hat ihn wohl über die Kirche kennengelernt.«

»War es ein Verkehrsunfall?«

»Nein. Aber Genaues weiß ich auch nicht ...«, murmelte er. »Sie hat nie über ihre Liebesangelegenheiten gesprochen.«

Sie spielte immer noch *Les Tendres Plaintes.*

Die Verzierungen auf dem Cembalo verliehen dem Licht einen goldenen Schimmer, der Kaoru mit einer Aura umgab. Jeder einzelne Ton wurde zwischen uns hindurch bis in den tiefen Wald getragen, der nun ganz im Dunkeln lag.

Der Hund lag ausgestreckt auf dem Bauch am Eingang der Montagehalle und schaute versonnen ins Licht. Direkt über ihm schwebte die Sichel des zunehmenden Mondes.

»Und Sie, spielen Sie denn nicht?«

Er strich sich durchs Haar und blinzelte ein paar Mal.

»Ich würde Sie gerne einmal Cembalo spielen hören.«

Ich wiederholte meine Bitte, weil ich glaubte, er habe mich nicht gehört. Doch er schwieg beharrlich und schüttelte langsam den Kopf.

Daraufhin verstummten wir beide. Reglos und stocksteif saßen wir da. Nittas Schulter war dicht neben meiner. Ich hatte plötzlich das Bedürfnis, sie zu berühren, was mich verunsicherte. Es ist nur wegen des Cembalos, versuchte ich mich zu beruhigen. Es ist sein Timbre, das dir so nahegeht.

In dieser Nacht rief ich zu Hause an. Nicht, weil ich mich nach meinem Mann sehnte. Vielmehr wollte ich mir den Grund ins Gedächtnis rufen, weshalb ich mich an einem Ort verstecken musste, der weit von ihm entfernt war. Um mich an all die Stunden zu erinnern, in denen er mich kalt und grausam behandelt hatte. Und um mich davon zu überzeu-

gen, dass ich in freier Entscheidung so lange hier bleiben konnte, wie es mir beliebte.

Es klingelte. Das Freizeichen hallte im dunklen Zimmer. Das Omelett in der Küchenspüle musste längst verfault sein. Und die Schubladen im Schlafzimmerschrank standen sicher noch alle offen.

Ich ließ es fünfzehn Mal klingeln, bevor ich auflegte. Es war niemand rangegangen.

Als ich im Bett lag, konnte ich nicht einschlafen. Immer wenn ich die Lider schloss, tauchte vor mir Kaorus lichtumflorte Gestalt am Cembalo auf. Und ich spürte die Wärme, die von Nittas Schultern ausging.

Ich lauschte sehnsüchtig danach, dass ein Wagen auf dem Parkplatz des Grashüpfers hielt, dass Kaoru in ihre Unterkunft zurückkehrte. In diesem Zustand würde ich kein Auge zumachen.

Eigentlich konnte man es gar nicht hören. Der Parkplatz lag viel zu weit weg, und wenn ein Auto die Landstraße entlangbrauste, woher sollte ich wissen, ob es Kaoru war?

Und dennoch musste ich lauschen, mich vergewissern, ob sie heute Abend Nittas Haus verlassen hatte.

Aber das Einzige, was an meine Ohren drang, waren die Klänge des Cembalos.

4

Meinen Mann lernte ich vor fünfzehn Jahren kennen. Ich war seine Patientin.

»In meinem linken Auge, schräg oben in Richtung Schläfe, sehe ich ständig einen Lichtkreis.«

Wir befanden uns in einem nüchtern eingerichteten Behandlungszimmer der Universitätsklinik, und neben mir in der Kabine, die nur durch einen Vorhang abgetrennt war, hörte man das Jammern einer alten Frau, die unter Augenjucken litt.

»Seit wann haben Sie das?«, fragte mich mein Mann, wobei er unablässig mit seinem Kugelschreiber knipste.

»Seit ungefähr einem Monat. Es war ein sonniger Tag, ich saß auf dem Rand eines Brunnens im Park, da tauchte plötzlich dieser Ring in meinem Gesichtsfeld auf. Zuerst dachte ich, es seien Lichtreflexe im Sprühnebel der Fontäne. Aber es ging nicht weg. Während ich den Park verließ, als ich in die U-Bahn stieg und nach Hause fuhr, war es die ganze Zeit über da. Mir war das irgendwie unheimlich.«

Ich war jung, erst einundzwanzig und noch dünn wie ein Schulmädchen. Mein langes Haar trug ich zum Pferdeschwanz gebunden. Ich interessierte mich für Kalligrafie und war gerade von einem Studienaufenthalt aus England zurückgekehrt.

»Sehen Sie das andauernd? Ich meine, außer wenn Sie schlafen?«

»Nein, morgens gar nicht. An einigen Tagen taucht es mittags auf, manchmal bleibt es aber auch ganz aus. Und dann ist es plötzlich wieder da, wie ein Regenbogen.«

»Es ist also farbig?«

»Es sind keine deutlichen Farben. Eher wie Schlieren, als würde man einen Pinsel mit Aquarellfarbe in Wasser tunken. Dabei überwiegen warme Töne. Orange, Creme, Gelb. Und der Ring ist niemals ganz rund, sondern ein wenig oval. Wenn ich meinen Augapfel bewege, ist der Ring an einer Stelle unterbrochen. Aber dann fügt er sich wieder zusammen, ohne dass ich es merke.«

»Beschränkt sich dieses Phänomen auf die Zeit, die Sie im Freien verbringen? Beziehungsweise, verschwindet es, wenn Ihnen Tränen kommen? Ist Ihnen in dieser Richtung etwas aufgefallen?«

»Hm, ich weiß nicht recht. Ich habe in letzter Zeit nicht geweint.«

»Das hört man gern!«

Bei dieser Bemerkung gab mein zukünftiger Ehemann ein unterdrücktes Lachen von sich, griff nach einem Stempel und knallte ihn auf meine Karte. Ein Abdruck in Gestalt eines mandelförmigen Auges. Von dort aus zog er Linien, auf denen er komplizierte Wörter in lateinischer Schrift notierte.

Von seinem makellos weißen Kittel war man regelrecht geblendet. Der Ausschnitt war straff gespannt, der Stoff glatt gebügelt und ohne die kleinste Knitterfalte. Er saß wie angegossen, die Schulterpartie, die Länge der Ärmel, der untere Saum. Sogar die Kappe des Füllfederhalters, die aus der Brusttasche ragte, sah aus wie ein wohlbedachtes Accessoire.

Die alte Dame nebenan machte sich zunehmend bemerkbar, um kundzutun, dass sie Schmerzen hatte.

Mein Mann stellte mir eine Menge Fragen. Ob ich an Allergien leide, welche Art von Kontaktlinsen ich trage, wie stark meine Beschwerden waren. Krankengeschichte, Alter, Beruf, Lebensgewohnheiten, Körpergewicht ... Dass er damals so detailliert über mich Bescheid wissen wollte, erscheint mir heute unvorstellbar.

Er schaltete im Behandlungsraum das Licht aus und leuchtete mir mit einem Lichtstrahl in die Pupille. Dabei beugte er sich dicht über mich und berührte ganz sachte mein Augenlid, während er meinen Hinterkopf mit der Hand stützte. Noch heute kann ich mich genau daran erinnern.

Letztendlich blieben seine Bemühungen erfolglos, der Lichtring war unauffindbar. Das ungewohnte Leben in der Fremde und meine vielen Schreibübungen hatten wohl dazu geführt, dass ich meine Augen überanstrengt hatte.

Mit Beginn unserer Liebesbeziehung verschwand das Phänomen. Es tauchte nie wieder auf. Es diente allein dazu, uns beide zusammenzuführen – eine verhängnisvolle optische Täuschung.

Als ich zwei Tage nach dem Barbecue Nitta besuchte, bemerkte ich, dass sich etwas verändert hatte. Wie üblich waren alle Vorhänge weit aufgezogen, der Mops lungerte am Eingang herum und durch das Fenster konnte man die Beine eines Cembalos sehen, und doch hatte ich das Gefühl, dass etwas nicht stimmte.

»Vielen Dank noch einmal für die Einladung vorgestern. Hier bitte! Es ist nichts Besonderes, nur ein paar Donuts. Ich habe sie gerade erst gebacken.«

»Oh, das ist nett von Ihnen. Ich liebe Donuts.«

Kaoru nahm die Tüte freudig in Empfang und verneigte sich zum Dank.

»Herr Nitta ist für ein paar Tage weggefahren«, sagte sie, ohne die Augen von den Donuts zu nehmen.

Wir beschlossen, einen Ausflug zu unternehmen. Besorgt fragte ich, ob Herr Nitta ihr denn keine Arbeit aufgetragen habe, aber sie winkte ab.

»Es macht nichts, wenn ich ein wenig schwänze. Es merkt sowieso keiner.«

Sie steckte sich die Autoschlüssel in die Tasche und marschierte los in Richtung Grashüpfer.

»Schließen Sie denn nicht ab?«

»Es kommt doch kein Einbrecher auf die Idee, sich mit einem Cembalo auf dem Rücken aus dem Staub zu machen.«

Ich beeilte mich, ihr zu folgen.

Dona lief mit dem Schwanz wedelnd hinter Kaoru her, offensichtlich war er hocherfreut, uns begleiten zu dürfen, aber …

»Du bleibst gefälligst hier und passt auf das Haus auf!«, herrschte sie ihn an, woraufhin er enttäuscht zurücktrabte.

Das Auto war ein schwarzer Geländewagen, der gar nicht zu Kaorus sonstiger Erscheinung passte.

»Das Erste, was ich bei meiner Ankunft hier gekauft habe, war dieser Wagen. Ich habe mir dafür einen Vorschuss auf mein Gehalt auszahlen lassen. Deshalb ist mein Einkommen

immer noch gleich null. Wenn ich Ihnen die Summe verrate, würden Sie in Ohnmacht fallen.«

»Und womit finanzieren Sie Ihre Unterkunft und Ihre Verpflegung?«

»Ich habe Ersparnisse, das reicht eine Zeit lang.«

Auf dem Rücksitz des Wagens lag lediglich eine Flasche Mineralwasser, ansonsten entdeckte ich keinerlei weibliche Accessoires oder persönliche Gegenstände. Ihr Fahrstil wirkte sicher und dynamisch. Die Kurven nahm sie schwungvoll, und wenn es geradeaus ging, beschleunigte sie rasant.

Unterwegs kamen wir an einem See vorbei, an dem sich das größte Hotel der Gegend befand. Obwohl zu dieser Jahreszeit alles grün war, konnte man kaum einen Menschen sehen.

»Was ist denn eigentlich aus der blinden Hellseherin geworden?«, fragte Kaoru.

Der durch das offene Seitenfenster wirbelnde Fahrtwind zerzauste ihr kurzes Haar.

»Ah, soweit ich mich erinnere, hatte ich bis zu der Stelle erzählt, als ein Elefant sie mit dem Rüssel zu Boden streckte. Danach wurde sie von einer Malerin entdeckt, die sie zu ihrem Modell erkor, allerdings ergriff sie irgendwann die Flucht, als die Sache zu einer lesbischen Beziehung auszuarten drohte. Kurz darauf erkrankte sie an Diphtherie und schwebte eine Zeit lang zwischen Leben und Tod. Sie heiratete dann den Angestellten einer Galerie, der sich während ihrer Krankheit rührend um sie gekümmert hatte, und brachte Zwillinge zur Welt, die jedoch beide bei der Geburt starben. Der eine Säugling wurde durch die Nabelschnur erdrosselt, während der andere Fruchtwasser in die Lunge be-

kam und daran erstickt ist. An der Stelle bin ich gerade angelangt.«

»Geht es denn immer noch weiter und weiter?«

»Ja, schließlich handelt es sich um das Leben einer Sechsundneunzigjährigen.«

»Trotzdem ist es eine unglaubliche Verkettung von Schicksalsschlägen.«

»Nicht unbedingt. Ich kann mir schlecht vorstellen, dass sie auf eigene Kosten ihre Autobiografie herausgibt, wenn ihre Lebensgeschichte nur aus Negativerlebnissen bestehen würde.«

Kaoru nickte, da ihr mein Argument offenbar einleuchtete.

Schließlich erreichten wir einen Erlebnisbauernhof, wo weidende Kühe, eine Molkerei und Silos zu sehen waren.

»Einen Augenblick, bitte«, sagte Kaoru, nachdem sie den Wagen geparkt hatte. Sie ging zum Kiosk neben dem Ticketschalter und kam mit zwei Milchtüten zurück.

»Die Milch hier schmeckt köstlich. Herr Nitta trinkt sie auch furchtbar gern.«

Kaoru trug eine weiße langärmlige Baumwollbluse und einen schwarzen Minirock, dazu knöchelhohe Stiefel. Da sie sonst immer Jeans anhatte, sah ich nun zum ersten Mal ihre Beine. Sie waren genauso zart und blass wie ihr Gesicht.

Wir fuhren noch ein Stück weiter in Richtung Berge, bevor wir, gut zehn Minuten vom Bauernhof entfernt, an einer Wiese hielten, um auf einer Bank Rast zu machen. Dort waren drei ausrangierte Karussells abgestellt. Eins mit Holzpferden, das andere mit rotierenden Flugzeugen und das letzte mit überdimensional großen Tassen. Sie waren offensicht-

lich lange Zeit nicht mehr in Gebrauch gewesen und schon ganz verwittert.

»Wenn ich auswärts etwas zu erledigen habe, mache ich oft halt an diesem Platz.«

Auf der Rückenlehne der Bank klebte ein Werbeplakat für Bonbons, allerdings zur Hälfte zerrissen. Die üppige Vegetation ringsherum verströmte einen starken, betörenden Duft.

»Man kann kommen, wann man will, hier ist nie jemand.«

Wir aßen die Donuts und tranken Milch dazu. Das Gebäck war immer noch leicht warm.

»Ob die Karussells sich noch bewegen lassen?«

»Ich habe es mal ausprobiert, weil ich dachte, es macht bestimmt Spaß, sich nach Herzenslust im Kreis zu drehen. Aber als ich den Hebel umlegen wollte, hat er sich keinen Zentimeter bewegt.«

Kaoru aß bereits den zweiten Kringel.

»Ihre Bluse ist hübsch.«

Verlegen senkte sie den Blick und leckte sich das Fett von den Fingern.

»Sonst trage ich immer alte Kleidung. Herr Nitta schimpft mit mir, wenn ich in weißen Sachen komme. Er meint, wenn ich ständig aufpassen muss, mich nicht schmutzig zu machen, könne ich mich bei der Arbeit verletzen. Cembalos herzustellen ist eine ziemlich gefährliche Tätigkeit. Man kann sich an der Motorsäge die Finger abschneiden oder über die dicken Holzbalken stolpern. Deshalb bin ich dazu übergegangen, mir etwas Hübsches anzuziehen, wenn er nicht da ist.«

»Wie schade, dann bekommt er Sie ja nie zu Gesicht, wenn Sie sich schick gemacht haben.«

»Na ja …«

Ihr Appetit schien nach wie vor ungeheuerlich. Während ich gerade mal einen Donut gegessen hatte, hatte sie bereits drei davon heruntergeschlungen. Sie hielt die untere Hälfte des Kringels zwischen den Fingern, während sie ihn in null Komma nichts im Mund verschwinden ließ.

»Ist Herr Nitta ein strenger Lehrer?«

»Hm, das ist eine schwierige Frage …«, stammelte sie. »Er ist nicht jähzornig oder gehässig aus irgendeiner Laune heraus. Aber sobald es um den Klang geht, kennt er kein Pardon. Ja, dann ist er sehr streng. Das macht einem sogar Angst.«

Sie sprach in einem Ton, als müsste sie sich selbst davon überzeugen.

Eine Weile saßen wir schweigend da, blickten den vorbeiziehenden Wolken am Himmel nach und lauschten dem Zwitschern der Vögel, während das zerrissene Plakat hinter uns im Wind raschelte.

»Wo ist denn Herr Nitta überhaupt hingefahren?«

Ich stellte die Frage, die mich am meisten beschäftigte.

»Zu seiner Frau …«, erwiderte sie, nachdem sie einen Schluck Milch getrunken hatte.

»Seiner Frau …?«

»Ja, um genau zu sein, zu seiner Exfrau.«

»Stehen die beiden denn noch in Kontakt? Oder will er seine Kinder sehen?«

»Nein, Kinder haben sie nicht. Hm, enger Kontakt … ich weiß nicht, ob das die richtige Bezeichnung dafür ist. Auf je-

den Fall finden in dem Museum, wo seine Frau angestellt ist, des Öfteren Konzerte statt. Da kommen dann seine Cembalos zum Einsatz und er muss dorthin fahren, um sie zu stimmen.«

»Sie ist Kuratorin, nicht wahr?«

»Ja, aber ich bin ihr noch niemals persönlich begegnet. Als ich hierherkam, waren sie bereits geschieden.«

Ein Lieferwagen fuhr langsam an unserem geparkten Auto vorbei. Zu unseren Füßen blühte ein Meer von kleinen gelben Blumen, zwischen denen Kohlweißlinge umherflatterten. Die Flugzeuge leuchteten in bunten Farben – Rot, Hellblau und Orange –, doch alle waren vom Rost zerfressen, bei einem Modell war die Windschutzscheibe gesprungen, bei einem anderen fehlte der Steuerknüppel. Sie kauerten im Gras wie verwundete Vögel.

»Ist der Hersteller denn verpflichtet, die Instrumente auch zu stimmen? Noch dazu, wo es sich um ein Konzert handelt, an dem seine Exfrau beteiligt ist?«, hakte ich nach.

»Nein, das ist nicht unbedingt die Regel. Es wäre überhaupt kein Problem, wenn jemand anderes als der Instrumentenbauer das Cembalo stimmen würde. Aber, wie soll ich sagen … vielleicht habe ich unrecht, wenn ich so daherrede …«

Sie zögerte kurz, bevor sie weitersprach.

»Herr Nitta leidet, glaube ich, unter unnötigen Schuldgefühlen. Das geht so weit, dass er nicht mehr Klavier spielen kann.«

»Schuldgefühle?«

»Ja. Seine Frau hatte alles getan, um seine Karriere als Pianist zu fördern. Sowohl in finanzieller als auch in moralischer

Hinsicht. Letzten Endes konnte er ihre Erwartungen jedoch nicht erfüllen. Ich glaube kaum, dass dies der Grund für ihre Scheidung war, aber sicherlich hat es bei beiden tiefe Wunden hinterlassen. Deshalb ist Herr Nitta von dem Wunsch beseelt, ihr bei einem Cembalo den höchsten Klanggenuss zu verschaffen, obwohl sie kein Paar mehr sind.«

»Ob er seine Frau immer noch liebt, trotz der Trennung?«

Kaoru schwieg zunächst und stocherte mit dem Strohhalm in der Milchtüte herum.

»Ich halte das nicht für Liebe.«

Ihre Stimme klang unerwartet entschieden. Ich wunderte mich, denn einen derart resoluten Tonfall hatte ich von Kaoru bisher nicht gehört.

»Es ist wohl eher eine Art Wiedergutmachung, denke ich. Er bringt damit sein Bedauern darüber zum Ausdruck, dass aus ihm kein Pianist geworden ist.«

Sie hatte wieder zu ihrem diskreten Ton zurückgefunden.

»Sie scheinen ihn ja gut zu kennen.«

Die Äußerung war mir spontan über die Lippen gekommen. Es war weder zynisch noch spöttisch gemeint.

»Herr Nitta spricht nicht viel über sich«, sagte Kaoru, während sie an der Manschette des Ärmels nestelte.

Sie hatte die Angewohnheit, einen Punkt in der Ferne zu fixieren, wenn sie nach den passenden Worten suchte.

»Wenn ich mit ihm zusammen arbeite, gibt es Dinge, die man instinktiv spürt. Besonders, wenn wir uns ins Atelier zurückziehen. Wir lauschen ständig den Vibrationen im Raum. Auf die Klänge der Cembalo-Saiten. Dabei bekommt man auch die Schwingungen des anderen mit.«

Hoch oben am Himmel zwitscherten die Vögel. Am fer-

nen Horizont leuchteten die grünen Berge dermaßen grell, dass es fast wehtat in den Augen. Einzig das Karussell, die Flugzeuge und die Kaffeetassen lauschten unseren Stimmen.

»Aber wieso fühlt er sich denn schuldig? Er ist doch bestimmt ein exzellenter Instrumentenbauer«, hakte ich nach.

»Ganz meine Meinung. Sein Handwerk beherrscht er meisterlich, es hat nichts mit irgendwelchen Dingen aus seiner Vergangenheit zu tun. Aber eigentlich wollte er ja Pianist werden, und er hätte es schaffen können. Er hat in Wien Musik studiert und bei einem Wettbewerb gewonnen, ja sogar ein Konzert hat er gegeben. Aber es blieb bei diesem einen Mal.«

»Zu mir hat er gesagt, er sei völlig untalentiert.«

»Unsinn! Er ist hochbegabt. Obwohl ich einräumen muss, dass ich ihn persönlich nie habe Klavier spielen hören, aber ich habe Nachforschungen angestellt, im Archiv der Bibliothek habe ich alles gelesen, was in Zeitungen oder Musikmagazinen über ihn erschienen ist. Er sollte ja mein Lehrer werden, deshalb habe ich meiner Neugier nachgegeben. In sämtlichen Artikeln war vom Erscheinen eines neuen Talents auf der Konzertbühne die Rede. Es gab sogar welche mit einem Foto von ihm. Er wirkte darauf viel dünner als heute, seine Stirn war unter Haarsträhnen versteckt – das Gesicht eines ernsten jungen Mannes. Aber er hatte eben einen entscheidenden Mangel. Er war nicht in der Lage, vor Publikum zu spielen.«

Ohne zu begreifen, was sie genau meinte, sagte ich erstaunt: »Ach.«

»In Anwesenheit von anderen, und sei es nur eine einzige Person, ist er wie gelähmt und kann seine Finger nicht mehr

bewegen. Höchstwahrscheinlich haben alle Berufsmusiker Lampenfieber, aber selbst wenn sie aufgeregt sind, legt sich das, wenn sie anfangen zu spielen, und dann fließt die Musik einfach so aus ihnen heraus. Denn die Finger bewegen sich auf einer Bewusstseinsebene, die nichts zu tun hat mit Herzklopfen oder Lampenfieber. Bei Nitta jedoch ist es etwas anderes. Es ist eine Art von nervlich bedingtem Leiden.«

Sie sprach »Leiden« betont langsam aus, als sei es ein ganz spezielles Wort.

»Wieso hat er sich denn nicht auf Studioaufnahmen beschränkt?«

»Das hätte genauso wenig funktioniert. Es wäre aufs Gleiche hinausgelaufen, selbst wenn man den Tonmeister und die Techniker aus dem Studio schicken und ihn allein vor den Flügel setzen würde. Allein die Tatsache, dass überhaupt jemand ihm beim Spielen zuhört, reicht aus, um ihn in Panik zu versetzen. Seine Finger, mit denen er nicht mehr in die Klaviertasten greifen kann, sind für Nitta wie Narben, die von einer Verletzung zurückgeblieben sind.«

»Ob er vielleicht in meiner Gegenwart spielen würde?«

»Nein, das glaube ich kaum«, erwiderte Kaoru nach kurzer Überlegung.

»Nicht mal auf dem Cembalo?«

»Nein.«

Sie schüttelte abermals den Kopf und drückte die Milchtüte zusammen, um sie in die Mülltonne zu werfen.

Es fuhren einige Autos vorbei, bevor wieder Stille einkehrte. Ab und zu, wenn Wind aufkam, flatterte die zerrissene Dachplane der Karussells auf und ab. Wehmütig schauten die Holzpferde zu uns herüber.

»Es ist doch seltsam, oder? Wir reden hier nur über Herrn Nitta.«

»Stimmt.«

»Das bleibt aber unter uns. Verraten Sie bitte nicht, dass ich so viel erzählt habe.«

»Nein. Und auch nicht, dass Sie die Arbeit schwänzen und sich hier auf den Feldern vergnügen.«

Kaoru lächelte und rekelte sich. Dann zeigte sie auf den einzigen noch übrig gebliebenen Donut und schaute mich wortlos an.

»Nur zu!«, sagte ich, woraufhin sie sich erfreut den Kringel schnappte.

Wieso konnte sie nur derart viele Einzelheiten über Nitta berichten? Sollten die intensiven Schwingungen, die sie in der Werkstatt spürte, ihr all diese Worte eingeflüstert haben? Diese aufkeimende Frage quälte mich. Schon allein deshalb konnte ich sie ihr nicht stellen.

Als wir zum Parkplatz der Pension zurückkamen, war die Wirtin gerade dabei, den Käfig des Pfaus zu reinigen.

»Oh, haben Sie zusammen einen Ausflug unternommen?«

Sie nahm ihr Kopftuch herunter und strich sich das zerzauste Haar glatt.

»Wir haben nur eine kleine Tour in die Berge gemacht.«

Kaoru hockte sich vor den Pfau hin und blickte ihm von unten ins Gesicht. Er wandte sich ab, stolzierte einige Schritte Richtung Feld und pickte ein paar Samen vom Boden auf.

»Kannst du denn nicht unsere Gäste begrüßen, wie es

sich gehört?«, schalt die Wirtin ihn wie ein ungezogenes Kind, doch der Pfau wippte bloß mit den Schwanzfedern und würdigte uns keines Blicks.

Da Pensionsgäste gerade ausgecheckt hatten, hingen Futons zum Lüften aus den geöffneten Fenstern, und in den Zimmern war das Brummen des Staubsaugers zu hören.

»Und wie ist es im Haus? Wenn irgendetwas nicht funktioniert, sagen Sie mir bitte sofort Bescheid!«

»Ja, vielen Dank. Der Zünder der Gastherme im Bad geht nicht richtig. Vielleicht könnten Sie jemanden vorbeischicken, der das repariert.«

»Gut, ich werde gleich den Installateur anrufen. Er ist ein guter Bekannter, der schon oft bei uns vorbeigeschaut hat.«

»Danke, dass Sie sich um alles kümmern.«

»Aber das ist doch nicht der Rede wert.«

Die Wirtin bückte sich, um einen Schlauch aus dem Schuppen zu holen, mit dem sie anschließend den Käfigboden sauber spritzte. Ihre prallen Oberarme quollen förmlich aus den Ärmeln des T-Shirts und der Ehering an der linken Hand, die den Schlauch hielt, war unter dem Wulst des Ringfingers vergraben. Sobald sie sich bewegte, zitterten die Fettpolster an ihrem Körper.

»Verzeihen Sie, würden Sie so lieb sein und mir den Futtertrog dort aus der Ecke holen?«, bat mich die Wirtin verlegen. »Wenn ich da drinnen feststecke, habe ich große Schwierigkeiten, wieder rauszukommen. Wissen Sie, es gibt nur einen bestimmten Winkel, wie ich mit den Schultern durch die Öffnung komme. Wenn ich das nicht schaffe, klemme ich im Maschendraht fest und kann mich nicht mehr rühren. Und dann kommt der Pfau und pickt mir in

die Wade. Keine Ahnung, weshalb dieser Flegel so versessen darauf ist. Vielleicht findet er meine Waden deshalb so appetitlich, weil sie so prall sind oder wegen der Hautfarbe.«

Beim Sprechen kniff sie unablässig die Lider auf und zu, damit der Schweiß, der ihr von der Stirn tropfte, nicht in ihre Augen lief.

»Ja, natürlich!«

Ich betrat den Käfig und holte den leeren viereckigen Futtertrog heraus.

»Ach, Sie haben mir sehr geholfen.«

»Gern geschehen.«

Indessen beobachtete Kaoru, noch immer in der Hocke, den Pfau, der sie jedoch auch weiterhin nicht beachtete und unverdrossen Körner vom Boden pickte.

»Ich möchte so gerne sehen, wie er ein Rad schlägt. Wäre das möglich, uns zu zeigen, wie er das macht?«, fragte Kaoru die Wirtin.

»Ja, das kann ich gerne tun.«

Die Wirtin drehte das Wasser ab, ging auf den Pfau zu, stellte sich vor ihn hin und rieb sich mit einer theatralischen Geste die Hände. Ihr Rücken war massig, und auf ihren Waden konnte man eine Unzahl von Äderchen sehen.

»Nun, sind Sie bereit?«

Breitbeinig dastehend und hoch konzentriert, als würde sie einen Geist beschwören, hob sie die rechte Hand über den Kopf des Vogels und stieß einen schrillen Schrei aus: »Hopp!«

Der Pfau zuckte mit dem Kopf, woraufhin seine aus dem Scheitel sprießende Federkrone erzitterte. Dann öffnete sich prachtvoll seine Schleppe.

»Wie schön«, rief Kaoru begeistert.

Die komplex angeordneten Schwanzfedern überlappten sich und schillerten in einem intensiven Grün.

Ganz langsam schlug der Pfau sein Rad. Kaoru klatschte Beifall, und ich stimmte in den Applaus mit ein.

Die Wirtin, die Hände in die Hüften gestemmt, nickte zufrieden.

Kaoru konnte sich nicht losreißen von dem Anblick des Pfauenfächers. Das Grün spiegelte sich in ihren Augen und warf einen schwachen Schatten darauf.

Nitta kehrte weder am nächsten noch am darauffolgenden Tag zurück.

»Er reist gerade durch Tokio, Gunma und Yamanashi. In diesen Gegenden werden Konzerte oft veranstaltet. Am Wochenende wird er wahrscheinlich alles erledigt haben und dann am kommenden Montag heimkehren«, erklärte Kaoru.

»Könnte es denn nicht sein, dass er gar nicht mehr zurückkehrt?«, fragte ich sie.

»Keine Angst!«, erwiderte sie. »Er kommt garantiert zurück. Die Cembalos warten doch auf ihn.«

Ihr Tonfall klang aufmunternd.

Während Nittas Abwesenheit übernachtete Kaoru bei mir im Landhaus. Da wir beide allein waren, fanden wir es praktisch, gemeinsam zu essen, und ich bot ihr deshalb an, auch hier zu schlafen, falls es ihr zu umständlich war, abends in die Pension zurückzukehren.

Nach der Arbeit betrat sie, über beide Ohren strahlend,

durch die Terrassentür das Haus, in einer Hand einen CD-Player, in der anderen eine Papiertüte mit Schallplatten und CDs. Es gelang ihr stets, die Diele der »Geisterkatze« zu umgehen.

Zum ersten Mal seit langer Zeit band ich mir wieder eine Schürze um und reinigte die Fritteuse, um Tempura zuzubereiten. Krabben, grüne Bohnen, Shiitakepilze, Tintenfische, Süßkartoffeln, Auberginen. Wenn wir mit einem Gang fertig waren, bekam Kaoru von mir immer einen Nachschlag.

Nach dem Abendessen begaben wir uns ins Wohnzimmer. Wir setzten uns direkt auf den Teppich vor die Stereoanlage, den CD-Spieler stellten wir gleich daneben, um Musik zu hören. Die Anlage hatte mein Vater vor dreißig Jahren gekauft und sie war lange nicht mehr benutzt worden, sodass ich zunächst glaubte, dass sie gar nicht mehr zu gebrauchen war, doch Kaoru schaffte es, sie wieder in Gang zu setzen, indem sie geschickt die Kabel miteinander verband und alle Regler und Knöpfe ausprobierte.

»So, fangen wir an …«

Nachdem sie kurz in die Papiertüte gespäht und einen Moment überlegt hatte, holte Kaoru eine Schallplatte heraus, hob die Abdeckung der Stereoanlage und legte die Scheibe auf den Plattenteller.

»*Sechs Sonaten für Violoncello und Basso Continuo*«, verkündete sie, »von Antonio Vivaldi.« Aus den verstaubten Lautsprechern drangen kurz darauf die Klänge eines Violoncellos.

Egal, ob es sich um eine Schallplatte oder eine CD handelte, Kaoru ging immer ganz sorgsam mit den Tonträgern

um. Sie schaute sich die Vorder- und Rückseite der Hülle an, fasste die Scheiben nur mit den Fingerspitzen an, um keine Abdrücke zu hinterlassen, drückte sachte auf die Start-Taste oder legte behutsam den Saphir auf die Rillen.

Es war eine Ewigkeit her, dass auf dieser Stereoanlage Schallplatten abgespielt wurden, ich wagte gar nicht, die Jahre zu zählen.

An Sommerabenden hatten wir uns hier gemeinsam im Wohnzimmer versammelt, wenn es sonst nichts Interessantes zu tun gab. Meine Mutter saß auf dem Sofa und bestickte Kissen, mein Vater paffte an seiner Pfeife, und meine ältere Schwester und ich vergnügten uns mit dem Aufziehen von Perlenketten. Irgendwann kam einer von uns auf die Idee, eine Schallplatte aufzulegen. Filmmusik, Kinderlieder, europäische Volkslieder, irgendetwas in der Art. Keiner schenkte der Musik besondere Beachtung. Nur wenn das Kinderlied *Wüste des Mondes* erklang, fing ich an zu rebellieren.

»Überspring das!«

Daraufhin setzte meine Schwester die Nadel ein Stück weiter.

»Wieso denn, das ist doch ein hübsches Lied.« Wie immer schaltete sich meine Mutter ein.

Ich hasste *Wüste des Mondes.* Immer wenn ich es hörte, fing ich an zu weinen, denn ich hatte das Gefühl, mutterseelenallein inmitten einer Wüste ausgesetzt worden zu sein. Die aufgeworfenen, feucht glänzenden Lippen der Kamele, die rauen, im Mondlicht matt schimmernden Sättel – all das malte ich mir lebhaft aus.

»*Recital de musique française pour clavecin.* Gustav Leonhardt wird als Altmeister des Cembalos vergöttert.«

Kaoru kniete am Boden, die Arme leicht vor der Brust verschränkt, und langte ab und an zum Tisch herüber, um von ihrem Tee zu trinken.

Wie erwartet, war die Stereoanlage nicht ganz in Ordnung. Manchmal schwand der Ton und wurde dumpf, oder es knisterte laut, aber das tat der Atmosphäre keinen Abbruch. Vielmehr waren es gerade diese Unwägbarkeiten, die zum Klang des Cembalos passten.

»*Cembalokonzert d-Moll* von Bach.«

»*Suiten für Cembalo – Sefauchi's Farewell.*«

»*Couperin: Pièces de Clavecin Livre III.*«

»*Chromatische Fantasie und Fuge* – noch mal Bach.«

Es waren nur Cembalo-Stücke, sie kramte eine Schallplatte nach der anderen aus der Papiertüte. Der Musik lauschend, warteten wir auf Nittas Rückkehr. Wenn die Nacht fortschritt, kühlte es sich im Wald rasch ab. Ich gab Kaoru eine Strickjacke von mir.

War Nitta gerade damit beschäftigt, für seine Exfrau ein Cembalo zu stimmen? Die Vorstellung beunruhigte mich nicht sonderlich. Seine Abwesenheit machte mir weniger zu schaffen als die Tatsache, dass er bald zu Kaoru zurückkehrte.

In der schummrigen Beleuchtung des Wohnzimmers, wo nur wir beide still verharrten, fragte ich mich plötzlich, wo ich mich eigentlich befand. Weshalb war ich hier an diesem Ort und lauschte den Klängen einer ausgedienten Stereoanlage? In Gesellschaft dieser jungen Frau namens Kaoru. Es war irgendwie seltsam …

Indessen tauchten vage, längst verblasste Erinnerungen aus meiner Kindheit auf, als ich hier im Wohnzimmer im

Kreis meiner Familie gesessen hatte. Besonders das Stillleben, das über der Stereoanlage an der Wand hing, war mir im Gedächtnis geblieben. Sogar die Form des Rahmens konnte ich noch deutlich vor mir sehen. Die leicht deformierte Obstschale. Maiskolben, an denen noch die Schale hing. Daneben die Kadaver der erlegten Turteltauben. Ihr leerer Blick hinter halb geschlossenen Lidern. Die lang gezogenen dürren Beine, schlaff herunterhängend. Das blutverschmierte Gefieder.

Die Szene hatte mich immer traurig gestimmt, genau wie das Lied *Die Wüste des Mondes*. Wenn ich alleine hier saß, vermied ich es tunlichst, das Bild anzuschauen.

Unter dem Blick der Turteltauben saß nun Kaoru. Sie saß aufrecht, meine Strickjacke um die Schultern gelegt, vor der Stereoanlage und wartete auf die Rückkehr des Saphirs, um die abgespielte Platte gegen eine neue zu tauschen.

»Die hören wir jetzt zum Schluss«, verkündete sie.

»*Die Klagelieder des Propheten Jeremias*. Es sind liturgische Gesänge, französische Kirchenmusik, die drei Tage vor Ostern vorgetragen werden.«

Ich nickte.

Dieses Stück war anders als die Musik, die wir davor gehört hatten. Es gab weder ein Vorspiel noch eine orchestrale Begleitung, nur eine einzelne weibliche Stimme erhob sich aus der Stille. Sie war nicht so ausdrucksstark wie bei einem Kirchenlied, sondern klang eher wie ein Zwiegespräch mit sich selbst. Und dennoch schien sie in den Himmel zu entschweben, aufgesogen von der Finsternis des Weltenraums.

»Ob die Menschen zu Zeiten des Barocks solche Klagelieder hörten, um sich seelischen Trost zu holen?«, fragte

Kaoru leise und rollte eine Spraydose zum Reinigen von CDs über den Teppich.

Darauf wusste ich nichts zu sagen, statt zu antworten, schenkte ich Tee nach.

»›Die Güte des Herrn ist's, dass wir nicht gar aus sind; seine Barmherzigkeit hat noch kein Ende, sondern sie ist alle Morgen neu, und deine Treue ist groß.‹«

Beim Durchblättern des Textbuchs las Kaoru einen Vers laut vor. Es lag der gleiche Schatten in ihren Augen wie neulich, als der Pfau sein Rad schlug.

»Es gibt jemanden, für den ich beten muss«, sagte sie plötzlich.

»Beten?«, wiederholte ich erstaunt.

»Ja, genau.«

Sie setzte sich auf die Fersen, legte die Hände vor der Brust zusammen und schloss die Augen. Es war eine atemberaubend schöne Geste.

»Für Ihren toten Geliebten?«

Die Rezitation ging weiter. Kaoru nickte, ohne überrascht zu sein, dass ich über ihre Vergangenheit in Nagasaki Bescheid wusste.

»Ja, er ist gestorben. Der wichtigste Mensch in meinem Leben. In einem Badezimmer, irgendwo in einem dunklen Apartment.«

»Wieso im Badezimmer?«

»Er ist getötet worden.«

Es waren der Situation unangemessene, schockierende Worte, die jedoch aus ihrem Munde fast besonnen klangen. Deshalb konnte ich ihre Bedeutung zunächst nicht erfassen. Ich wusste nicht, wie ich an das Gespräch anknüpfen sollte.

»Eine andere Frau, die er heimlich traf, hat ihn erstochen. Mehrmals hat sie auf ihn eingestochen … wieder und wieder und wieder …«, flüsterte sie, als würde sie ein Gebet murmeln. Ich hörte zwar ihre Worte, konnte mir jedoch keinen Reim darauf machen. Es jagte mir Angst ein.

Mich überkam der unwiderstehliche Impuls, ihr beizustehen. Ihr über den Rücken zu streichen, sie in die Arme zu nehmen, ihre Hand zu ergreifen. Ich wollte ihrer Seele Trost spenden, indem ich ihren Körper berührte. Aber tatsächlich vermochte ich nichts anderes zu tun, als reglos sitzen zu bleiben und weiterhin den Klageliedern des Propheten zu lauschen.

5

Nitta kam am Montag zurück, so wie Kaoru es vorausgesagt hatte.

Als ich am frühen Abend in der oberen Etage am Schreibtisch saß, hörte ich draußen Stimmen. Ich trat auf den Balkon heraus und sah die beiden auf dem Weg zum Grashüpfer. Sie transportierten ein Cembalo.

»Hallo, was machen Sie denn da?«, rief ich über die Balkonbrüstung gelehnt.

»Wir haben unsere Arbeit daran beendet und bringen es jetzt zum Haus des Musikprofessors. Es hat einen sehr schönen Klang. Morgen ist der Geburtstag seiner Tochter.«

Nitta war stehen geblieben, um mir Auskunft zu geben. Kaoru schaute ebenfalls zu mir herauf. Sie blinzelte, geblendet von der tief stehenden Abendsonne. Das Bild ihrer betenden Gestalt hatte sich inzwischen aus meinen Gedanken verflüchtigt.

»Das ist doch viel zu schwer für Sie beide. Warten Sie, ich helfe Ihnen tragen.«

»Danke, aber das geht schon. Wir bringen es ja bloß bis zum Parkplatz, da steht der Lieferwagen. Dann brauchen wir nur noch zu fahren. Cembalos sind gar nicht so schwer, wie sie von ihrer Größe her scheinen. Eigentlich sind sie sogar ziemlich leicht, denn sie sind innen hohl.«

»Aber passt es denn in den Wagen?«

»Ja, wenn man die Beine vom Korpus löst und extra verstaut.« Diesmal war es Kaoru, die antwortete.

»Also dann, auf Wiedersehen. Wir sollten bald eine gemeinsame Bootsfahrt auf dem See machen. Ab und zu fahren wir zur Erholung dorthin und veranstalten eine Regatta. Das nächste Mal laden wir Sie dazu ein.«

Nitta änderte die Position seiner Arme, um sein Gleichgewicht zu halten.

»Gerne, das würde mir großen Spaß machen. Auf Wiedersehen!«

Ich winkte ihnen zu. Beide nickten lediglich zum Abschied, da sie die Hände nicht frei hatten.

Nitta hielt das Instrument an der Klaviatur, Kaoru auf der gegenüberliegenden Seite. Das neue Cembalo bot einen prachtvollen Anblick. Geschickt meisterten sie die Kurven des steinigen Wegs. Wortlos, im gleichen Atemrhythmus und in gemeinsamer Liebe zu dem Instrument, beschützte einer den anderen.

Vier Arme, zwanzig Finger, zwei Paar Schuhe, ein Cembalo. Alles zusammen bildete ein perfektes Ganzes, dem es an nichts fehlte.

Nachdem die beiden längst außer Sichtweite waren, blieb ich noch ein Weilchen an die Brüstung gelehnt stehen. Ich wollte mich eigentlich wieder meiner Arbeit widmen, verspürte jedoch nicht die geringste Lust, nach der Feder zu greifen. Die blinde Hellseherin hatte drei Jahre nach dem Tod ihrer Zwillinge einen gesunden Jungen zur Welt gebracht, jedoch zur gleichen Zeit ihren Mann im Krieg verloren. Dann begannen harte Zeiten, in denen sie gegen die Armut kämpfte.

Ich konnte es kaum fassen, dass das Cembalo den Wald verlassen hatte. Unbewusst hatte sich in mir die Vorstellung gebildet, dass die Musikinstrumente wie ein organischer Teil nur in Nittas Gegenwart existierten. Der Gedanke, dass er seinen Lebensunterhalt damit bestritt, sie in die Außenwelt zu bringen, irritierte mich. Vor allem, weil Kaoru so eng mit ihm zusammenarbeitete.

Ich machte mich auf den Weg zum Grashüpfer. Nicht dass ich ihnen absichtlich hinterherlaufen wollte, sondern mir war einfach nach einem Spaziergang zumute. Trotzdem war ich enttäuscht, als ich den Parkplatz erreichte und dort niemanden mehr vorfand.

Der Pfau, der seinen Käfig verlassen hatte, stolzierte im Gemüsegarten umher, den smaragdgrünen Hals leicht zur Seite geneigt. Der Speisesaal war erleuchtet und man hörte klirrendes Geschirr, aber die Wirtin ließ sich nicht blicken. Ich näherte mich behutsam von hinten und lauerte darauf, dass er stehen blieb. Dann stellte ich mich breitbeinig vor ihn hin und rief, die rechte Hand über seinen Kopf haltend: »Hopp!« Er antwortete jedoch nur mit einem kurzen heiseren Krächzen und flanierte dann versonnen weiter. Seine Schleppe bewegte sich keinen Millimeter.

Bald darauf begann die Regenzeit. Die Tage, an denen die Sonne schien, wurden immer seltener. Wenn der Regen einmal eingesetzt hatte, fiel er leise, beständig und durchdrang den Wald mit Feuchtigkeit.

Ich hatte beschlossen, für einen Tag nach Tokio zu fahren. Ich wollte der alten Dame aus England einen Besuch abstatten, um mit ihr über den Schutzumschlag, das Inhaltsverzeichnis und die Gestaltung ihrer Autobiografie zu sprechen. Außerdem konnte ich mich bei der Gelegenheit in einem Geschäft für Künstlerbedarf in Mejiro mit Nachschub an Papier und Tinte eindecken, denn inzwischen lebte ich bereits zwei Monate im Landhaus.

Nitta brachte mich mit dem Lieferwagen zur Shinkansen-Station. An diesem Donnerstag regnete es in Strömen.

»Dieses nasse Wetter ist doch sicher nicht gut für die Instrumente«, meinte ich zu ihm.

»Besonders beim Hobeln des Resonanzbodens«, erwiderte Nitta, während er den Rückspiegel einstellte, »wenn die Luftfeuchtigkeit über vierzig Prozent steigt, ist das oft verheerend.«

Wenn wir beide unter uns waren, verlief die Unterhaltung immer ziemlich stockend. Bis einer von uns das Wort ergriff, gab es oft langes Schweigen. Auch jetzt war nur das Quietschen der Scheibenwischer zu hören, was mir keineswegs Unbehagen bereitete, denn in der Stille konnte ich es besser auskosten, dass er so dicht bei mir war.

»Dieser Resonanzboden, ist er denn die wichtigste Komponente beim Cembalo?«

»Ja, er ist gewissermaßen seine Seele. Da bei tiefen und hohen Tönen die Stärke nur ganz minimale Unterschiede aufweist, muss man beim Hobeln sehr genau vorgehen. Selbst das winzigste Sandkörnchen könnte die Platte ruinieren. Deshalb muss man die Arbeitsfläche spiegelglatt polieren und ein feines Tuch darüberlegen.«

»Als ich bei Ihnen zum ersten Mal ein Cembalo gesehen habe, ist mir sofort der Resonanzboden aufgefallen.«

»Wenn er gut gearbeitet ist, gibt er auch bei der kleinsten Berührung ein Wispern von sich.«

Falls sich unser Schweigen zu lange hinzog, brauchte ich nur über Cembalos zu reden. Ich liebte es, wenn Nitta über Musikinstrumente sprach.

»Kaoru würde das nicht schaffen, oder?«

»Nein, ich glaube nicht. Aber sie hat bei dem Cembalo, das wir neulich an den Professor geliefert haben, die Rosette geschnitzt.«

»Die Rosette?«

»Ja, das ist eine Art Fenster in Rosettenform. Im Resonanzboden befindet sich an einer bestimmten Stelle eine Öffnung, das sogenannte Schallloch, wo eine Intarsie mit den Initialen des Instrumentenbauers eingelassen werden kann.«

»Ja, das ist mir aufgefallen. Es ist das runde Emblem, nicht wahr? Mit einer goldenen Verzierung, wenn ich mich recht erinnere.«

»Ja, das hat sie sehr gut gemacht.«

Nitta schlug das Steuer nach links ein und beschleunigte ein wenig.

Sie hatte seine Initialen sorgfältig geschnitzt und mit Blattgold versehen, um die schönste Stelle des Cembalos damit auszugestalten. Was für eine geheimnisvolle, verlockende Arbeit. Und Kaoru war sie wunderbar gelungen.

»Da drüben dampft es überall aus Fumarolen«, bemerkte Nitta.

Wir fuhren bereits talwärts und überquerten, die Gegend mit den heißen Quellen hinter uns lassend, eine Brücke. Das

ferne Panorama der Berge, zu denen wir neulich den Ausflug gemacht hatten, war dunstverhangen und kaum wiederzuerkennen. Die Regentropfen, die über die Windschutzscheibe rannen, wurden zunehmend größer.

»Ich hoffe, dass der Shinkansen bei diesem Wetter keine Verspätung hat.«

»Ehrlich gesagt, habe ich gar keine Lust, drei Stunden lang allein im Zug nach Tokio zu sitzen«, sagte ich, wobei ich ihm absichtlich den Rücken zukehrte und auf den Fluss hinabschaute.

»Treffen Sie sich denn nicht mit Ihrem Mann?«

Warum erwähnte Nitta meinen Mann? Ich fand seine Frage töricht, fast absurd. Wortlos schüttelte ich den Kopf.

»Ich fahre nach Tokio, um ein paar notwendige Dinge zu erledigen. Ich habe einen Besprechungstermin, dann muss ich die Post durchsehen, Geld von der Bank abheben … Nichts Wichtiges. Da ist eine Reise mit einem Cembalo an seiner Seite schon etwas anderes …«

Statt »Cembalo« hätte ich am liebsten »mit Ihnen« gesagt …

»Sie wundern sich bestimmt über mich. Da kreuzt jemand urplötzlich in einem Landhaus auf, das jahrelang leer steht, ohne nennenswerte Beschäftigung, ohne Kontakt zu anderen Menschen.«

»Nun ja, ich habe mir gedacht, dass Sie schon Ihre Gründe dafür haben werden. Kaoru und ich haben uns alles Mögliche zusammenfantasiert. Aber was ist letztendlich schon dabei? Solange man mitten im Wald lebt, kann man sich alles vom Leibe halten.«

Der Weg führte uns durch eine offene Landschaft mit

Reisfeldern, danach passierten wir einige kleinere Ortschaften. Unser Ziel konnte nicht mehr weit sein. Ich wünschte, die Bahnstation möge nie auftauchen, damit ich so lange wie möglich bei ihm bleiben könnte. Ich war selbst erschüttert über dieses kindische Verlangen. Bei jedem Hinweis darauf, dass der Bahnhof näher rückte – Straßenschilder, Bahntrassen, Informationstafeln für Touristen –, klopfte mein Herz schneller.

»Ich werde ganz bestimmt wiederkommen«, versprach ich. »In Tokio erwartet mich ohnehin nichts Aufregendes.«

Nitta gab keine Antwort.

»Ich komme zurück, sobald ich alles erledigt habe.«

Der Kreisverkehr vor dem Bahnhof kam in Sicht. Auf dem Vorplatz stand ein einsamer, leerer Touristenbus.

»Ich werde da sein«, sagte Nitta zum Abschied, als ich die Beifahrertür öffnete.

Ich machte den Anfang: »Hier in Tokio ist es wirklich schwül.«

»Und dort regnet es, oder?«, erwiderte mein Mann.

»Woher weißt du das?«

»Ich habe in der Pension angerufen und mich erkundigt.«

»Aha.«

»Du hast das Adressbuch aufgeschlagen liegen lassen. Daher konnte ich es mir denken.«

Wir waren in seiner Praxis, genauso wie bei unserer ersten Begegnung. Es war Donnerstagnachmittag, seine Sprechstunde war vorüber, das Personal bereits gegangen. Mein Mann saß auf seinem Drehstuhl, ich ihm gegenüber

auf dem Hocker, auf dem normalerweise die Patienten Platz nahmen.

Sein weißer Kittel, den er gerade ausgezogen hatte, lag zusammengeknüllt in der Plastikwanne.

»Dort regnet es ständig.«

»Weshalb das alles so plötzlich, und ohne ein Wort zu sagen?«

»Ich weiß es selbst nicht.«

»Warum tust du das? Um mich wütend zu machen?«

»Aber nein. Die Idee kam mir ganz spontan. Es war nicht meine Absicht, dich gegen mich aufzubringen oder zu bestrafen. Ich wollte keinen Wirbel veranstalten.«

»Auch wenn du es nicht wolltest, ich habe mir trotzdem große Sorgen gemacht. Überall habe ich nach dir gesucht, in der Toilette, im Badezimmer, sogar in der Waschmaschine habe ich nachgesehen. Die ganze Wohnung habe ich auf den Kopf gestellt, um nachzusehen, ob ein Strick verschwunden ist oder Pflanzenschutzmittel fehlen. Ich habe das ganze Viertel abgesucht, bis es dunkel wurde.«

Es klang nicht so, als habe er sich wirklich gesorgt, sondern nur, als wolle er damit prahlen.

»Am nächsten Morgen habe ich dann das Adressbuch bemerkt. Ich habe lange überlegt, ob ich zu dir fahren sollte oder dir einen Brief schreiben.«

»Hast du denn nicht eines Nachts angerufen?«

»Nein.«

Er schüttelte den Kopf.

»Zuerst wollte ich, aber dann habe ich es doch nicht getan. Die Wirtin hat mir versichert, dass du wohlauf bist. Und außerdem, wenn ich nur mit dir gesprochen hätte, ohne dich

vor mir zu sehen, hätte es wahrscheinlich so geendet, dass ich dir Vorhaltungen gemacht hätte.«

Die Neonbeleuchtung war ausgeschaltet und die Jalousien waren heruntergezogen, das Sprechzimmer lag im Dämmerlicht. Auf dem silbernen Tablett auf dem Schreibtisch standen penibel nebeneinander aufgereiht braune, graue und grüne Medizinfläschchen, daneben Pinzetten, Salben, Augentropfen, Wattestäbchen, ein Ophthalmoskop und andere medizinische Geräte. Auf der Liege sah ich eine Plüschgiraffe, offenbar hatte ein Kind sie vergessen. Das Fleckenmuster an ihrem Hals sah schmutzig und abgegriffen aus.

»Das erste Mal, als du woanders übernachtet hast, habe ich auch in der Waschmaschine nachgesehen.«

Im Flur hörte man, wie der Fahrstuhl anhielt und die Tür sich öffnete, aber es kam niemand.

»Ich habe mich ernsthaft gefragt, ob du vielleicht betrunken mit dem Kopf in die Trommel gefallen bist, als du deine Unterwäsche reintun wolltest, und dann ertrunken bist. Wenn man so durcheinander ist, dann spuken einem die wildesten Gedanken im Kopf herum.«

Ich griff nach der Giraffe und setzte sie auf meinen Schoß.

»Jedenfalls kommen wir hier nicht weiter. Ich muss los. Es gibt eine Abschiedsfeier für einen Professor, der in Ruhestand geht. Wir reden dann später zu Hause.«

»Warte kurz!«

»Was gibt's denn noch?«

»Ich möchte mich für eine Weile von dir trennen.«

»Wenn du dich noch lange in dieser abgelegenen Gegend aufhältst, wird sich das bestimmt nachteilig auf deine Arbeit auswirken. Falls es dir darum geht, dass wir getrennte Woh-

nungen haben, fällt uns bestimmt eine bessere Lösung ein. Außerdem bringt eine Trennung doch eine Menge Unannehmlichkeiten mit sich, die man zu berücksichtigen hat – Krankenversicherung, Meldepflicht, Steuern, Lebenshaltungskosten, all diese Sachen.«

Krankenversicherung? Steuern? Mir kam es vor, als hätte ich diese Worte lange nicht mehr vernommen, denn ich brauchte ein Weilchen, bis ich verstand, was sie bedeuteten. Im Regeln von Dingen des täglichen Lebens war er immer schon perfekt gewesen. Und wenn er etwas einsparen konnte, ergriff er die Gelegenheit sofort beim Schopfe. Er verstand alles, wenn es um Beitragszahlungen ging. Und er sammelte Benzingutscheine, um jedes Vierteljahr einmal volltanken zu können.

»Aber ich möchte länger im Landhaus bleiben.«

»Was meinst du mit ›länger‹?«

»Das weiß ich noch nicht genau. Im Moment brauche ich einfach nur meine Ruhe.«

»Glaubst du denn, es kommt etwas Positives dabei raus, wenn du so mit der Situation umgehst?«

»Ich weiß es nicht …«

»*Ich weiß es nicht, ich weiß es nicht* … Ich kann das nicht mehr hören!«

Er knipste die Visitenlampe an und aus. Ein kleiner runder Lichtfleck flackerte an der Wand.

Ich zeichnete mit dem Finger die Hörner der Giraffe nach und strich ihr über die Augen. Es waren schwarze Glasmurmeln, und sie schimmerten, als würde die Giraffe weinen.

»Seitdem wir verheiratet sind, hast du mich kein einziges Mal mehr behandelt.«

Ich war nie wieder als Patientin in seine Sprechstunde gekommen, und auch zu Hause hatte er mich nie untersucht.

Mein Mann sagte nichts, woraufhin ich, ohne ihn anzusehen, hinzufügte: »Nun ja, ich habe ja auch nie ein Augenleiden gehabt.«

In jener Zeit, als ich merkte, dass mein Mann sich von mir entfernte, hoffte ich inständig, krank zu werden. Grüner Star, Bindehautentzündung, Netzhautablösung – alles sollte mir recht sein. Meinetwegen auch der unerklärliche Lichtring. Wenn ich an den Augen litt, hatte ich mir eingebildet, würde er mir mehr Aufmerksamkeit schenken. Er würde mir dann tief in die Pupillen schauen.

»Wie dem auch sei, ich muss gehen.«

Ich stand auf und legte die Giraffe an ihren Platz zurück.

Zu Hause war es gar nicht so chaotisch, wie ich erwartet hatte. Ganz im Gegenteil, es war sogar ordentlicher und sauberer als an dem Tag, an dem ich fortging. Sämtliche Zeitungen und Zeitschriften lagen ordentlich gestapelt im Regal, der frisch ausgewaschene Aschenbecher enthielt nicht einen Zigarettenstummel, die Omeletts im Spülbecken waren ebenfalls verschwunden.

Auf dem Esstisch stand ein Blumentopf mit einer Zierpflanze, die ich noch nie gesehen hatte. War sie etwa hier gewesen? Ich hielt das durchaus für möglich. Nun gut, sei's drum. Die fleischigen Blätter, die aussahen wie Saubohnen, glänzten saftig und prall, und die Erde war ausreichend feucht.

Ich trat ins Schlafzimmer und raffte meine Sommerklei-

dung zusammen sowie, nach einem Moment des Zögerns, einen dicken Pullover und einen Mantel, beide noch in Plastikhüllen, und stopfte alles zusammen in meine Reisetasche. Ebenso eine Mütze und Handschuhe aus Wolle, die ich bisher kaum getragen hatte. Ich wusste nur zu gut, dass der Sommer dort auf dem Land kurz sein würde und die Kälte nicht lange auf sich warten ließ.

Die Kleidung meines Mannes lag fein säuberlich gefaltet in der Kommode. Er hatte alles getragen, und es gab Anzeichen dafür, dass viel Zeit und Mühe darauf verwendet worden war, sie akkurat wieder an ihren Platz zurückzulegen. Seine Krawatten, die er sonst nachlässig in eine Schublade warf, lagen auf einmal fein säuberlich nebeneinander. Behutsam schob ich die Lade zu, um keine Unordnung zu stiften.

Ein Stapel Briefe lag mit einem Gummiband zusammengehalten unter dem Telefontisch, aber es befand sich kein wichtiges Schreiben darunter. Es gab lediglich Werbung von Kaufhäusern und Boutiquen, ansonsten noch das Anmeldeformular für eine Kommilitonen-Vereinigung, die Benachrichtigung, dass eine Bekannte umgezogen war und eine neue Adresse hatte, und der Jahresbericht des Kalligrafie-Verbands.

Hatte ich auch nichts vergessen? Während ich überlegte, trank ich ein Glas von dem Apfelsaft, den ich im Kühlschrank fand. Die gesamte Wohnung erschien mir irgendwie entrückt und fremd. Die Geschirrspülmaschine, die Stehlampe, die Fernbedienung für den Fernsehapparat – all diese Gegenstände, die ich sonst täglich benutzte, hatten nichts mehr mit mir zu tun. Ich versuchte mich auf das Ich zu be-

sinnen, das hier gelebt hatte, aber es wollte mir nicht gelingen.

Plötzlich, ohne die geringste Vorankündigung, hörte ich die Violine. Es war das gewohnte Stück. Ich schrak zusammen und umklammerte das Glas.

An die Melodie konnte ich mich genau erinnern. Ich wäre in der Lage gewesen, sie vom ersten bis zum letzten Ton nachzusummen. Sofort hatte ich das Bild des Jungen vor Augen, der im Abendlicht mitten in einem Mohnblumenfeld stand.

Mich überkam das Bedürfnis, sofort in mein Haus im Wald zurückzukehren. Es gab keinen Grund, noch länger hierzubleiben. Ich stellte den Apfelsaft in den Kühlschrank zurück, warf die Tür mit einem lauten Knall zu, ließ das benutzte Glas, auf dem ein Abdruck meines Lippenstifts zu sehen war, stehen und beeilte mich, zum Bahnhof zu kommen.

Nitta hatte zum Abschied gesagt, er werde da sein, aber wir haben uns verpasst. Er war nach Fukushima gereist.

»Diesmal kommt er eher zurück, schon morgen oder übermorgen. Herr Nitta muss nur zu einem Konzert, bei dem ein Cembalo von ihm eingeweiht wird«, erklärte Kaoru.

Wenn sie von Nitta sprach, schwangen keine besonderen Emotionen in ihrer Stimme. Sie artikulierte die Sätze grammatikalisch einwandfrei, als würde sie zuvor sorgfältig einstudierte Phrasen abrufen. Es klang nicht unbedingt kalt. Im Gegenteil. Ihre Stimme, die diskret durch ihre leicht geöffneten Lippen drang, enthielt durchaus so etwas wie Wärme.

Sie sprach gern über Nitta, und Nitta sprach gern über

sie. So als würden sie sich gegenseitig stützen in ihrem Mikrokosmos.

Wir warteten beide auf seine Rückkehr. Wenn ich Kaoru traf, war sie jedes Mal mit etwas anderem beschäftigt. Sie lief mit dem Staubsauger durch die Werkstatt oder übte sich mit dem Handhobel in der Montagehalle, sie schmolz Leim im Kupferkessel oder bereitete in der Küche Kohlrouladen zu, wenn sie nicht gerade dabei war, Cembalo zu spielen …

Ich beschäftigte mich derweil mit dem Mops und achtete darauf, dass ich ihr nicht im Weg stand. Bei der Arbeit wirkte sie sehr ernst und konzentriert. Mit zusammengekniffenen Lippen und geröteten Wangen. Wenn sie mit dem Hobel hantierte und Schleifen übte, blickte sie fast ängstlich drein.

Dona beherrschte nicht ein einziges Kunststück. Ich wollte ihm beibringen, das Pfötchen zu geben, aber er zeigte sich höchst unwillig und verdrehte bloß genervt die Augen.

»Du hast so hübsche Augen und kannst nichts sehen?«, sagte ich zu ihm, aber er schenkte mir keine Beachtung. »In deiner Welt ist wohl alles in Blau getaucht?«

Ich hatte den Eindruck, dass die bläuliche Joghurtfarbe seiner Augen noch intensiver war als bei unserer ersten Begegnung.

»Möchtest du sie nicht mal gegen meine tauschen?«

Der Mops rekelte sich und sabberte.

Als Kaoru ihre Arbeit unterbrach, um eine Pause zu machen, gingen wir im Wald spazieren. Wir setzten uns an den Teich und schwatzten belangloses Zeug, dann besuchten wir den Pfau. Als wir die Wirtin darum baten, das Tier möge ein Rad schlagen, ließ sie sich nicht lange bitten.

Am Abend schließlich hörten wir bei mir zu Hause Musik. Kaoru hatte etliche Schallplatten und CDs mitgebracht. Zum Schluss legte sie wieder *Die Klagelieder des Propheten Jeremias* auf.

Sie war sehr gesprächig und erzählte mir alles Mögliche: von der Familie, bei der sie logierte; von ihrer ersten Begegnung mit Nitta; von Dona, dessen Name nur eine Abkürzung von »Donatello« war. Sie sprach über Komponisten, Filmstars und ihre Lieblingsspeisen. Und sie berichtete von ihren Erlebnissen während ihres Aufenthalts in einer Missionsschule.

Über den Mord an ihrem Verlobten verlor sie jedoch kein einziges Wort. Sobald die Gefahr bestand, dass dieses Thema zur Sprache kam, atmete sie tief durch und schloss ihre Lippen. Als wäre die Erinnerung daran in ihrem Herzen von einer undurchdringlichen, kalten Mauer umgeben.

Am übernächsten Abend kehrte Nitta zurück. Zu Kaoru zurück.

6

Spätnachts, als ich den Kriminalroman aus der Bücherei beiseitegelegt, das Licht gelöscht und die Augen geschlossen hatte, hörte ich plötzlich einen gellenden Schrei, der eher ungewöhnlich war für ein Tier oder ein menschliches Wesen.

Etwa fünfzehn Sekunden später hörte ich ihn noch einmal. Den gleichen Schrei, ebenso fremdartig.

War es vielleicht doch ein streunender Hund? Oder ein Fuchs oder Bär oder gar ein verwundetes Tier? Gab es hier in der Gegend überhaupt Bären? Aber mitten im Wald konnte so etwas durchaus passieren. Ich vergrub mich unter meiner Bettdecke, um nichts mehr davon mitzubekommen.

Vergeblich wartete ich darauf, dass die Schreie endlich aufhörten, sie schienen immer näher zu kommen. Ich wünschte mir, der Spuk möge sich in den Tiefen des Waldes verlieren, aber zu meinem großen Entsetzen kamen die Schreie geradewegs auf mich zu.

Ihre Lautstärke schwoll immer mehr an, und schlussendlich vernahm ich Bruchstücke einer menschlichen Stimme sowie das Rascheln von Schritten im Gras. Zweifellos rief da jemand.

»He!«

Es war also kein Bär, sondern ein Mensch. Es war eine männliche Stimme.

»He … Mach auf!«

Der Mann begann gegen die Eingangstür zu hämmern. Er war offenbar betrunken. Zuerst hatte ich geglaubt, es sei Nitta. Aber ich konnte mir nicht vorstellen, dass jemand, der so schöne Cembalos baute, sich so unwürdig betrinken sollte. Außerdem hörte sich diese Stimme jünger an als seine.

War es etwa mein Mann? Diesen Gedanken fand ich weitaus gruseliger. Er wäre durchaus dazu fähig. Zuerst würde er mir vorschlagen, miteinander zu reden, nur um dann einen Streit anzufangen. Was, wenn er es tatsächlich war? Ich dachte angestrengt nach, was ich tun sollte. Ihm die Tür öffnen oder besser nicht? Vielleicht die Polizei alarmieren?

Indessen schien der Mann ums Haus herumzugehen. Auf der Terrasse knarzte es. Dann durchschnitt das schrille Quietschen der Diele die nächtliche Stille.

Ich beschloss hinunterzugehen, um die Situation besser einschätzen zu können. Langsam schlich ich Stufe für Stufe hinab, damit er mich nicht bemerkte.

»Mach doch auf!«

Der Mann rüttelte an der Verandatür. Ich fürchtete, sie könnte jeden Moment aus den Angeln brechen. Vor lauter Panik kauerte ich mich hinter das Sofa, mit gekrümmtem Rücken, die Knie umschlungen. Ich machte mich so klein wie nur möglich, so fühlte ich mich sicherer.

»Ich bitte dich, mach auf!«

Die Stimme des Mannes klang nun weinerlich.

»Wieso lässt du mich nicht rein. Bitte! Öffne mir doch die Tür!«

Trotz des Jammerns ließ das beängstigende Rütteln an der Tür nicht nach. Der Mann lief auf der Terrasse hin und her, dann warf er sich urplötzlich gegen die Scheibe.

Es war nicht mein Mann, das hatte ich verstanden, denn er sprach mit einem Akzent, der aus der Region kam. Diese Feststellung beruhigte mich jedoch keineswegs. In meiner Panik wurde ich immer konfuser. Mein Kopf, meine Glieder, meine Eingeweide – alles befand sich in heller Aufregung.

Ich krabbelte geduckt in die Küche und griff nach dem Schlüssel zum Hinterausgang.

»Ich flehe dich an! Wieso tust du das? Sag mir, warum? Was habe ich dir getan?«

Zwar hatte ich Angst, die Tür auch nur einen Spaltbreit zu öffnen, aber hinauszuschlüpfen und die Flucht zu ergreifen war die beste Lösung, verglichen mit der Gefahr, dass er gewaltsam ins Haus eindringen könnte. Ich schluckte, drehte den Schlüssel um und stürzte wie eine Besinnungslose barfuß nach draußen. Hinter mir hämmerte es weiter gegen die Verandatür. Vor lauter Angst, der Mann könnte mich entdecken und verfolgen, wagte ich nicht, mich umzudrehen. Ich rannte durch den stockfinsteren Wald, ständig verfing sich mein Schlafanzug in irgendwelchen Zweigen. Weiches, Hartes, Feuchtes – ich trat auf jede Menge undefinierbare Dinge.

Als ich endlich Nittas Haus erreichte, fühlte ich mich von den grellen Lichtern für einen Moment geblendet.

Ich versuchte zu erklären, was vorgefallen war, aber vor lauter Angst zitterten meine Lippen derart, dass ich kein Wort herausbrachte. Nitta wartete geduldig, bis ich mich beruhigt hatte.

Dann regelte er mit bewundernswerter Umsicht das Problem. Während ich in einem der bequemen Sessel Platz nahm, die in seinem hell erleuchteten Wohnzimmer standen, ging Nitta leise zu meinem Haus hinüber. Der Unbekannte

lag auf der Terrasse, alle viere von sich gestreckt, und schlief. Da der Mann nicht ansprechbar war, rief Nitta die Polizei, um ihn abführen zu lassen. Da am Haus nichts beschädigt worden war, behandelten die Polizeibeamten die Sache als einen harmlosen Fall von Trunkenheit.

»Sie brauchen sich keine Sorgen mehr zu machen. Er hat sicherlich keine bösen Absichten verfolgt«, beruhigte mich Nitta. Er war nach seiner Rückkehr gleich nach oben gegangen, um eine warme Decke zu holen, die er mir nun über die Knie legte. Das Blaulicht des Streifenwagens entfernte sich.

»Es tut mir wirklich leid, dass ich Ihnen so viele Umstände mache«, entschuldigte ich mich.

»Ach was. Jeder würde einen Schreck kriegen, wenn mitten in der Nacht plötzlich ein Fremder an die Scheiben klopft.«

Nitta trug immer noch seine Arbeitskluft – Jeans und ein kariertes Hemd. Er war also noch gar nicht im Bett gewesen. Bei seinem Anblick wurde mir mein eigener Aufzug peinlich bewusst, und ich wickelte mir verschämt die Decke um die Schultern.

»Bei dem Mann soll es sich um den Sohn des Postboten handeln, dessen Familie ein Stück weiter weg wohnt. Das habe ich von einem der Beamten erfahren. Er muss so betrunken gewesen sein, dass ein Taxifahrer ihn rausgeschmissen hat, und dann hat er Ihr Haus mit seinem eigenen verwechselt.«

Ich wollte Nitta gerne ausführlich für alles danken, aber meine Lippen zitterten immer noch so stark, dass ich nur ein Nicken zustande brachte.

Die beiden Cembalos, die neben der Tür und am Fenster gestanden hatten, waren fort, wodurch der Raum irgendwie verlassen wirkte. Der Deckel des übrig gebliebenen weißen Cembalos stand hochgeklappt, und das Notenheft auf dem Pult war aufgeschlagen, was darauf hindeutete, dass bis vor Kurzem jemand darauf gespielt haben musste.

Dona schlief zusammengerollt in einem Pappkarton, der im Flur zwischen Wohnzimmer und Küche stand. Obwohl ich fast wie in Trance hierher gerannt war, hatte mich unterwegs der Gedanke beschäftigt, dass Kaoru vielleicht noch da sein könnte – aber sie war wohl bereits in ihre Unterkunft zurückgekehrt, denn sie war nirgends zu sehen.

Nitta desinfizierte derweil meine wunden Füße. Ich hatte gar nicht mitbekommen, wie übel zugerichtet sie waren.

Er holte einen Erste-Hilfe-Kasten aus einer der Kommoden, pickte ein Stück Wundauflage in der passenden Größe mit einer Pinzette heraus und benetzte es mit Desinfektionsmittel. Der Verbandskasten war abgenutzt, aber brauchbar. In ihm befanden sich alle möglichen Medikamente.

»Splitter haben Sie sich offenbar nicht eingefangen«, murmelte er mehr zu sich selbst, während er die feuchte Kompresse vorsichtig auf die Wunden tupfte. Seine Finger wussten, was zu tun war, um mir nicht unnötig wehzutun. Es waren die gleichen anmutigen Gesten, mit denen er die Teile eines Cembalos fertigte.

Waren meine Füße überhaupt schön genug, um sich dieser Behandlung als würdig zu erweisen? Bei diesem Gedanken fühlte ich mich sogleich unwohl, andererseits wünschte ich mir sehnlichst, er möge mich immer weiter berühren.

»Betrunkene sind mir zuwider«, erklärte ich.

»Ja, keiner mag sie ausstehen.«

Nitta war gerade dabei, die Kompresse zu wechseln.

»Sie sind die schlimmsten Feinde meines Lebens.«

»Ich bin auch manchmal betrunken.«

»Als ich den Mann hörte, dachte ich zunächst, Sie seien es, Herr Nitta. Verzeihen Sie bitte, dass ich an so etwas gedacht habe.«

»Wenn ich Sie das nächste Mal besuche, Ruriko, werde ich mich um einen eleganteren Auftritt bemühen«, erwiderte Nitta amüsiert. »So, das dürfte fürs Erste reichen. Tut es noch weh?«

Ich schüttelte den Kopf. Er warf die Kompressen in den Mülleimer und ließ die Metallverschlüsse des Erste-Hilfe-Kastens zuschnappen.

Die Vorhänge standen auch nachts offen, weshalb die Dunkelheit bedrohlich näher rückte, aber im Beisein von Nitta verspürte ich keine Angst. Das Licht im Zimmer ließ die Bäume vor den Fenstern undeutlich schimmern.

»Ich war schon einmal verletzt und bin deswegen mitten in der Nacht zu einem Arzt gelaufen«, sagte ich, auf meine kalten Zehen blickend. »Ich bin von meinem betrunkenen Mann geschlagen worden.«

Nitta sagte nichts, sondern ließ erneut die Metallverschlüsse klacken.

»Betrunkene haben ungeahnte Kräfte, wissen Sie? Wenn er mich geohrfeigt hat, hatte ich durch die Wucht des Schlages das Gefühl, durch das ganze Zimmer zu fliegen. Wahrscheinlich bin ich aber einfach nur rückwärts getaumelt und mit dem Gesicht gegen die Schrankecke geknallt.«

»Und dann?«

»Ich hatte schlimme Blutergüsse und meine linke Gesichtshälfte war angeschwollen. Es ist faszinierend, wie ein Gesicht doppelt so groß werden kann.«

»Was ist dann passiert?«

»Ich bekam es mit der Angst zu tun. Nicht vor meinem Mann, aber wegen meines Gesichts. Deshalb bin ich ganz allein zur nächsten Arztpraxis gerannt und habe den Doktor aus dem Schlaf geklingelt. Allerdings hatte ich zuvor meinen Pyjama gegen normale Kleidung getauscht und mir Schuhe angezogen. Der Doktor war sehr erbost über die nächtliche Störung. Er hat sich kaum die Mühe gemacht, mich zu untersuchen, sondern wollte einfach nur wissen, wie das passiert sei. Als ich sagte, ich sei betrunken gewesen und gestürzt, schnaubte er bloß verächtlich. In dem Moment fing ich an zu weinen. Sogar aus meinem geschwollenen linken Auge flossen Tränen. Aber nicht wegen des Mannes, der mir das angetan hatte. Ich weinte, weil ein anderer Mann mich derart mit Verachtung strafte.«

»Und Ihre Verletzungen?«

»Er riet mir, die Schwellung über Nacht zu kühlen, davon würde sie zurückgehen. Der Bluterguss blieb natürlich noch eine ganze Weile. Er entwickelte sich zu einem hässlichen grüngelben Fleck. Ich besorgte mir Lidschatten im gleichen Farbton und konnte es damit vorübergehend kaschieren. Ich hätte mir allzu gerne eine schwerwiegendere Verletzung gewünscht. Eine Schädelfraktur, eine massive Gehirnerschütterung, eine Schädigung des Sehnervs oder dergleichen – Hauptsache eine Verletzung, die mich zeitlebens erblinden ließ. Hatte ich das schon erwähnt? Mein Mann ist Augenarzt. Auf jeden Fall war mir der Gedanke gekommen, je

schwerer er mich verletzen würde, umso besser hätte ich mich an ihm und seiner Mätresse rächen können.«

Ich verstummte und hörte nun das leise Schnarchen des schlafenden Hundes.

»Wäre ich damals so fürsorglich behandelt worden wie jetzt von Ihnen, wäre mir solch ein absurder Gedanke gar nicht erst gekommen.«

Ich wickelte mir die Decke noch fester um die Schultern. Das Zittern hatte sich inzwischen gelegt, ich verspürte jedoch immer noch einen Druck auf meiner Brust, der mir das Atmen schwer machte. Dies rührte jedoch nicht von meiner Angst her. Die Furcht vor dem fremden Mann hatte sich verflüchtigt. Es war das Begehren, das in meiner Brust pochte, in jedem Winkel meines Körpers, in jeder kleinen Falte, von den Füßen bis zu den Wimpern.

Das Oberlicht aus Bleiglas wirkte in der Dunkelheit blind und farblos. Auf dem Tisch herrschte ein ziemliches Durcheinander: eine halb volle Tasse Kaffee, ein leerer Teller mit einer Gabel darauf, zerknülltes Papier und ein Cutter.

»Wie wär's mit einer warmen Milch?«, schlug Nitta vor, als hätte er meine Beklemmung gespürt und wollte sie lindern. Er erhob sich und ging in die Küche.

»Sie waren neulich in dem Museum, wo Ihre Exfrau arbeitet?«, rief ich ihm hinterher.

»Ich habe ihr lediglich bei den Konzertvorbereitungen geholfen.«

»Das Stimmen der Cembalos ist eine sehr wichtige Aufgabe, oder?«

»Ja, aber ich empfinde auch eine große Freude, wenn ich die von mir gebauten Cembalos höre.«

»Sie sehen sehr glücklich aus, wenn Kaoru spielt«, bemerkte ich.

Nitta sagte darauf nichts, sondern blickte reglos vor sich hin. Er schenkte mir kein verlegenes Lächeln, aber er stritt es auch nicht ab. Vielleicht dachte er gerade an Kaoru, wie sie spielte. Ich bereute es, ihren Namen erwähnt zu haben in diesem besonderen Moment, wo ich endlich mit ihm allein sein konnte.

»Wenn ich ein Cembalo spielen höre, kann ich so lange schweigen, wie ich will, ohne dadurch jemanden zu verletzen. Ebenso wenig muss ich überflüssige Bemerkungen fürchten, die mich langweilen. Dies gilt für jeden, der sich mit achtsamem Fingerspitzengefühl an ein Cembalo setzt. So lässt sich das am besten beschreiben.«

Nitta unterbrach sich und schlürfte einen Schluck von der kochend heißen Milch. Dona wälzte sich herum, schlief jedoch mit regelmäßigen Atemzügen weiter.

Ich konnte nicht Cembalo spielen wie Kaoru. Das machte mir zu schaffen.

Die Uhr zeigte bereits nach eins. Weder Mond noch Sterne waren am Himmel zu sehen. Vermutlich würde es auch in dieser Nacht bald zu regnen beginnen.

Es wurde langsam Zeit, aufzubrechen. Unsere beiden Tassen waren leer. Zwei widerstreitende Stimmen tönten in meinem Kopf. Die eine mahnte, wenn ich noch länger hier herumsäße, würde ich ihm zur Last fallen und mich dann noch miserabler fühlen, während die andere meinte, ich bräuchte doch nur ein klein wenig die Hand auszustrecken, um das zu bekommen, wonach ich mich sehnte.

»Ich werde dann mal aufbrechen …«

Ich war im Begriff, mich zu erheben. Die Decke rutschte mir von den Schultern. Eigentlich wollte ich viel lieber bleiben und in meiner Konfusion verriet ich mich: »Wir müssen ja nichts überstürzen …«

Nitta streckte seine Hand aus, als wollte er mich zurückhalten.

»Wollen Sie noch etwas Milch?«

Ich schüttelte den Kopf. Nitta hob die Decke auf und legte sie mir um die Schultern. Seine Arme umfingen mich. Ich hielt den Atem an und wünschte mir, seine Berührung möge sich nicht verflüchtigen. Sehnsüchtig senkte ich meinen Kopf bis dicht vor seine Brust.

»Würden Sie sich für mich ans Cembalo setzen?«, sagte ich. »Ich möchte Sie so gerne spielen hören.«

Er schwieg beharrlich.

Erst jetzt nahm ich meine Füße wahr. Sie, die durch die Nacht gelaufen waren, fühlten sich auf einmal kalt und taub an.

»Ich würde so gerne hören, wie Sie Cembalo spielen, nur für mich allein.«

Es war mir durchaus bewusst, dass ich ihn mit einem grausamen Wunsch bedrängte, aber ich konnte mein Verlangen nicht verbergen. Als es erst einmal ausgesprochen war, war ich nicht mehr zu bremsen. Meine Gefühle überwältigten mich.

Wir umarmten uns ungelenk. In diesem Augenblick konnte ich mich leibhaftig an seinem Körper erfreuen, der kräftigen Statur, den schlanken Fingern, den geschmeidigen Gliedern – alles, was ich sonst bei seiner Arbeit an den Cembalos beobachtete. Seine Arme versuchten nach und nach

den Abstand zwischen uns zu verringern. Ich leistete keinen Widerstand.

»Sie brauchen sich nur davor zu setzen, Ihre Finger auf die Tasten zu legen, und sogleich werden irgendwelche Töne erklingen. Diese Finger hier …«

Ich ergriff seine linke Hand. In Wahrheit wünschte ich mir, ewig in dieser Stellung zu verharren. Ich redete jedoch nicht von mir, sondern bat inständig darum, er möge das Cembalo berühren. Aber darin lag kein Widerspruch. Meine Haut, mein Blut, meine Zunge, mein Trommelfell – all meine Sinne begehrten nur ihn. Es ließ sich nicht mehr verheimlichen.

Unsere Lippen berührten sich. Die Decke fiel abermals zu Boden. Der Stuhl knarzte. Es war ein leiser Kuss. Ein Kuss, der die weite Finsternis hinter unseren Lidern sanft erwärmte. Nitta tat, wonach ich mich sehnte. Meine eingefrorenen Sinne tauten wieder auf. Ohne auch nur eine Sekunde voneinander abzulassen, streiften wir uns die Kleider vom Leib und sanken auf die Decke. Seine Finger streichelten mich mit großer Behutsamkeit, als hätten sie Angst vor der Berührung. Anstatt auf der Klaviatur zu spielen, erkundeten sie nun meinen Körper. Das Cembalo sah uns dabei zu.

7

Ganz plötzlich nahm die Regenzeit ein Ende, und der Sommer hielt Einzug. Die ewig wolkenverhangenen Berggipfel lagen nun frei. Das feuchte Laub war im Nu getrocknet.

Im Grashüpfer herrschte Hochbetrieb, es kamen immer mehr Gäste, und in den umliegenden Ferienhäusern gingen nach und nach die Fensterläden auf. Nur wir drei führten unser gewohntes Leben fort.

Der Vorfall mit dem Betrunkenen hatte im Ort die Runde gemacht. Ich wurde ständig angesprochen, sei es beim Einkaufen im Krämerladen oder wenn ich in die Bücherei ging, immer hörte ich die gleichen Worte: »Na, Ihnen ist da ja was passiert …« Um die passende Antwort verlegen, setzte ich stets ein vages, höfliches Lächeln auf und suchte möglichst schnell das Weite, um den neugierigen Fragen zu entgehen.

Bald darauf ließ sich der Mann persönlich blicken, um sich bei mir zu entschuldigen. In der einen Hand trug er eine Kuchenschachtel, in der anderen einen prall gefüllten Beutel mit Gemüse: Spinat, Kartoffeln und Zwiebeln. Er war jung – ich schätzte ihn auf Anfang zwanzig –, und er hatte Aknenarben im Gesicht. Kleinlaut und mit gesenktem Kopf stand er die ganze Zeit betreten da, sodass ich mir am Ende fast komisch vorkam, vor lauter Panik so viel Aufhebens gemacht zu haben. Als er den Sack vor mich hinstellte, kuller-

ten die Kartoffeln heraus und lagen verstreut am Eingang herum, was ihn noch mehr in Verlegenheit brachte und erröten ließ.

Nitta hatte der Wirtin den Vorfall geschildert, indem er die Geschichte, die ja durchaus lustig war, stellenweise zu einem dramatischen Abenteuer aufbauschte. Wie der betrunkene Kerl in seinem Vollrausch herumrandaliert hatte, wie es mir nur mit knapper Not gelang, aus dem Haus zu entkommen, und wie er daraufhin den Kerl unschädlich gemacht hatte. Es ging so weit, dass er sogar die Stimme des Eindringlings imitierte, er brüllte: »Lass mich rein!«, als hätte er es selbst miterlebt. Die Wirtin fand trotz eines gewissen Mitgefühls die Situation so grotesk, dass sie sich ein Lachen nicht verkneifen konnte.

Kaoru war diesmal nicht dabei gewesen. Als ich ihr das erste Mal nach jener denkwürdigen Nacht begegnete, wusste ich nicht, wo ich hinschauen sollte. In ihrer Anwesenheit erwähnten Nitta und ich die Begebenheit mit keinem Wort. Und sie fragte auch nicht danach. Obwohl er und ich keine explizite Vereinbarung getroffen hatten, behandelten wir den Vorfall diskret, so als wäre nichts geschehen.

Dass Nitta und ich ein gemeinsames Geheimnis hatten, erfüllte mich mit großer Freude. Es war mir noch wichtiger als das nächtliche Intermezzo selbst. Wenn wir zu dritt waren, wünschte ich mir, ich könnte diese Gemeinsamkeit erneut mit ihm teilen. Aber ich wusste nicht wie. Er selbst schien sich damit zu begnügen, in innerer Stille zu verharren.

Nach wie vor spielte er nicht auf dem Cembalo. Diese Tatsache warf manchmal einen Schatten auf mein Glück. Es war nicht so beunruhigend, dass es mir die Freude verdor-

ben hätte, aber wenn ich versuchte, es zu verdrängen, spukte sie beharrlich in meinem Hinterkopf weiter, und es gelang mir nicht, diesen Makel loszuwerden.

Andererseits nahm ich es nicht allzu ernst. Ich brauchte mir nur die einzelnen Bilder unserer Begegnung in Erinnerung zu rufen, um das lustvolle Gefühl wieder aufleben zu lassen.

Jetzt hatte ich keine Angst mehr vor dem finsteren Wald. Ich liebte den Moment, wenn ich abends, erschöpft von meiner Arbeit, den Blick spontan aufs Fenster und in die Dunkelheit dahinter richtete. Sie verkörperte jenes unsichtbare Band, das uns beide miteinander vereinte. Es war nicht die Finsternis am Meeresgrund, wo nie Licht hingelangte, sondern wie ein Schleier, der uns sanft umschmiegte und Kaoru fernhielt.

Merkwürdigerweise plagte mich kein schlechtes Gewissen meinem Mann gegenüber. Ich begann mir einzureden, dass ich nicht hierher geflüchtet war, um vor ihm Reißaus zu nehmen, sondern weil ich Nitta begegnen durfte. Das, was sich zwischen uns beiden ereignet hatte, wäre mir nie und nimmer mit meinem Mann passiert. Es war unvergleichbar. Es war ein besonderer Augenblick, der allein mir und Nitta gehörte. Nitta hatte durch meinen Körper hindurch mein Herz berührt. Mein Mann hingegen schaffte es nicht einmal, den Nebel zu durchdringen, der uns beide trennte.

Wegen der Gefahr, dass möglicherweise ein Verrückter ins Landhaus eindringen könnte, war beschlossen worden, die morschen Fensterrahmen zu erneuern. An einem Samstag-

nachmittag kamen Kaoru und Nitta mit Werkzeugen und Leisten zu mir. Die Hölzer sahen hochwertig aus, wie jene, die für den Bau der Instrumente verwendet werden. Dona trottete mit einiger Verzögerung ebenfalls heran.

»Wir haben Holz im Überfluss, machen Sie sich deswegen keine Sorgen. Und scheuen Sie sich nicht, uns alle Stellen zu zeigen, wo die Fenster sich nicht mehr gut öffnen und schließen lassen«, sagte Kaoru. »Das Prinzip unserer Arbeit beruht darauf, perfekte Oberflächen zu schaffen. Insofern ist das Ausbessern von Fensterrahmen ein Kinderspiel. Wenn die Fläche nicht plan ist, gibt es an etlichen Stellen Risse und die Dichtungen funktionieren nicht. Dann verliert das Gebilde seine Stabilität und wird brüchig. Das scheint hier auch der Fall zu sein, nicht wahr?«

Sie wandte sich Verständnis heischend Nitta zu, der mit einem unterdrückten Lachen nickte.

»Kaoru hat gerade erst das Hobeln gelernt. Anfangs waren die Bretter ziemlich uneben, weswegen ich sie gemaßregelt habe.«

»Ja, und ich habe deshalb hinter der Halle ein paar Tränen vergossen.«

Während ihrer Neckereien hatten sie die Terrasse zur Werkstatt umfunktioniert und sich sofort an die Arbeit gemacht. Sie lösten die Schiebefenster aus den Schienen, hobelten die unebenen Stellen gerade, schliffen sie glatt und tauschten beschädigte Rahmen komplett aus. Nitta musste gelegentlich zur Halle zurück, um mit der Elektrosäge die Bretter zuzuschneiden. Kaoru ging ihm bei allem geschickt zur Hand. Sie wusste immer, welches Werkzeug er gerade brauchte, und hielt es für ihn bereit, sie half ihm bei den kraft-

zehrenden Arbeiten und beseitigte im Nu die entstandenen Abfälle.

Ich schaute ihnen auf dem Sofa sitzend vom Wohnzimmer aus zu. Ich hatte ihnen meine Hilfe angeboten, doch sie hatten höflich abgelehnt. Sie wollten mir die Arbeit nicht aufbürden, ich solle wie gewohnt meinen Samstag verbringen.

Es waren nicht bloß die Fenster. Das Haus war an vielen Stellen reparaturbedürftig. Die Fugen im Badezimmer waren undicht, der Ventilator in der Küche funktionierte nicht, und Ameisen krabbelten auf den Dielen herum. Als ich die Ameisenkolonne über den Boden des Wohnzimmers ziehen sah, erschien mir das Haus wie ein Sinnbild des Vergänglichen. Aus diesem Grund musste es unbedingt instand gesetzt werden. Ich bekam Angst, dass auch Nitta sich in eine unerreichbare Ferne verflüchtigen könnte.

Ihr gemeinsam erschaffener Mikrokosmos war harmonisch und von beständiger Dauer. Sei es, dass sie ein Cembalo bauten, ein Barbecue veranstalteten oder Holzleisten drechselten, die Harmonie zwischen ihnen wurde nie beeinträchtigt. Ihre Bewegungen waren eins. Die kurzen Wortwechsel, die kleinen Pausen, ihr Lachen, all das bewahrte eine Balance, die sogar Donas Kläffen nicht störte.

»Das Geländer auf der Terrasse ist auch ziemlich kaputt. Sollen wir es gleich mitreparieren?«, rief Nitta mir von draußen zu.

»Ja, gerne«, gab ich zurück.

Er krempelte die Ärmel seines blauen Hemds hoch und wischte sich mit dem Handtuch, das am Gürtel befestigt war, den Schweiß von der Stirn. Seine braun gebrannten Unterarme strotzten vor Kraft, als sei ihnen kein Gewicht zu

schwer. Sogar von Weitem war erkennbar, wie seine Muskeln arbeiteten. Zugleich erinnerten sie an eine Zeit, wo sie fürs Klavierspiel gebraucht wurden.

Ich liebte die Augenblicke, in denen Nitta seinen Körper offenbarte. Bisher war Kaoru stets dabei gewesen. In ihrer harmonischen Symbiose war er es, der mir besonders kostbar und faszinierend erschien. Aber jetzt war alles anders. Ich besaß eine Erinnerung an ihn, von der sie nichts wusste.

Gelegentlich drehte sich Nitta zu mir um, als wollte er sich vergewissern, dass ich noch da sei. Verstohlen lächelte ich zurück, damit Kaoru es nicht bemerkte und stutzig wurde. Ich wurde von dem Verlangen übermannt, mich in seine verschwitzten Arme sinken zu lassen. Jedes Mal, wenn ich von der Sehnsucht ergriffen wurde, umklammerte ich ganz fest meine Brust, um dem Impuls zu widerstehen. Trotzdem wühlte mich die Erinnerung an seine neugierigen Lippen und Hände, wie sie die Vertiefungen, Wölbungen und Kurven meines Körpers erkundeten, auf.

Ob Kaoru ahnte, dass in jener Nacht etwas zwischen uns vorgefallen war? Während ich die beiden bei der Arbeit beobachtete, grübelte ich darüber nach. Angestrengt versuchte ich, diesen lästigen Gedanken aus meinem Kopf zu verscheuchen.

Sie hatten über vier Stunden gebraucht, bis sie mit der Arbeit fertig waren. Wir setzten uns auf die Terrasse und tranken eine eiskalte Coca-Cola. Ich hatte alle im Haus auffindbaren Süßigkeiten – Chips, Bonbons, Erdnüsse – nach draußen gebracht. Als Kuchen musste die Biskuitrolle herhalten, die mir der junge Mann vorbeigebracht hatte.

Schon die wenigen Ausbesserungen hatten geholfen, das

Haus wie neu aussehen zu lassen. Vom Duft der Leckereien angezogen, trabte auch Dona auf die Terrasse und reckte seine Schnauze so hoch er konnte, um herauszufinden, was dort auf dem Tisch stand.

»Am Montag könnten wir zeitig aufstehen und an den See fahren, wollen wir?«, schlug Kaoru vor.

»Das ist eine gute Idee«, sagte Nitta. »Ich habe dort ein eigenes Ruderboot, auch wenn es schon ein bisschen in die Jahre gekommen ist.«

»Frühmorgens sind kaum Leute da.«

»Kaoru kann sich kräftig in die Riemen legen, wie eine Athletin. Ihre Bestzeit für die Überquerung des Sees übertrifft meine bei Weitem.«

»Bei unserer Regatta benutzen wir eine Stoppuhr. Wir tragen nämlich untereinander immer einen Wettkampf aus.«

»Ich begreife überhaupt nicht, woher Sie die Kraft dazu nehmen, Kaoru.«

»Wie Sie sehen, legt sie sich ständig einen Kalorienvorrat an.«

Just in diesem Moment schob sie sich das vierte Stück Biskuitrolle in den Mund und leckte sich verschämt die Creme von den Fingern.

Zwischen uns dreien gab es keinen einzigen Moment der Befangenheit. Meine Blicke, die Nittas Gesten folgten, und Kaorus zurückhaltendes Wesen, alles fügte sich auf natürliche Weise in das Gesamtbild ein. Meine geheimen Erinnerungen und Begierden ließen sich wunderbar im gleißenden Sommerlicht verbergen.

Die Hälfte der Terrasse lag zwar im Schatten, aber die Sonne stand noch hoch, und wenn man zum Himmel auf-

schaute, flirrte helles Licht durch das Laub der Bäume. Dona kauerte vor meinen Füßen und bettelte. Als ich ihm einen Kartoffelchip reichte, schnappte er ihn sich geschickt mit der Zunge. Auf meiner Handfläche kitzelte es.

»Bei Sonnenaufgang glitzert der See so herrlich.«

»Ja, das vertreibt sofort den Schlaf aus den Augen.«

Beide hoben gleichzeitig ihre Gläser, in denen die Eiswürfel klirrten.

Es würde ein wunderschöner Morgen werden. Überall schimmert der Tau, die Luft ist frisch und klar, es ist völlig windstill. Wir gleiten mit dem Boot über den noch unberührten, ruhigen See. Sanfte Wellen breiten sich aus, um wieder zu verschwinden. Die Morgensonne taucht die ganze Landschaft in ein seidiges Licht.

Mitten auf dem See wird das Boot langsamer, und ein jeder von uns genießt auf seine Weise die angenehme Stille. Die Knie umschlungen, betrachten wir das schlingernde Seegras auf dem Grund des Sees und lauschen, an die Bootsflanke gelehnt, dem Zwitschern der Vögel. Mitunter lässt uns ein Plätschern zusammenzucken, wenn ein Fisch hochspringt, aber kurz danach ist die Wasserfläche wieder spiegelglatt.

Kaorus Haut schimmert zart wie ein frisches Blütenblatt. Die Farbe ihrer Augen changiert in feinen Nuancen, je nachdem, wohin sie ihren Kopf wendet. Jedes einzelne Haar fängt das Licht ein. Wir beide verständigen uns nur über Blicke.

Nitta, die langen Beine über Kreuz, sitzt mit dem Rücken zu uns. Ich bräuchte nur die Hand auszustrecken, um ihn zu berühren, aber dazu fehlt mir der Mut. Stattdessen rufe ich

mir ins Gedächtnis, wie sich sein Rückgrat anfühlte, als ich ihn in meinen Armen hielt, wie das Gewicht seines Oberkörpers mir den Atem abschnürte, ich dachte an den eindringlich süßen Schmerz unserer ineinander verschlungenen Beine.

Er taucht die Fingerspitzen ins Wasser. Finger, die Cembalos anfertigen können. Finger, die niemandem etwas zuleide tun.

Dona liegt am Ufer und döst. Ab und zu reckt er den Kopf in die Höhe und nimmt Witterung auf, um sicherzustellen, dass wir ihn nicht im Stich lassen, indem wir uns zu weit entfernen. Beruhigt schließt er wieder die Augen.

Jeder von uns verspürt einen tiefen Frieden. All die Dinge, die tief in unserem Innern herumgeisterten: Finger, die nicht Klavier zu spielen vermögen, ein ermordeter Geliebter, ein gewalttätiger Ehemann … sie haben sich aus unserem Bewusstsein verflüchtigt.

»Ruriko, wollen Sie nicht mitkommen? Wir könnten Sie von zu Hause abholen«, schlug Kaoru vor.

»Ich könnte für uns Frühstück machen. Als Dankeschön für den heutigen Tag.«

Beide freuten sich sehr über mein Angebot. Dona wedelte mit dem Schwanz und legte seine Schnauze auf meinen Schoß, um noch einen Kartoffelchip zu ergattern.

Aber das Picknick an jenem Morgen, der so schön zu werden versprach, fand nie statt.

Am übernächsten Morgen packte ich den Proviant in einen Korb, füllte heißen Kaffee in eine Thermosflasche und setzte

mich an den Esstisch, um auf die beiden zu warten. Draußen begann sich der Nebel zu lichten und die ersten Sonnenstrahlen blitzten zwischen den Bäumen hindurch.

Die beiden erschienen jedoch nicht zum verabredeten Zeitpunkt. Um nicht untätig herumzusitzen, erledigte ich den Abwasch, den ich eigentlich erst nach unserer Rückkehr in Angriff nehmen wollte, ich prüfte, ob ich auch nichts vergessen hatte, und ordnete meine Frisur. Die Sonne stand bereits hoch am Himmel.

In dem Moment, als ich dachte, der Morgen sei nun vorbei, klingelte das Telefon.

Es war Kaoru.

»Es tut mir leid«, sagte sie, »aber wir konnten die Verabredung nicht einhalten.« Sie entschuldigte sich abermals. »Es ist etwas Unvorhergesehenes dazwischengekommen. Deshalb konnten wir nicht weg. Ich hätte Sie längst anrufen wollen, aber es gab so viel zu tun, dass ich leider erst jetzt dazu gekommen bin.«

Sie sprach ungewohnt hastig und schien ganz durcheinander zu sein.

»Ist etwas passiert?«

»Ja, aber es ist nichts Schlimmes. Es ist uns nur nicht möglich, zu dem Picknick am See zu fahren.«

»Wo sind Sie?«

»Bei Herrn Nitta.«

»Geht es ihm nicht gut?«

»Nein, das ist es nicht. Körperlich fehlt ihm nichts.«

»Kann ich Ihnen bei irgendetwas behilflich sein? Ich kann sofort kommen, wenn Sie es wollen.«

»Danke, aber das ist nicht nötig. Mit dieser Art von Pro-

blem müssen wir Sie nicht behelligen, aber es ist beruhigend zu wissen, dass wir auf Ihre Hilfe zählen können. Ich weiß ja selbst nicht, was ich tun soll.«

»Es geht um das Cembalo, nicht wahr?«

Es kam keine Antwort, aber ich konnte förmlich spüren, wie sie am anderen Ende der Leitung nickte.

»Das Cembalo, das an das Konservatorium geliefert wurde«, murmelte Kaoru nach einer Weile des Schweigens. »Es ist zurückgekommen. Angeblich funktioniert es nicht.«

»Was soll das heißen?«

»Irgendetwas stimmt nicht damit. Wir haben mehrfach versucht, den Fehler zu beheben, aber es gelingt uns einfach nicht.«

»Sie sagen, es sei zurückgekommen. Gab es eine Reklamation?«, fragte ich vorsichtig nach.

»Ja, leider. Es ist tatsächlich defekt. Ich nehme an, dass Herrn Nitta bei der Herstellung irgendein Fehler unterlaufen ist. Selbstverständlich strebt er bei all seinen Arbeiten nach Perfektion. Nie ist er nachlässig oder unaufmerksam. Wahrscheinlich ist der Fehler durch einen dummen Zufall entstanden, und es lässt sich wiedergutmachen. Die hohe Qualität seiner Arbeit darf dadurch nicht infrage gestellt werden. Ruriko, bitte glauben Sie mir!«

Kaorus zitternde Stimme drohte zu versiegen.

»Ja, ich glaube Ihnen«, versicherte ich ihr. »Natürlich glaube ich Ihnen.« Ich versuchte, sie zu beruhigen.

Nach einigem Zögern beschloss ich, doch bei ihnen vorbeizugehen. Ich war mir zwar bewusst, dass ich ihnen bei den

Cembalos keine Hilfe war, sondern eher hinderlich sein würde, aber ich wollte ihnen wenigstens zur Seite stehen.

Außerdem machte ich mir Sorgen um Kaoru, die anscheinend ganz verstört war. Selbst als sie mir vom Tod ihres Verlobten erzählte, war sie nicht annähernd so aufgewühlt gewesen wie jetzt.

Das Cembalo stand im Hof. Achtlos neben der Steinbank abgestellt, auf der wir neulich beim Barbecue gesessen hatten. Der Deckel war geschlossen, seine schwarzen Beine standen schief. Ausgesetzt an einem Ort, der seiner nicht würdig war, wirkte das Musikinstrument auf einmal schwach und gebrechlich.

Die beiden standen vor ihm, als würden sie es verächtlich mustern. Nitta mit verschränkten Armen und starrem Blick, Kaoru neben ihm, den Kopf gesenkt. Dona hockte inmitten von Hobelspänen vor der Halle und stierte unverwandt in die Luft.

Sie hatten meine Anwesenheit bemerkt, zeigten jedoch keinerlei Reaktion. Ihr sonst so herzliches Lächeln war gänzlich aus ihren Gesichtern verschwunden. Dona mit eingeschlossen, waren alle drei absorbiert von dem Anblick des schwarzen Cembalos, das jeden Augenblick umzukippen drohte.

Ich stellte den Picknickkorb neben eine Lärche am Anfang des Pfads und lehnte mich an ihren Stamm. Näher traute ich mich nicht heran.

Nitta griff die Axt, die neben ihm lag, holte aus und schlug auf das Cembalo ein. Es war nur ein kurzer Augenblick, aber als sich das Bild auf meiner Netzhaut einprägte, schien sich die Zeit zu krümmen. Ich erinnerte mich, wie ich

zum ersten Mal das mit Instrumenten vollgestellte Wohnzimmer betrat; Kaoru, die *Les Tendres Plaintes* auf dem Manual spielte; das verstummte Cembalo, das uns beide still beobachtete in jener bedeutungsvollen Nacht – all diese Erinnerungen ließen sich nicht in Einklang bringen mit der Szene, die sich vor meinen Augen abspielte. Ich war geschockt.

Es musste einen ziemlichen Lärm gemacht haben. Und dennoch wurde die Stille nicht gestört. Die herumfliegenden Holzsplitter, Kaorus bebende Schultern, die Lichtreflexe auf dem Blatt der Axt brachten mir lediglich den Klageschrei des Cembalos zu Ohren. Der tatsächliche Krach wurde verschluckt durch die Krümmung der Zeit.

Unentwegt hackte Nitta auf das Cembalo ein, wieder und immer wieder. Im weiten Bogen schwang er die Axt und hieb jedes Mal mit voller Wucht auf das Instrument ein, das in tausend Stücke zerbarst. Die Scharniere des Deckels lösten sich, der Resonanzboden zersplitterte, die Klaviatur brach auseinander.

Und doch wirkte Nitta nicht traurig angesichts dieser grausamen Zurichtung eines geliebten Objekts. Sein Blick war ruhig wie ein tiefer See, genauso ruhig wie jener, den wir heute Morgen eigentlich aufsuchen wollten.

Im Gegensatz dazu befand sich sein Körper in wilder Aufruhr. Seine Hände, die sonst die empfindlichsten Flächen mit größter Sorgfalt glatt hobelten, die meine zerschundenen Füße so fürsorglich verarztet hatten, waren jetzt nur noch ein Werkzeug der Zerstörung. Selbst Kaoru vermochte ihn nicht daran zu hindern.

Sie weinte. Die Hände vors Gesicht geschlagen, weinte sie lautlos. Hin und wieder liefen ihr die Tränen zwischen

den Fingern hindurch. Tränen, die sich in Farbton und Form deutlich unterscheiden ließen. Von hinten betrachtet wirkte sie noch zierlicher als sonst.

Mit jedem Windstoß flatterte ihr kurzes Haar auf. Es war die einzige Stelle ihres Körpers, die in Bewegung war.

Zum ersten Mal in meinem Leben sah ich jemanden so todtraurig und zugleich so erhaben weinen. Ich kam gar nicht auf die Idee, sie zu trösten, so groß war die Faszination, sie in ihrer Trauer anzuschauen.

Das Cembalo hatte längst seine Funktion als Musikinstrument eingebüßt, aber Nitta hielt nicht inne.

Er keuchte, sein Hemd war durchgeschwitzt, an seinen Turnschuhen klebten Lehm und Gras. Eine bislang verborgene Kraft brach nun gnadenlos aus ihm hervor.

Merkwürdigerweise machte es mir keine Angst. Würde er sich abrupt zu mir umdrehen und sich mit diesem mörderischen Elan auf mich stürzen, würde ich nicht einmal fliehen wollen, sondern vielmehr den Wunsch verspüren, mich ihm ganz hinzugeben.

Ich beneidete die weinende Kaoru. Sie konnte Nitta alles geben, was er brauchte. Meißel, Hobel, Leim und sogar ihre Tränen.

Plötzlich kam alles zum Stillstand. Im selben Augenblick drang das Zirpen der Zikaden an meine Ohren. Vermutlich waren sie schon die ganze Zeit über zu hören gewesen, aber erst jetzt bemerkte ich, wie laut sie waren. Nitta und Kaoru zu Füßen lagen die Trümmer des Cembalos.

Die beiden entfachten ein Feuer, in das sie die Überreste des Instruments warfen, Stück für Stück. Es flammte nur schwach auf und sandte dünne Rauchfäden in den blauen

Sommerhimmel. Die Sonne brannte, mir lief der Schweiß herunter, obwohl ich mich nicht vom Fleck rührte. Oder lag es vielleicht an dem Feuer?

Die Springer, die schwarzen Tasten, die weißen Tasten, das Gehäuse mit den geschwungenen Seitenwänden und dem Deckel, der Resonanzboden. Es gab so viele Einzelteile, aber keines von ihnen besaß mehr seine vollständige Form. Von der Axt bis zur Unkenntlichkeit zerstört, stachen ihre Konturen nun spitz hervor.

Die beiden kauerten dicht nebeneinander vor den Überresten. Sie nahmen ein Bruchstück nach dem anderen und hielten es eine Weile in der Hand, bevor sie es ins Feuer warfen. Allein in diesem Moment loderten die Flammen rot auf und Rauch stieg empor.

Kaoru hatte aufgehört zu weinen. Ihre tränenfeuchten Wangen wirkten nun noch durchscheinender. Auch Nittas keuchender Atem hatte sich beruhigt. Gleichzeitig und in regelmäßigen Abständen wiederholten sie die immer gleiche Geste. Als vollführten sie ein heiliges Ritual.

Auch Dona rührte sich nicht von der Stelle. Seine Hinterläufe waren artig gefaltet, den Kopf hielt er aufrecht. Eine für ihn ungewöhnliche, majestätische Haltung. Nicht einmal seine Zunge hing heraus. Als wollte er dadurch kundtun, dass er seine Bestimmung, der Zeremonie als Zeuge beizuwohnen, erfülle.

Während Dona seiner Pflicht nachkam, gab es für mich keine Verwendung. Mit einem Taschentuch Kaorus feuchte Wangen trocknen. Nitta tröstliche Worte zusprechen. Mit ihnen gemeinsam die Überreste des Cembalos verbrennen. Was für ein törichter Einfall!

Die beiden waren einander tiefer verbunden als in körperlicher Vereinigung, die zwischen Nitta und mir stattgefunden hatte. In diesem Moment wurde mir bewusst, dass sie sich gegenseitig mit einer Wärme besänftigten, die nach außen hin nicht sichtbar war. Würde ich mich dazwischendrängen, würde alles in sich zusammenstürzen. Die geheime Befriedigung, die ich gestern noch empfunden hatte, verschrumpelte in einem Winkel meines Herzens wie eine jämmerliche Larve.

Kaoru hob eines der elegant geschwungenen Beine auf und warf es ins Feuer. Nitta tat es ihr gleich mit einem Stück Holz, an dem noch eine Saite baumelte. Der Trümmerhaufen wurde zusehends kleiner. Obwohl die gleißende Sonne das Feuer überblendete, flackerte es offensichtlich weiter. Was verbrannten die beiden eigentlich? Finger, die einst anmutig über Klaviertasten glitten? Oder den Leichnam des ermordeten Verlobten?

Ihre Silhouetten ähnelten der Gestalt von Betenden. *Die Klagelieder des Propheten Jeremias* erklangen aufs Neue in meinem Ohr. Die vergangene Zeit, all die Stunden, die sie allein miteinander verlebt hatten, verwandelten sich in Rauch, der nun hoch zum Himmel stieg. Ein Himmel in herrlichem Blau.

Ich überließ die beiden sich selbst und ging fort.

Am ersten Wochenende nach dem Ende der Regenzeit waren wie erwartet alle Zimmer im Grashüpfer ausgebucht. Ich wusste, dass am Montag danach, wenn die Gäste auscheckten und die Zimmer sauber gemacht wurden, der meiste Be-

trieb herrschte. Aber darauf nahm ich keine Rücksicht, denn ich musste um jeden Preis mit der Wirtin sprechen. Ich brauchte dringend jemanden, der mich mit einem Lächeln beruhigte und Ordnung in meine konfuse Gefühlswelt brachte. Die Vorstellung, die verbleibenden Stunden des Tages allein zu verbringen, war mir unerträglich.

»Nanu. Treten Sie ein«, sagte die Wirtin, den Staubsauger in der einen Hand, einen Putzlappen in der anderen.

»Verzeihen Sie bitte, dass ich Sie gerade jetzt überfalle, wo so viel zu tun ist. Herzukommen und Sie zu belästigen und dann auch noch zu betonen, dass ich Sie nicht belästigen möchte, mag etwas eigenartig klingen, aber Sie brauchen sich tatsächlich nicht um mich zu kümmern. Wenn Sie erlauben, werde ich mich einfach auf einen Stuhl in der Ecke des Speisesaals setzen und nachdenken, und Sie können ungestört Ihrer Arbeit nachgehen. Geben Sie mir Bescheid, falls ich Ihnen bei irgendetwas behilflich sein kann. Heute habe ich den ganzen Tag über reichlich Zeit.«

Ich redete, ohne einmal Luft zu holen.

Allein der Anblick der Personen, die schweigend dafür sorgten, dass die Zimmer wieder hergerichtet wurden, wirkte sich beruhigend auf meine Gemütslage aus. Die beiden Studenten, die hier als Aushilfskräfte arbeiteten, schienen gute Arbeit zu leisten. Einer von beiden hatte ein goldenes Piercing im Ohr und sah noch sehr jung aus, der andere war feingliedrig und hatte langes lockiges Haar.

Die beiden zogen die Laken von den Betten ab, legten Futons zum Auslüften über die Brüstung der Veranda, fuhren mit dem Staubsauger in jeden erdenklichen Winkel und putzten die Fenster. Ihre Bewegungen waren voll jugend-

lichem Elan. Mit einem freundlichen Lächeln empfingen sie den alten Sakehändler, der die Spirituosen lieferte, und informierten die Wirtin umgehend über alle eingehenden Telefonanrufe. Nur wenn sie zufällig meinem Blick begegneten, schlugen sie verschämt die Augen nieder.

Die Wirtin war meistens in der oberen Etage zugange, aber ich wusste immer, in welchem Zimmer sie sich gerade aufhielt. Denn sobald sie sich rührte, quietschten lautstark die Dielen.

Um mich herum herrschte ein ziemlicher Lärm. Die Staubsauger summten unentwegt, die Türen schlugen schwungvoll auf und zu, alle drei polterten durchs ganze Haus. Hin und wieder stieß auch der Pfau einen heiseren Schrei aus. Alles war so geschäftig wie jeden Tag.

»So, jetzt mache ich eine Pause.«

Die Wirtin quetschte ihren umfangreichen Bauch an den Tisch und ließ sich prustend auf den viel zu kleinen Stuhl fallen.

Ich holte den Proviant aus dem Picknickkorb und legte die Sachen auf den Tisch, den der Junge mit dem Piercing gerade sauber gewischt hatte. Mit Ei, Schinken oder Thunfisch belegte Sandwiches. Würstchen, Salat, Tomaten, Brokkoli. Blauschimmelkäse, Camembert, Cracker. Apfelkuchen, Karamellpudding. Kiwi, Äpfel, Trauben. Und von allem reichlich.

Die Wirtin schaute kein bisschen verwundert, fragte aber nicht weiter nach, weshalb ich Berge von Nahrungsmitteln anschleppte. Sie begnügte sich damit, alles schwungvoll in sich hineinzuschaufeln.

Auch die beiden Aushilfskräfte langten mit sichtlichem

Appetit zu, nachdem sie sich anfangs noch ein wenig geniert hatten. »Was für ein Glück wir haben, solch ein köstliches Mittagsmahl serviert zu bekommen. Normalerweise gibt es bei uns Onigiri mit Reis vom Vortag und dazu eingelegtes Gemüse und Tee. Und damit hat sich's.«

Wenn die Wirtin nach den Sandwiches und den Kuchenstücken griff, wirkten die Portionen regelrecht klein. Der Gepiercte biss herzhaft in seine zweite Wurst, der Lockenkopf griff nach dem letzten Stück Apfelkuchen. Die Wirtin vertilgte systematisch sämtliche Sandwiches, immer in der gleichen Reihenfolge: Thunfisch, Ei, Schinken – Thunfisch, Ei, Schinken. Der am Morgen frisch gebrühte Kaffee war in der Thermoskanne nur noch lauwarm und der Salat bereits trocken, aber das schien keinen von ihnen zu stören.

Mir wurde jetzt erst bewusst, welch übertrieben große Mengen, selbst in Anbetracht von Kaorus Hunger, ich für das Frühstück eingepackt hatte. Immerhin war es ein perfektes Mittagessen.

Alle hatten regen Appetit. Nach und nach bildeten sich Schweißperlen am Haaransatz der Wirtin. Bei jedem Bissen, den sie verschlang, wackelte ihr Doppelkinn, und diese Bewegung breitete sich über ihren Busen und die Arme bis zum Bauch aus.

In ihrer Gegenwart wurde ich dazu verführt, ebenfalls Essen in mich hineinzustopfen. Als würde ich dadurch all die Eindrücke herunterwürgen, die soeben auf mich eingestürzt waren. Wir redeten über alles und nichts. Ob jemand mit vollem Mund sprach oder einen Rülpser von sich gab, störte keinen von uns.

Während ich aß, wurde mir zusehends die wahre Natur

meines Leidens bewusst. Es war das Leid, dass ich nichts besaß, was ich mit Nitta hätte teilen können. Das zu erkennen, änderte zwar nichts an der Tatsache selbst, aber es linderte zumindest meinen Schmerz.

»Ach, das war köstlich!«

Die Wirtin rieb sich zufrieden den Bauch. Die beiden jungen Männer bedankten sich höflich. Mein Korb war leer. Nur noch der Stiel einer Tomate lag darin.

»Heute soll es ziemlich heiß werden«, sagte die Wirtin.

Mit dem Schürzenzipfel wischte sie sich die Mundwinckel sauber.

»Ja, da haben Sie sicher recht.«

Draußen vor dem Fenster befand sich ein Kräutergarten. Ich sah alle möglichen Formen von Blättern – längliche, flache und spitze. Der Duft von Erde und Kräutern wehte ins Zimmer. Keine Wolke stand am Himmel. Angestrengt versuchte ich zu erkennen, ob immer noch Rauch in der Luft hing, aber es gelang mir nicht. Die Bergkämme und eine emporfliegende Schar Vögel wurden vom Blau des Himmels überstrahlt.

War die Bestattung des Cembalos bereits vorbei?

8

»Die Sommerferien im eigenen Landhaus zu verbringen, übersteigt meine Vorstellungskraft«, sagte sie.

Es klang weder ironisch noch missgünstig oder eifersüchtig. Sie brachte damit schlichtweg zum Ausdruck, dass sie sich so etwas nicht leisten konnte.

»Seit dem Tod meines Vaters ist alles ziemlich verwahrlost, und das Haus ist an etlichen Stellen baufällig.«

Als ich die Frau auf der Terrasse entdeckte, wusste ich sofort, wer sie war. Ich war ihr noch niemals begegnet und hatte auch nie ein Foto von ihr gesehen, aber trotzdem war ich sofort im Bilde. Das lag wohl daran, dass ich stets damit gerechnet hatte, mit ihr, seiner Geliebten, früher oder später zusammenzutreffen, gezwungenermaßen, weil die Situation es nun einmal erforderte. Und weil ich mir deshalb in Gedanken alle möglichen Arten dieser Begegnung ausgemalt hatte.

»Es ist ein herrliches Haus! Sind Sie in Ihrer Kindheit jedes Jahr mit Ihrer Familie hierher gefahren?«

»Ja, meistens im Sommer, im Winter eher selten.«

»Mich hat niemand irgendwohin mitgenommen. Bei uns gab es keinen Badeurlaub am Meer. Nicht mal für einen Tag. Ich bin auch nie mit einem Schnellzug gefahren oder habe in einer Pension übernachtet. Meine Kindheit war von Armut geprägt, nicht nur in finanzieller, sondern auch in geis-

tiger Hinsicht. Meine Mutter war damals sehr krank und lag die meiste Zeit über im Krankenhaus. Ihr Leiden begann just in dem Jahr, in dem ich eingeschult wurde, und sie starb, als ich in die sechste Klasse kam. Sie hatte Gebärmutterkrebs, und die Metastasen haben nach und nach alle anderen Organe – Darm, Leber, Blase – sowie die Wirbelsäule und am Ende auch ihr Gehirn befallen. Bevor der Tod sie erlöste, musste sie im wahrsten Sinne des Wortes alle Schmerzen dieser Welt ertragen.«

Sie stand auf der Terrasse, nannte mir ihren Namen und entschuldigte sich für ihren unangemeldeten Besuch. Ihr Name war absolut banal. Ich bat sie ins Haus, und als wir auf dem Sofa Platz nahmen, hatte ich ihn wieder vergessen.

»Deshalb sind meine Kindheitserinnerungen mit dem Krankenhaus verbunden. Etwas anderes gab es nicht. Am Eingang saß eine missmutige alte Frau, bei der man seine Schuhe abgeben musste. In Pantoffeln bin ich dann durch die Gänge geschlurft, die vollgestellt waren mit Plastikeimern, Infusionsständern und Essenswagen. Immer wenn ich ins Krankenzimmer trat, starrten mich gleich sechs Patienten auf einmal an. Sechs ausgezehrte Gesichter mit tief liegenden Augen, aus denen alle Lebenskraft gewichen war. Es war eine schlimme Zeit für mich. Denn ich hatte ständig Angst, dass meine Mutter nicht mehr unter ihnen weilte. All meine Erinnerungen sind mit dem Geruch von Desinfektionsmitteln behaftet und werden von einem gelbstichigen, ausgefransten Vorhang eingerahmt, gleich dem, der die schmale Pritsche umgab, auf der meine Mutter lag.«

Seine Geliebte war nicht so jung, wie ich angenommen hatte. Die dreißig dürfte sie überschritten haben. Sie trug ein

schickes beigefarbenes Kleid, dazu eine Perlenkette und ein feingliedriges Goldarmband. Das Kleid war in der Länge so bemessen, dass es ihre Beine elegant umspielte. Ihre Slipper standen akkurat nebeneinander auf dem Dahlienmuster in der Mitte des Teppichs.

»Nein wirklich, das ist ein wundervoller Ort. Selbstverständlich bin ich zum ersten Mal hier. Bis ich ihn auf der Karte gefunden habe, wusste ich nicht einmal, dass er existiert. Es gibt zwar keine historischen Baudenkmäler, und touristisch scheint die Gegend auch nicht erschlossen zu sein, aber auf jeden Fall ist es ein geeigneter Platz, um zur Ruhe zu kommen, nicht wahr? Hier sind Bäume, es gibt Wasser und den Himmel. Was will man mehr? Es ist, als würde hier großes Wohlwollen herrschen. Wohlwollen – es ist lange her, dass mir dieses Wort in den Sinn gekommen ist.«

Sie war redselig. Ich brauchte ihr nicht einmal eine Fragen zu stellen, sie bestritt die gesamte Konversation allein. Gebärmutterkrebs, Wohlwollen, meinetwegen sollte sie reden, worüber sie Lust hatte, sofern es mich nicht belastete. Das war immer noch angenehmer als ein bedrohliches Schweigen, das in der Luft hängt und bei dem man krampfhaft nach Gesprächsstoff suchen muss.

»Dass ausgerechnet ich mit meiner Phobie gegen Desinfektionsmittel nun am Ende so eng mit einer Klinik verbunden bin, ist wirklich eine Ironie des Schicksals.«

Ich schwieg.

Sie strich eine Falte am Kleidersaum glatt und tippte sich mit dem Zeigefinger an die Schläfe. Ihr Goldarmband rutschte klirrend Richtung Ellbogen, bevor es wieder ans Handgelenk zurückglitt.

»Sie fragen sich bestimmt, was mich heute zu Ihnen geführt hat. Ich werde Ihnen die näheren Umstände erklären.«

Auch wenn ich sie nicht dazu ermunterte, würde sie bestimmt alles zur Sprache bringen, was sie auf dem Herzen hatte. Sie war der Typ Frau, der sofort zur Sache kam, ohne dass man ihr einen Anlass dafür geben oder nachfragen musste. Um das zu verstehen, habe ich nicht lange gebraucht.

Aber es war mir keineswegs unangenehm. Durch ihre direkte Art übte sie keinerlei Druck auf mich aus, sie behandelte mich sogar respektvoll. Außerdem war sie fast noch nervöser als ich selbst. Wie eloquent sie auch reden mochte, die kleinste Bewegung in ihrem Blick oder der geringste Wechsel in ihrer Tonlage verrieten ihre Gefühle.

»Ich habe mich schon seit Langem mit dem Gedanken getragen, ob es nicht sinnvoll wäre, uns zu treffen und miteinander zu reden. Ich habe mir überlegt, solange alles in der Schwebe ist, wird doch alles nur noch komplizierter, weil die Trugbilder, die wir dem anderen gegenüber hegen, immer mehr Raum einnehmen. Bei einer persönlichen Begegnung würden wir beide feststellen, dass die andere Person weitaus normaler ist, als man es sich die ganze Zeit eingebildet hat. Bitte nehmen Sie es mir nicht übel, falls mein Anliegen egoistisch klingen mag. Es geht mir nicht darum, mich für meine Position zu rechtfertigen. Ich denke nur, dass es so nicht weitergehen kann. Das soll nicht heißen, dass ich jemals auf eine Scheidung gedrängt habe. Das müssen Sie mir glauben. Das, was ich meine, hat mit Scheidung nichts zu tun. Kategorisch eine Scheidung zu verlangen, wäre nicht fair, zumal ich Angst hätte, ihn dadurch zu vergraulen.«

Zum ersten Mal kam sie auf meinen Mann zu sprechen.

Ihre Nerven schienen bis zum Äußersten gespannt. Sie räusperte sich, woraufhin sie ein Taschentuch aus ihrem Beutel holte und es sich vor den Mund hielt. Ich schlug die Beine übereinander und wartete, dass sie fortfuhr.

»Er weiß übrigens nichts davon, dass ich Sie heute aufsuche. Es sollte auch unter uns bleiben. Als ich erfahren habe, dass Sie die Wohnung verlassen haben, dachte ich mir, es wäre sicher gut, wenn wir uns beide einmal unter vier Augen unterhalten. Mein Gefühl sagt mir, dass wir vielleicht einen neuen Weg einschlagen könnten. Deshalb bin ich hier einfach so hereingeplatzt, obwohl ich weiß, wie unhöflich das ist. Ich kannte ja nicht mal Ihre genaue Adresse.«

»Wie haben Sie dann hergefunden?« Gleich nachdem ich diese Frage gestellt hatte, ärgerte ich mich darüber. Es waren die ersten Worte, die ich an die Geliebte meines Mannes richtete.

»Dank des Taxifahrers, er war sehr nett und hilfsbereit.«

Sie war perfekt geschminkt. Ihr Make-up war makellos, als hätte sie es gerade frisch aufgetragen, die Krähenfüße um die Augen herum hatte sie geschickt kaschiert. Die blassrosa Schattierungen des Rouges auf den Wangenknochen frischten ihren Teint auf, und ihr Lippenstift, der zwischen Rosé, Braun und Rot changierte, verlieh ihrem Gesicht eine besondere Note.

»Haben Sie nicht schon einiges über mich erfahren? Von Ihrem Mann, meine ich.«

»Nein, eigentlich gar nichts. Ich weiß nur, dass Sie als orthoptistische Fachkraft im Klinikum angestellt sind.«

»Um genau zu sein, habe ich die Ausbildung dazu erst absolviert, nachdem ich ihn kennengelernt habe. Davor war

ich Büroangestellte in einem Gärtnereibetrieb. Meine Arbeit bestand darin, Lieferscheine auszufertigen, mich um die Buchhaltung zu kümmern und den Kunden Tee zu servieren. Als ich ihm begegnete, war ich so hingerissen, dass ich ihm so nah wie möglich sein wollte. Aber eher in einem abstrakten, nicht im körperlichen Sinn. Deshalb habe ich ohne sein Wissen meine Stelle gekündigt und eine Fachschule besucht, die dem Klinikum angegliedert ist. Ein Jahr später habe ich mein Examen bestanden. Und so bin ich gewissermaßen in die aseptische Welt der Desinfektionsmittel zurückgekehrt, mit denen meine schlimmsten Erinnerungen verbunden sind.«

Um mir meine Gemütslage nicht anmerken zu lassen, ließ ich meinen Blick zu einer Schar von kleinen Vögeln wandern, die sich draußen auf der Terrasse tummelten. Geschickt hüpften sie auf dem schmalen Geländer herum.

Was für leidenschaftliche Gefühle, dachte ich. Um einen verheirateten Mann für sich zu gewinnen, fängt sie noch einmal ganz von vorne an. Damit sie mit ihm gemeinsam kranke Augen untersuchen kann. Und ich hatte ahnungslos Buchstaben zu Papier gebracht.

Seltsamerweise machte mich das kein bisschen wütend. Mein Mann und seine Geliebte rückten in eine unwirkliche Ferne. Hatte ich auch derart leidenschaftliche Gefühle für ihn empfunden, als wir uns kennenlernten? Wahrscheinlich schon. Die zehn Minuten, die ich bei unserem ersten Rendezvous auf ihn wartete, waren die glücklichsten meines Lebens. Als wir zusammen durch die Stadt schlenderten, genügte es, dass sich unsere Hände zufällig berührten, um mein Herz bis zum Hals schlagen zu lassen. Deshalb trug ich meine Hand-

tasche immer in der anderen Hand. An den Abenden, wo ich auf einen Anruf von ihm hoffen durfte, vermied ich es, den Föhn zu benutzen.

Aber zu was hat das alles geführt? Zu nichts.

Ich dachte an Nitta. An seine Stimme, seinen Körper, seine Gesten.

»Es gab eine Zeit, wo ich eifersüchtig war«, sagte ich. »In jenen Nächten, in denen er nicht nach Hause kam, bin ich bei jedem Motorengeräusch hochgeschreckt. Es konnte noch so weit weg sein, ich bildete mir ein, sein Auto heraushören zu können. Ich habe dann oft Wetten mit mir selbst abgeschlossen. Falls er innerhalb der nächsten fünf Autos heimkehrt, würde ich ihn mit einem Lächeln empfangen. Ihm ein Bad einlaufen lassen. Und falls es sechs werden … Weiter habe ich zunächst nie gedacht. Immer wenn dann das sechste vorbeigefahren war, fasste ich einen neuen Beschluss. Sollte er unter den nächsten fünf sein, würde ich ihn nicht zur Rede stellen, weshalb er so spät war. Ich hätte ihm alles verziehen. Und so ging es immer weiter.«

Ich hatte eigentlich nicht die Absicht gehabt, ihr meine Eifersucht einzugestehen, aber ehe ich mich's versah, war ich selbst dabei, die alten Geschichten aufzuwärmen, die ich längst verdrängt hatte. Seine Geliebte wirkte weder bekümmert, noch zeigte sie Mitgefühl, sie war nur mit ihrem Taschentuch beschäftigt, das sie ordentlich zusammenfaltete. Ob sie jetzt triumphierte? Kostete sie die Tatsache aus, dass sie die Auserwählte war und nicht ich, seine rechtmäßige Ehefrau, die hier vor ihr saß?

Während wir miteinander sprachen, war mein Herz die ganze Zeit über bei Nitta. Ich verstand, dass mein Mann nur

eine Projektionsfigur für meine Eifersucht gegenüber Kaoru war.

Bei der Bestattung des Cembalos hatten beide vereint gelitten, Nitta und Kaoru. Aber Nitta und ich, wir haben uns geliebt. Und dennoch beneidete ich sie um ihr Leid. Ich war eifersüchtig auf Kaorus Tränen.

Auf eine bestimmte Art und Weise liebten sich die beiden, an einem Ort, zu dem ich keinen Zugang hatte. Sie mussten es nicht geheim halten. Kaoru lauschte gemeinsam mit Nitta der Musik. Sie arbeitete mit dem Holzhobel. Spielte für mich auf einem neu gebauten Cembalo. Und je schöner der Klang, desto grausamer war der Nachhall.

So wie mein Mann nicht zu mir in die Finsternis des Waldes vordringen konnte, waren Nitta und Kaoru in ihrem eigenen Kokon eingesponnen.

»Wie zuvorkommend er mich auch behandeln mochte, ich war irgendwann nicht mehr in der Lage, es als Zärtlichkeit wahrzunehmen. Die kleinen Gesten, wenn er mir zum Beispiel beim Abendessen das Dressing über den Tisch reichte oder eine Staubflocke aus meinem Haar entfernte. Bestimmt macht er das auch bei Ihnen. Ich habe es mir wieder und immer wieder ausgemalt. Quälende Bilder sind mir durch den Kopf gespukt, wie er seinen Körper, seine Finger, seinen Mund für jemand anders gebraucht. Sie haben vorhin von Trugbildern gesprochen, aber meine Vorstellungskraft ist so lebhaft, dass sie alle Grenzen sprengt. Ich hätte das nie für möglich gehalten. Sein Atem, sein Schatten, sein Geruch, seine Körpertemperatur – alles nur Erdenkliche habe ich mir bis ins kleinste Detail vorgestellt. Es war weitaus sinnlicher, als ich es selbst jemals erfahren habe.«

Seine Geliebte schwieg, den Kopf gesenkt.

Eigentlich war es mir egal. Das Leid, das mir durch meinen Mann zugefügt wurde, hatte keine Bedeutung mehr für mich.

Der Schwarm Vögel war unbemerkt aufgeflogen, ihr Zwitschern verstummt. Nur das Zirpen der Zikaden war noch zu hören. Hin und wieder vernahm ich in der Ferne Kindergeschrei. Ob sie am Flussufer spielten? Aber vielleicht bildete ich mir das nur ein.

»Darf ich Sie etwas fragen?«

Sie nickte.

»Wie haben Sie meinen Mann eigentlich kennengelernt?«

»Im Theater. In der Schlange vor der Kasse. Er hat mich einfach angesprochen. Er hätte eine Karte übrig, ich könne sie haben, wenn ich wolle. Es wäre doch schade, sie verfallen zu lassen. Das hat er gesagt.«

Es war ein Stück, das wir uns gemeinsam anschauen wollten. Sie saß also auf dem Platz, der eigentlich für mich bestimmt gewesen war.

Wieso bin ich an jenem Abend nicht dorthin gegangen? Ich kann mich nicht mehr erinnern. War ich erkältet? Vielleicht hatte mein Kalligrafie-Kurs länger gedauert? Oder hatte ich keine Lust gehabt, vor die Tür zu gehen, weil es regnete? Wie dem auch sei, es konnte nur ein unbedeutender Zufall gewesen sein.

»Wie lange wollen Sie denn hierbleiben?«, fragte sie.

»Nun ja …«, erwiderte ich zögerlich. »Manchmal habe ich das Gefühl, ich sollte so lange bleiben wie nur irgend möglich, aber dann kommen wieder Zweifel, ob das eigentlich geht.«

»Das Haus ist doch Ihr Eigentum. Also können Sie es halten, wie Sie wollen.«

»Das stimmt, aber eines Tages werde ich woanders hingehen müssen. Natürlich nicht zurück zu meinem Mann. Ich spreche von einem Ort, an den ich eines Tages zurückkehren sollte. Ich werde sehr traurig sein, wenn dieser Tag gekommen ist. Hier in dieser friedlichen Umgebung, wo ich mich geborgen fühle, stelle ich mir vor, wie schön es wäre, für immer und ewig in diese Stille einzutauchen, die mir das Gefühl gibt, voll und ganz akzeptiert zu sein. Aber das ist nur eine Illusion. Für immer und ewig, dieser Ausdruck hat keinerlei Bedeutung in unserer Welt.«

»Und was tun Sie hier den Tag über?«

»Ach, nichts Besonderes. Ich bereite mir etwas zu essen, ich erledige meine Kalligrafie-Arbeit, gehe spazieren oder schaue einfach von der Terrasse aus in den Wald. Stundenlang. Ohne dass ich mich langweile.«

»Er macht sich Sorgen.«

»Wie bitte?« Ich hatte zunächst gar nicht verstanden, was sie meinte.

»Er sorgt sich die ganze Zeit um Sie, Ruriko. Ich meine das ganz aufrichtig«, sagte sie und strich sich über die perfekt lackierten Fingernägel. Versuchte sie mich zu trösten? Der Wind hatte sich gelegt, die Temperatur war spürbar angestiegen, aber sie schwitzte kein bisschen. Ihre Fingerspitzen wirkten völlig kalt.

»Glauben Sie, es war sinnvoll, dass wir miteinander gesprochen haben?«

Sie blickte hinunter auf die Dahlie im Muster des Teppichs. Ihre Worte klangen zugleich nachdenklich und bestimmt.

»Ich wäre froh, wenn Sie mich jetzt anders sehen würden als zuvor.«

»Das ist sicher. Soll ich Ihnen ein Taxi rufen?«

»Nein, das ist nicht nötig. Das Taxi, mit dem ich hergekommen bin, wartet auf dem Parkplatz der Pension.«

»Der Fahrer ist wirklich ausgesprochen freundlich.« Zum ersten Mal entspannten sich unsere Gesichtszüge. »Nun, dann werde ich Sie dorthin begleiten.«

»Ich danke Ihnen, das ist sehr nett. Aber ich finde auch allein zum Parkplatz.«

Sie erhob sich.

Sie war die Frau, die sich zwischen meinen Mann und mich gedrängt hatte. Die Frau, die mich verfolgte, ohne dass ich ihr jemals begegnet war. Ich fand es keineswegs befremdlich, dass sie heute hier aufgetaucht war. In meinem Bewusstsein war sie längst an einem Ort, der in weiter Ferne lag. Ihre Konturen lösten sich auf, sobald man die Hand ausstreckte, um sie zu berühren. Von der Terrasse aus schaute ich ihr nach, bis sie wieder an diesem fernen Ort war.

Die Neonbeleuchtung im Esszimmer flackerte. Ich stand auf, um sie auszuschalten, und knipste stattdessen die kleine Glühlampe über der Spüle an. Danach hatte ich das Gefühl, dass noch tiefere Nacht herrschte.

Obwohl ich es gewohnt war, allein zu essen, hatte ich keinen Appetit. Und noch weniger Lust zu kochen. Deshalb wärmte ich bloß eine Konservengericht auf, schnitt als Beilage ein paar Tomaten in Scheiben und dämpfte ein bisschen Brokkoli. Dazu knabberte ich das restliche Brot vom Früh-

stück. Für meine von der Schreibarbeit müden Augen war das schwache Dämmerlicht wohltuend. Ich stocherte mit der Gabel in den Tomatenscheiben herum, die nach und nach ihre Form verloren. Am Ende sahen sie aus wie ein blutiges Stück Fleisch.

Ich betrachtete mein Gesicht, das sich in der Scheibe des Küchenfensters spiegelte. Meine Haare waren gewachsen und hingen formlos herunter, da ich länger nicht beim Friseur gewesen war. Ich hatte Ringe unter den Augen, meine Lippen waren bleich.

Wenn doch nur Nitta mich berühren könnte, dann würden meine Haut und die Lippen sicher wieder feucht und glänzend schimmern. Und wenn er mein Haar liebkoste, würde es seidig durch seine Finger gleiten.

Ich ging ins Wohnzimmer und schaltete das Radio ein. Der Sender brachte die Übertragung eines Baseball-Spiels. Ich drehte an dem Knopf und stieß auf eine Ratgebersendung für Säuglingspflege. Noch ein Stückchen weiter ertönte eine sonore Männerstimme, die grammatikalische Vergangenheitsformen erklärte. Kein einziges Wort blieb bei mir hängen. Lag es an dem Knistern, oder war ich einfach zu erschöpft? Die fremden Stimmen deprimierten mich. Ich schaltete das Radio aus, ließ die Reste des Abendessens auf dem Tisch stehen und setzte mich aufs Sofa.

Ich fühlte mich einsam und geriet unweigerlich ins Grübeln. Es war schwierig, den Kopf frei zu kriegen. Gnadenlos, ohne Rücksicht auf meinen Zustand, kamen alle möglichen Bilder hoch.

Auf dem Sofa war nicht die geringste Spur der Frau zu erkennen, die vorhin hier gesessen hatte. In irgendeinem

Theater sitzt sie neben meinem Mann. Auf dem Platz, der eigentlich meiner ist. Ein Platz, der mir zugestanden hätte. Aber was nützt mein Klagen, mir hört doch sowieso keiner zu.

Es ist doch ganz einfach, dachte ich. Man braucht nur zu wissen, wer auf dem Stuhl sitzt. Es kostet ja keine Mühe, eine Kalligrafin gegen eine Orthoptistin auszutauschen.

Und dennoch, wieso konnte nicht ich Cembalo spielen, anstelle von Kaoru?

Ich legte mich aufs Sofa, zog die Knie an, schloss die Augen und wartete darauf, dass dieser deprimierende Gedanke sich verzog. Wenn ich mich nicht tot stellte, würde er mich immer weiter martern.

An einem Tag im Hochsommer baten mich die beiden, auf Dona aufzupassen. Sie selbst müssten für fünf Tage nach Sapporo, um für eine Studioaufnahme ein Cembalo zu stimmen und anschließend bei einem Konzert dabei zu sein.

»Sonst fahre ich immer allein, aber Kaoru soll diesmal bei der Veranstaltung mitwirken«, erklärte mir Nitta.

Kaoru stand neben ihm. Der Freundeskreis für Alte Musik, dem die beiden angehörten, veranstaltete regelmäßige Zusammenkünfte, und diesmal sollte das Konzert in einem Kaffeehaus in Sapporo stattfinden.

Von dem düsteren Ereignis war nichts mehr zu spüren. Die Hand, welche die Axt geschwungen hatte, steckte in einer Jeanstasche, über die damals tränennassen Wangen huschte nun ein strahlendes Lächeln.

Die Bestattungszeremonie für das Cembalo erschien mir

wie eine Szene aus einem längst vergangenen Traum. Aber dieses Ereignis hatte tatsächlich stattgefunden.

»Ist das Stimmen denn sehr schwierig?«

»Nein. In technischer Hinsicht überhaupt nicht. Die Musiker könnten das ebenso gut selbst bewerkstelligen. Aber bei einem so sensiblen Instrument kann es vorkommen, dass es sogar während eines Konzerts neu gestimmt werden muss. Selbst wenn es gut eingestellt ist, kann allein die Wärme, wenn das Publikum im Saal sitzt, ausreichen, um den Klang zu verändern.«

Nittas Stimme strahlte wie immer eine sanfte Ruhe aus.

Sogar ich wusste, wie fragil ein Cembalo sein konnte. Ein Axthieb genügte und es zerbrach.

»Und wie kommen Sie nach Sapporo?«

»Mit dem Wagen bis zum Flughafen von Hanamaki, und von dort aus fliegen wir.«

»In Hokkaido ist es im Sommer bestimmt schön kühl. Ich beneide Sie.«

»Das kann sein. Aber wir sind die ganze Zeit im Aufnahmestudio, für Vergnügungen und Besichtigungsfahrten haben wir keine Zeit. Außerdem ist mein Meister sehr streng. Aber ich werde eine Menge Maiskolben, Krabben, Kammmuscheln und Ramen-Nudeln mitnehmen«, sagte Kaoru.

Am Tag vor der Abreise machte Kaoru sich Gedanken darüber, was sie während des Konzerts tragen sollte. Da es eine Privatveranstaltung sei, müsse sie zwar nicht im Abendkleid erscheinen, aber das einzige elegante Kleid, das sie besitze, sei abgetragen und aus der Mode, murmelte sie zerknirscht vor sich hin.

Mir fiel mein rotes Kleid ein. Das seidene Cocktailkleid,

das ich damals bei meinem überstürzten Aufbruch in die Reisetasche gestopft hatte. Ich fand, das sei eine geniale Idee.

»Wie wäre es hiermit? Es ist zwar ein älteres Modell, aber ich habe es nur einmal getragen. Der Schnitt ist ganz schlicht, ich denke, man kann es noch gut anziehen.«

»Ach, es ist wunderschön!«

Verzagt nahm Kaoru den Saum in die Hand und strich mehrmals über den Stoff, um die seidige Textur zu fühlen.

»Wenn es Ihnen gefällt, können Sie es haben.«

»Wie, das soll für mich sein? So ein edles Kleid?«

»Es hängt doch hier nur rum, ich kann es nicht gebrauchen. Es würde mich freuen, wenn ich Ihnen damit bei Ihrem ersten Auftritt aushelfen kann.«

»Aber es ist doch wie neu. Es gibt doch sicher noch genug Anlässe, wo Sie es tragen könnten.«

»Ach, das Rot ist ein bisschen zu schrill für mich. Ich hatte gedacht, ich würde es irgendwann noch einmal anziehen, aber inzwischen bin ich zu alt dafür. Es steht Ihnen bestimmt ausgezeichnet, Kaoru. Ich fürchte nur, die Größe könnte etwas knapp ausfallen, aber den Saum kann man noch gut auslassen. Das kann ich selbst machen. An mir ist nämlich eine Schneiderin verloren gegangen. Ich brauche nur einen halben Tag, um es herzurichten. Es wird bestimmt rechtzeitig fertig bis zu Ihrer Abreise.«

Ich holte das Kleid aus dem Schrank und hielt es Kaoru vor dem Spiegel an. Wie erwartet passte das leuchtende Rot sehr gut zu ihrem Teint und verlieh ihm mehr Frische.

Ich malte mir aus, wie der drapierte Stoff von der Taille abwärts ihre Hüften zart umspielte und das ausgeschnittene

Dekolleté ihre Schlüsselbeine gut zur Geltung brachte, während an beiden Ärmeln die drei mit Stoff überzogenen Manschettenknöpfe ihren Händen, wenn sie über die Klaviatur glitten, bestimmt eine elegante Note verliehen.

»Bei Seide hat man das Gefühl, dass der Stoff sich auflösen könnte, wenn man zu stark an ihm reibt.«

Fasziniert betrachtete sie ihr Spiegelbild und konnte nicht mehr ablassen von dem Kleid. Sie spielte mit den Bändern am Rücken, zupfte die Schulterpolster zurecht, ließ den Saum flattern.

»In meiner Kindheit hat meine Mutter all die Kleider genäht, die ich bei meinen Auftritten trug. Aber der Stoff war immer so rau, als hätte sie die ausrangierten Gewänder, die beim Kirchenbasar liegen geblieben waren, aufgetrennt und abgeändert. Ich habe immer die anderen Mädchen bewundert, die so hübsche Kleider trugen wie dieses hier.«

»Dann sollten Sie es unbedingt anprobieren. Wahrscheinlich reicht es, die Ärmel und den Rocksaum etwas auszulassen. Sie sind ein wenig größer als ich.«

Ich öffnete den Reißverschluss und zog den Bügel heraus.

»Vielleicht sollte man die Taille ein wenig schmaler machen, dann würde es perfekt passen. Ach, da fällt mir ein, ich habe noch eine Perlenkette, die wunderbar dazu aussehen würde. Die könnte ich Ihnen ausleihen. Eigentlich gehören noch Ohrringe zum Set, aber die habe ich leider in Tokio gelassen. Schade, bei Ihren kurzen Haaren würden sie sehr hübsch aussehen. Andererseits ist Ihre Ausstrahlung besser, wenn Sie nicht allzu viel Schmuck tragen. Haben wir auch nichts vergessen? Stimmt, wir brauchen noch Schuhe für Sie. Schuhe …«

»Verzeihung …«

Sie unterbrach mich, allerdings mit so leiser Stimme, dass ich sie fast nicht gehört hätte.

»Verzeihen Sie, das ist sehr freundlich von Ihnen, aber ich sollte doch lieber ...« Sie schlug die Augen nieder, während meine Gedanken nur um die Schuhe kreisten.

»Es tut mir wirklich leid, Sie geben sich so viel Mühe meinetwegen, aber das Kleid passt einfach nicht zu meinem musikalischen Niveau. Es ist einfach zu schön.«

Sie schaute ängstlich, als hätte sie etwas Schlimmes getan, was nicht mehr gutzumachen war, und zog langsam den Reißverschluss wieder zu. Das Kleid lag schlaff in ihren Armen.

Plötzlich begriff ich. Kaoru wusste, was in jener Nacht zwischen Nitta und mir vorgefallen war.

»Schon gut, machen Sie sich keine Gedanken deswegen, ich habe es Ihnen ja förmlich aufgedrängt.« Ich versuchte, die peinliche Situation zu überspielen, hängte das Kleid in den Schrank zurück und knallte die Tür zu.

»Kaoru, Sie brauchen sich nicht zu entschuldigen. Sie haben doch nichts verbrochen. Lassen Sie es gut sein.«

»Fahren Sie bitte nicht!«, sagte ich.

Nitta legte das Schmirgelpapier beiseite und drehte sich zu mir um.

Es war schwül in der engen Werkstatt. Der Wind hatte sich gelegt, das Laub der Birken und die Wasseroberfläche des Weihers regten sich nicht.

»Ich möchte nicht, dass Sie nach Sapporo reisen.«

Er stand auf und bedeutete mir mit der rechten Hand, Platz zu nehmen. Ich jedoch blieb in der Tür stehen.

»Warum?«

»Brauchen Sie einen Grund?«

»Na ja, immerhin soll es morgen schon losgehen.«

»Dann reicht die Zeit ja noch für einen Anruf.«

»Eine Studioaufnahme und ein Konzert kann ich nicht so einfach absagen. Es hat lange gedauert, bis alle Beteiligten endlich einen gemeinsamen Termin gefunden haben.«

»Was heißt das schon?«, unterbrach ich ihn.

Ich spürte die sengenden Sonnenstrahlen auf meinem Rücken. Trotzdem war es tief in meinem Inneren kalt, ich fühlte mich wie zu Eis erstarrt.

»Es reicht doch, wenn Kaoru allein reist.«

Nitta zögerte mit der Antwort. Er legte Daumen und Zeigefinger an die Ecken des Brillengestells und seufzte.

»Sie haben doch einmal gesagt, dass es nicht so wichtig sei, wer das Instrument stimmt. Deshalb kann Kaoru das doch gut allein bewerkstelligen. Habe ich nicht recht?«

»Das gehört nun mal zu meiner Arbeit. Ich kann das nicht einfach ohne triftigen Grund absagen. Und wie sollte ich das Kaoru erklären?«

»Sie können doch irgendeine Ausrede erfinden, zum Beispiel, dass Sie Herzbeschwerden bekommen oder einen Hörsturz erlitten haben oder dass Ihre Mutter erkrankt sei. Was auch immer.«

Der Ventilator in der Ecke surrte. Der Luftstrom reichte zwar nicht bis an die Tür, aber die Hobelspäne auf der Werkbank wurden aufgewirbelt.

»Bleiben Sie doch hier bei mir. Fahren Sie nicht mit Kaoru weg.«

Ich versuchte mir einzureden, dass es doch nicht so

schwierig sein konnte, mich zu verstehen. Wozu brauchte er einen Grund? Ich brachte doch nur einen simplen Wunsch zum Ausdruck.

Nitta schwieg. Das Licht spiegelte sich in seinen Brillengläsern, sodass ich seinen Gesichtsausdruck nicht erkennen konnte. Er schien ziemlich perplex zu sein, wartete aber ab, was ich noch vorbringen würde.

Wie immer strahlte er eine innere Ruhe aus. Aber diese Ruhe empfand ich jetzt als undurchdringlichen Schatten, der sich langsam zwischen uns ausbreitete.

»Wenn Sie gehen …« Ich schaffte es nicht, meine Worte zurückzuhalten. »Wenn Sie gehen, töte ich Dona.«

Jede einzelne Silbe meiner Drohung wurde von seinem ruhigen Schweigen aufgesogen.

»Ich werde Dona töten und beerdigen. Genau an der Stelle, wo das Cembalo verbrannt wurde, werde ich ein Loch graben und ihn dort verscharren.«

In diesem Augenblick spürte ich jemanden hinter mir. Es war Kaoru, die einige Holzbretter heranschleppte. Dona folgte ihr auf den Fersen.

»Ach, hier sind Sie?«, begrüßte sie mich, offensichtlich ohne auch nur ein Wort von meiner Drohung mitbekommen zu haben.

»Ich war gerade bei Ihnen, um Donas Karton mit der Decke auf Ihre Veranda zu stellen. Ohne den kann er nicht schlafen. Morgen müssen wir sehr früh los, deshalb dachte ich, es wäre besser, Ihnen die Sachen schon heute zu bringen.«

Sie war leicht außer Atem und lächelte mir freundlich zu. Auf ihrem Nacken glitzerten Schweißperlen. Sie benahm sich genauso zuvorkommend wie immer, wodurch ich mich

noch schlechter fühlte. Es war, als wollte sie mir zu verstehen geben, dass ich zetern und schreien konnte, so viel ich wollte, ihre Beziehung sei durch nichts zu erschüttern.

»Es tut mir leid, dass ich Sie um noch etwas bitten muss. Egal, ob Hundekekse, Brot oder Gemüse, man muss sein Futter immer pürieren, sonst frisst er es nicht. Er kann nämlich nicht mehr richtig kauen.«

Obwohl sie genau wusste, was zwischen mir und Nitta vorgefallen war, war sie gefasst. Sie begnügte sich damit, mein Kleid mit schuldbewusster Miene zurückzuweisen, ohne mir neugierige Fragen zu stellen.

»Es reicht, wenn sie ihm zwei Mal pro Tag etwas zu fressen geben, ansonsten brauchen Sie sich nicht weiter um ihn zu kümmern. Gibt es noch etwas, was ich vergessen habe?«

Kaoru schaute fragend an mir vorbei zu Nitta. Um ihren Blicken zu entkommen, schubste ich Kaoru zur Seite, schnappte mir Dona und lief mit ihm in den Wald.

Ich hörte Nitta hinter mir meinen Namen rufen. Das Gefühl der strauchelnden Kaoru, die die Bretter krachend zu Boden fallen ließ, brannte in meinen Handflächen. Dona lag still in meinen Armen.

Ich lief ein Stück um den Weiher herum, schlug mich durchs Gebüsch und rannte dann einen Waldpfad entlang, bis ich an eine Stelle kam, wo ein Bach in einen kleinen Wasserfall überging. Hier war ich noch nie gewesen. Ich streckte die Arme aus, sodass Dona zu Boden springen konnte. Er kratzte sich mit der Pfote hinter dem Halsband. Mir zitterten die Knie, und ich war völlig aus der Puste.

In dem menschenleeren Wald war es wunderschön. Der Himmel strahlte makellos blau, und die flirrenden Sonnenflecken auf dem Boden nahmen das Rascheln der Blätter auf, wenn eine leichte Brise durch das Laub der Bäume ging. Über einem ungewöhnlich hohen Tannenwipfel hing ein einzelner Wolkenfetzen, und neben dem Wasserfall standen überall Weidenröschen. Die purpurfarbenen Blütentrauben, die an feingliedrigen Stängeln hingen, wippten leicht, sobald Dona mit dem Schwanz wedelte.

Während ich hierher gerannt war, hatte ich darüber nachgedacht, wie ich Dona töten konnte. Ich erinnerte mich an eine Filmszene, in der eine Kuh geschlachtet wurde. Ein Mann hieb dem Rindvieh mit einer Axt den Kopf ab, woraufhin es zusammenbrach und auf der Stelle tot war. Es hatte dabei weder einen Laut von sich gegeben, noch war sonderlich viel Blut geflossen. Im Schuppen gab es sicher eine Axt zum Holzhacken. Die würde sich gut eignen. Es würde kinderleicht sein, denn Dona war ja viel kleiner als eine Kuh. Oder noch besser, ich wickelte den Hund zusammen mit einem Stein in ein Tuch, um ihn im Weiher zu ertränken. Dabei müsste ich wenigstens nicht sein Gesicht sehen. Es war ein tiefes, schlammiges Gewässer, sodass ich wohl nicht Donas Jaulen hören würde, wenn er um sein Leben kämpfte. Dann würde ich, so wie ich es Nitta geschworen hatte, den Kadaver an der Stelle verscharren, wo das Cembalo seine Ruhestätte gefunden hatte. Donas Grab, bedeckt von der Asche der verbrannten Tasten, der Springer und der Rosette.

Der Hund trank Wasser aus dem Bach. Er hatte keine Ahnung, was ich mit ihm vorhatte und weshalb er hierher

verschleppt worden war, er schmatzte bloß geräuschvoll mit der Zunge.

Nachdem er seinen Durst gestillt hatte, kam er auf mich zugetrottet mit einer Miene, die zu sagen schien: »Na, wollen wir los?«, bevor er gleich darauf im Buchenhain hinter dem Wasserfall verschwand. Ich lief ihm hinterher. Hier gab es keinen Pfad mehr, sondern nur unwegsames Buschwerk. Mein Rock blieb überall hängen, meine Sandalen waren lehmverkrustet, aber das machte mir nichts aus. Jetzt war ich schon so weit vorgedrungen, dass ich nicht mehr zurückkonnte.

Dona lief unbeirrt weiter. Nur hin und wieder blieb er stehen, um sich zu vergewissern, ob ich ihm noch folgte. Ich hatte den Eindruck, er wusste genau, wo es hingehen sollte.

Ich kämpfte mich weiter durch das Dickicht. Um Dona nicht zu verlieren, behielt ich seinen Stummelschwanz im Auge. Ich wollte das lästige Gefühl auf meinen Handflächen loswerden und schlug deshalb umso wilder auf Zweige, die mir den Durchgang versperrten, ein. Fast wäre ich gegen den knorrigen Stamm eines Ahornbaums gelaufen. Aus seinem Wurzelwerk ragte schräg eine kleine Jizō-Statue hervor, die komplett mit Moos bedeckt war, als hätte es sehr lange gedauert, bis sie aus der Unterwelt ans Tageslicht gekrochen war. Ihre Nase war abgebrochen, aber die Augen lächelten sanft. Ich hätte nicht gedacht, dass es jemanden an diesen abgelegenen Ort verschlagen würde, um der Schutzgottheit zu huldigen, doch dann entdeckte ich auf ihrem Sockel zwei Pflaumen als Opfergabe. Die Früchte glänzten, so frisch waren sie.

Ich kletterte den steilen Hang hinauf, der sich hinter der Jizō-Statue erhob, und eine weite Lichtung öffnete sich vor

mir. Die Fläche war offensichtlich von Menschenhand geschaffen. Sie war kunstfertig gestaltet, fast wie ein geheimes Refugium. Auf dem mit Farn überwucherten und mit totem Laub bedeckten Boden waren Personen herumgelaufen. Der Himmelsausschnitt über mir hatte genau die Form der Lichtung.

Aber das, was meine Aufmerksamkeit auf sich zog, war eine kaukasische Zelkove in der Mitte der Fläche. Die Ulme war so gewaltig, dass ich sie zunächst gar nicht für einen einzelnen Baum gehalten hatte. Um den mächtigen Stamm zu umfangen, wären drei Menschen nötig gewesen, die Äste verzweigten sich nach oben hin in alle Richtungen, das Laub der üppigen Krone war ungemein dicht. Ich konnte mir noch so sehr den Hals verrenken, der Wipfel war nicht zu erkennen.

Das vielfältige Fleckenmuster, die Furchen und Scharten verliehen dem Stamm eine majestätische Würde. An einigen Stellen baumelten Schlingpflanzen von den Ästen herab, und kleine Vögel spielten zwitschernd im Laub.

Dona legte sich unter den Baum und gähnte behaglich. Blut sickerte aus einer Kratzwunde an seinem Kopf. Die Verletzung sah schmerzhaft aus, aber er scherte sich nicht darum. Ich überlegte, ob sie möglichst rasch mit frischem Wasser gesäubert und danach desinfiziert werden musste. Aber dann fragte ich mich, wieso ich mich jetzt um einen Hund sorgte, den ich eigentlich zu töten vorhatte.

Im Stamm der Ulme befand sich ein riesiges Loch. Es war dunkel und tief wie eine Höhle. Ich reckte den Kopf und versuchte ins Innere zu spähen. Ein kalter Luftzug streifte meine Wange. Die Finsternis war ungetrübt und angefüllt mit

einem intensiven Geruch, sie saugte sogar das Rascheln des Laubs unter meinen Sandalen auf. Ich hatte das Gefühl, dass der Duft aller Pflanzen, die es im Wald gab, hier kumulierte.

Erst jetzt bemerkte ich, dass die Abenddämmerung bereits eingesetzt hatte. Ich blickte mich um in die Richtung, aus der ich gekommen war, aber dort erstreckte sich nur der totenstille Wald.

Ich griff mit einer Hand in den Hohlraum hinein. Sie fasste ins Leere. Es gab nichts, was mir einen Halt geben würde. Meine Finger irrten hilflos umher. In meinen Fingerspitzen sammelte sich die Angst, die mich nun in Wellen erfasste. Mir war, als würde ich mich an einem Ort verlieren, von dem es kein Zurück mehr gab. Die verschiedensten Sinnesempfindungen bedrängten mich: das Splittern des Genicks, wenn die Axt einschlug; die Schwere des Bündels, das im Weiher versank; der Geruch der aufgebrochenen Erde.

Ich konnte nicht anders, als Dona auf den Arm zu nehmen. Ganz besorgt hatte er zu mir aufgeschaut. Im Licht der untergehenden Sonne schimmerten seine Augen noch geheimnisvoller. Er war wehrlos, unbefangen und warm.

Mein Gesicht in Donas Rücken vergraben, wartete ich darauf, dass Nitta mich einholte. Ich wünschte mir inständig, dass er sich dagegen entschieden hatte, bei Kaoru zu bleiben, die zu Boden gestürzt war, sondern mir, die ich geflüchtet war, hinterhergelaufen kam. Doch ich wartete vergeblich. Der Wald blieb stumm.

»Sie sind also hiergeblieben«, bemerkte ich.

Nitta gab keine Antwort. Er saß am Wohnzimmertisch

und schnitt mit einem Messer auf einer ausgebreiteten Zeitung Gänsefederkiele zurecht.

Die abgetrennten schwarzen Büschel sammelten sich zu seinen Füßen.

»Sie haben also befolgt, was ich gesagt habe.«

Die Federkiele waren weiß und bogenförmig.

»Und Kaoru? Ist sie allein gereist?«

Wie ich Nitta dort sitzen sah, stimmte mich sein Anblick nicht so froh, wie ich es mir gedacht hatte. Das Unbehagen überwog. Ich wusste nicht recht, wie ich nun reagieren sollte, nachdem ich die beiden gewaltsam auseinandergerissen hatte. Deshalb versuchte ich mich selbst davon zu überzeugen, dass mein Wunsch in Erfüllung gegangen war.

»Ich zittere bei dem Gedanken, dass Sie jetzt nicht hier wären.«

Doch Nitta schwieg beharrlich. Das Messer zerteilte leichtgängig einen Federkiel, der sich zusehends in ein feines Plektrum verwandelte.

»Ist es wegen mir?«

Er konzentrierte sich auf die Spitze des Plektrums, die später mit der Saite in Berührung kam. Ich vernahm lediglich das Geräusch, wenn die Späne auf die Zeitung fielen.

»Oder war es wegen Dona?«

Der Hund, der mich gestern wohlbehalten von dem Baum zu meinem Haus geführt hatte, schlief noch bei mir. Mit seinem zerlumpten Tuch zwischen den Vorderläufen hatte er sich in eine Ecke des Kartons gekuschelt.

»Weil Sie nicht wollten, dass Dona getötet wird?«

Anstatt mir zu antworten, packte Nitta mich an den Armen und zerrte mich zur Treppe. Die Federreste auf den Die-

len stoben auf. Oben im Schlafzimmer zog er mich aus, so wie er zuvor den Federkiel gerupft hatte.

Alles passierte, ohne dass wir miteinander redeten. Sogar die Energie zum Sprechen wurde umgewandelt in die Kraft, den Körper zu beherrschen.

Nitta war nicht wütend. Im Gegenteil, er begehrte mich sehr. Und dennoch überkam mich das Gefühl, ich würde zerschmettert werden. Seine Muskeln spannten sich derart, dass sie vor Anstrengung zitterten, ihm den Atem raubten und den Schweiß aus allen Poren trieben. Ich war ein Cembalo, das zerstört werden sollte.

9

Kaoru war zurückgekehrt. Ihr Auto stand auf dem Parkplatz des Grashüpfers, daher wusste ich es.

Da Nitta und ich nicht über Kaoru sprachen, hatte ich keine Ahnung, ob sie tatsächlich wie ursprünglich vorgesehen zurückkehren würde oder für immer gegangen war. Somit hatte sich nichts geändert. Unsere Dreierbeziehung fand ihre Fortsetzung.

Kaoru kam, um Dona abzuholen.

»Hallo, Sie sind zurück?«

»Ja, vielen Dank für die Hilfe.«

»Ach, nicht der Rede wert.«

»Hatten Sie viel Mühe mit ihm?«

»Nein, überhaupt nicht.«

»War er auch brav?«

»Aber natürlich.«

Unsere Unterhaltung kreiste nur um Dona. Mir fiel auch kein anderes Gesprächsthema ein, um den Schein zu wahren. Ich hatte keine Lust, mich dafür zu entschuldigen, dass ich sie vor der Werkstatt gestoßen hatte, und ich hatte auch keine Ausrede parat, warum ich auf Dona aufgepasst hatte, obwohl Nitta hiergeblieben war.

»Da bin ich aber froh.«

Kaoru kniete auf der Terrasse und streichelte Donas Rücken. Sein Schwanz wedelte vor Aufregung, und er leckte ihr

über das ganze Gesicht. Da es kitzelte, zog Kaoru die Nase kraus und lachte lauthals. Dona war unser Rettungsanker. Solange er bei uns war, blieb unsere Dreiecksbeziehung intakt.

Wusste Kaoru, dass ich Dona töten wollte? Wahrscheinlich ja. Sie war der Grund dafür, dass ich mit Nitta keine Geheimnisse teilen konnte. Sie nahm sogar mein Herz in Beschlag, wenn er und ich uns liebten. Mich quälte die Vorstellung, dass er mit ihr womöglich das Gleiche tat. Zwischen zwei Seufzern, hinter meinen geschlossenen Lidern erschien Kaoru und beobachtete Nitta und mich in aller Stille. Ohne mit der Wimper zu zucken, sah sie seinen schimmernden Speichel auf meinen Brüsten, beobachtete sie, wie meine Finger über seinen Rücken wanderten, wie unsere Haare sich vermischten. Ihr Blick drückte weder Schmerz noch Verzweiflung aus, er war unschuldig und rein wie Donas Augen, die zum Cembalo emporschauten, das keinen Ton mehr von sich gab.

»Hat das Stimmen gut geklappt?«, sagte ich, um mich für diesen Blick zu rächen.

»Ich hab es irgendwie hinbekommen.« Sie kniete immer noch auf dem Boden.

»Sie haben sich bestimmt allein gelassen gefühlt?«

»Ach, ich kannte ja die Leute.«

»Und das Konzert?«

»Ich hatte ziemlich Lampenfieber.«

»Sie haben auf einem Cembalo gespielt, das von Herrn Nitta gebaut wurde. Allein das garantiert doch schon ein schönes Konzert, oder nicht?«

Kaoru erhob sich und wischte sich die Hundehaare von der Kleidung.

»Ich muss leider gehen.«

Dona verfehlte eine Stufe auf der Terrassentreppe und fiel auf sein Hinterteil.

»Also dann, haben Sie noch einmal herzlichen Dank.« Sie verabschiedete sich mit einer leichten Verbeugung, wobei sie ihr Gesicht vor mir verbarg, und lief dann fort. Hastig hechelte Dona hinter ihr her.

So kam ich gar nicht dazu, die Worte auszusprechen, die mir auf der Zunge lagen.

»Ich glaube, dass Herr Nitta Sie gerne spielen gehört hätte. Aber er hat sich dafür entschieden, bei mir zu bleiben. Soll ich Ihnen sagen, was wir getan haben, als Sie fort waren?«

Abends bemerkte ich, dass Kaoru etwas Wichtiges vergessen hatte. Donas Schlaflager, den Karton und die Decke. Ich wollte ihm die Sachen vorbeibringen.

Am nachtblauen Himmel war bereits der Mond aufgegangen, dem noch ein Drittel fehlte, und einige Sterne funkelten unterschiedlich hell. Es war zwar windstill, aber schon etwas frischer als in der drückenden Hitze tagsüber, sodass ich mir nicht sicher war, ob mir mit meiner kurzärmligen Bluse nicht zu kalt werden könnte.

Als das ziegelrote Dach in Sicht kam, hörte ich Cembaloklänge. Zuerst tönte es so schwach, dass ich glaubte, mich verhört zu haben, aber mit jedem Schritt, den ich auf das Haus zuging, wurde der Klang der Musik deutlicher. Wie üblich waren die Vorhänge aufgezogen und man sah durch das Panoramafenster das Lämpchen, das das Manual erleuchtete.

Ich dachte zuerst, Kaoru säße dort, aber sogleich wurde mir bewusst, dass ich mich getäuscht hatte.

Ich kniff die Augen zusammen und sah nun deutlich, was sich dort in dem orangefarbenen Licht abspielte. Die Glasgefäße auf dem Wandregal, das Paar Skier, der Lederkoffer, der eigentlich mit auf die Reise nach Sapporo sollte, ein paar Stühle, das französische Cembalo ... Alles war wie immer.

Und dennoch hatte sich ein Fehler ins Bild geschlichen. Auf dem Cembalo spielte Nitta. Neben ihm stand Kaoru. Eine Hand lag auf dem Instrumentendeckel, die andere auf seiner Stuhllehne.

Ich presste den Karton an mich. Alles roch nach Dona, aber wo steckte der Hund? Er war weder im Wohnzimmer noch im Garten zu sehen. Kauerte er vielleicht irgendwo im Dunkeln, in einer Nische, wo kein Licht hingelangte, oder in einem Winkel der Küche, den ich nicht einsehen konnte?

Er spielte *Les Tendres Plaintes.* Das Stück, das ich als Erstes gehört hatte, damals, als Kaoru es vorgetragen und Nitta mir den Titel genannt hatte. Das gleiche Stück spielte er nun auf dem Cembalo.

Die Finger schlugen die Tasten an, während sein Körper eine Stimmung zum Ausdruck brachte, die er mir gegenüber noch nie offenbart hatte. Er war anders als in der Werkstatt oder in meiner Gegenwart. Seine Finger glitten anmutig auf und ab, seine Ohren lauschten dem Klang der Musik, seine Augen blickten weit in die Ferne. Er bot einen Anblick von mysteriöser Eleganz, gepaart mit einer Leichtigkeit, die lange Zeit gefangen gehalten worden war.

Das Rondo näherte sich seiner ausdrucksvollsten Stelle.

Nittas rechte Hand schwebte durch die Luft, um sogleich am äußersten Rand des Manuals zu landen, bevor sie erneut der linken entgegenflog. Das Bildnis des Sees auf dem Cembalodeckel schimmerte im Halbdunkel. Im Gegenlicht konnte ich Kaorus Profil zwar nicht genau erkennen, aber die Haltung ihrer Hand auf der Rückenlehne verriet mir, dass sie glücklich war.

Es kam mir vor, als würden sich die beiden umarmen. Eingetaucht in Glückseligkeit an einem anderen Ort als jenem, wo er und ich uns vereinten. Sie bedurften keiner sinnlichen Begierde. Die grausame Dimension dieser Erkenntnis wurde mir mit einem Schlag bewusst. Wie beschämend es war, in ihr geheimes Refugium eingedrungen zu sein. Ich fühlte mich erbärmlich. Als ich erkannte, wie vergeblich meine an Kaoru gerichteten Worte waren, schauderte es mich.

Ich stellte Donas Karton neben den Eingang. Die Geräusche meiner Schritte, das Klopfen meines Herzens, das Rascheln der Decke im Karton waren gegenüber dem Cembalo machtlos. Allein sein Klang bedeutete ihnen alles. Ich ergriff auf der Stelle die Flucht. Hinter mir strebten die *Zärtlichen Klagen* ihrem Höhepunkt zu.

Der Sommer näherte sich rasch seinem Ende. Das Blau des Himmels wurde blasser, die Wolken zogen schneller vorüber, das Gefieder der kleinen Vögel, die auf der Terrasse herumhüpften, änderte seine Färbung. In allen Häusern in der Umgebung wurden die Fensterläden dichtgemacht, die Feriensaison im Grashüpfer war vorüber und die beiden Aus-

hilfskräfte widmeten sich wieder ihrem Studium an der Universität.

Das Bild von Nitta, der für Kaoru das Cembalo spielte, quälte mich pausenlos. Jeder Versuch, es zu verdrängen, scheiterte. Je mehr Zeit verging, umso lebhafter wurden die Farben und Töne, bis ich sogar Kaorus Gesichtszüge zu erkennen glaubte, die ich in Wirklichkeit gar nicht hatte sehen können. In meinen Gedanken drehte sie sich zu mir um und winkte mich mit einem strahlenden Lächeln herbei.

Ich hielt es nicht länger aus und vergrub mich in den Lebenserinnerungen der englischen Lady. Eine andere Zuflucht hatte ich nicht.

Nachdem die einstige Hellseherin im Krieg ihren Mann verloren hatte, zog sie mit ihrem Sohn nach Somerset, wo sie in einer Herberge arbeitete und dafür Kost und Logis erhielt. Als sie trotz der ärmlichen Verhältnisse ihr Leben endlich wieder in den Griff bekam, verbrühte sich der kleine Junge in der Herbergsküche das Gesicht. Die Verbrennungen waren so schwer, dass er auf beiden Augen erblindete und seine untere Gesichtshälfte entstellt war. Sie grämte sich zutiefst. Just zu diesem Zeitpunkt traf sie einen Freund aus jenen Tagen wieder, als sie noch als Medium tätig gewesen war. Er bot ihr Arbeit in der Kombüse eines Frachters an. Mit ihrem versehrten Sohn im Gefolge ging sie an Bord des Schiffs, das Kurs auf Japan nahm. Es fand sich immer ein Ausweg …

Eines frühen Morgens, als ich in die Küche trat, entdeckte ich eine tote Maus in dem Eimer, den ich am Vorabend nach dem Aufwischen der Böden nicht ausgeschüttet, sondern unter die Spüle gestellt hatte. Sie musste in der Nacht

hineingefallen und ertrunken sein. Es war ein ausgemergeltes Junges.

Ich grub ein Loch im Garten unter dem Aprikosenbaum. Mein Vater hatte ihn gleich nach dem Kauf des Grundstücks gepflanzt, und inzwischen war er mächtig groß geworden. Jeden Frühling trug er ein Kleid aus hellrosa Blüten, aber als ich im Mai dieses Jahres hier eintraf, waren sie bereits abgefallen.

Seit alters her gab es bei uns in der Familie den Brauch, tote Tiere unter diesem Baum zu begraben. Hirschkäfer, Goldfische, Geckos und Schildkröten fanden hier ihre letzte Ruhestätte.

Immer wenn ich ein neues Loch aushob, um einen Kadaver zu bestatten, hatte ich Angst, auf die Überreste eines anderen Tiers zu stoßen. Egal ob es ein Insekt war oder ein Goldfisch, in meiner Vorstellung starrten mich tote Augen an und aus halb aufgerissenen Mäulern drang das lautlose Röcheln erlittener Qualen.

Wenn ich dann rasch das Loch wieder zubuddeln wollte, rief meine ältere Schwester mir zu: »Sei nicht albern! Miichan kann unmöglich noch dort sein.«

Miichan hieß unsere Schildkröte, die wir früher als Haustier hatten.

»Aber wir haben sie doch erst neulich begraben«, erwiderte ich, worauf meine Schwester verächtlich schnaubte und genervt mit den Augen rollte.

»Die ist doch längst im Himmel, das weißt du doch. Sie kann gar nicht mehr hier sein. Es ist doch bloß der Eingang zum Paradies. In den Wurzeln großer Bäume befindet sich eine unsichtbare Höhle, von wo aus man dorthin gelangt.«

Meine Schwester hatte recht, ich konnte keine sterblichen Überreste finden.

Für die tote Maus reichte ein winziges Loch.

Ich stieß die Spatenspitze mehrmals in das wuchernde Unkraut hinein, bis ich zur weichen Erde gelangte. Waren all die Wesen, die wir einst hier begraben hatten, tatsächlich ins Paradies gekommen? Ich ließ die Erde durch meine Finger rieseln, doch weder die Splitter eines Panzers noch Federn oder Fischschuppen kamen zum Vorschein.

Die Knopfaugen der toten Maus waren weit aufgerissen. Ihre Pupillen sahen aus wie fallende Regentropfen.

»Mach auch du dich auf den Weg!«, sagte ich, bevor ich den Kadaver verscharrte.

»Es war ein kurzer Sommer, nicht wahr?«

»Ist es nicht jedes Jahr das Gleiche? Ehe man sich's versieht, ist er schon wieder vorbei«, erwiderte Nitta.

Wir saßen auf einem Felsen am Ufer des Weihers. Das Sonnenlicht, das durch die Birken fiel, besaß nicht mehr die gleißende Intensität wie im Hochsommer. Die Algen waren zur Westseite getrieben und der Weiher lag nun größtenteils frei, was ein seltenes Bild war. Auf der jadegrünen Wasserfläche spiegelten sich Birkenstämme und Wolken.

Holzspäne klebten noch an Nittas Hose, der gerade erst seine Werkstatt verlassen hatte. Als ich sie ihm abklopfte, entschuldigte er sich leise.

»Haben Sie mit der Arbeit an einem neuen Cembalo begonnen?«

»Nein, noch nicht. Aber ich sollte bald damit anfangen.«

»Die Luft ist jetzt trockener, es ist sicher eine gute Jahreszeit, um ein Instrument zu bauen.«

»Heute habe ich nicht an einem Musikinstrument gearbeitet, sondern an einem Gewürzregal. Eins, das man an die Wand hängen kann.«

»Ein Gewürzregal?«

»Ja. Kaoru hat sich so etwas gewünscht. Sie kauft ständig irgendwelche Gewürze aus aller Herren Länder – Thymian, Rosmarin, Paprika und so weiter. Das Küchenregal ist ja schon voll mit Krügen und Vasen, da kann man nichts mehr hinstellen.«

Er trug nur ein weißes T-Shirt. Ich hatte mir eine Strickjacke um die Schultern gelegt. Der Felsen war nicht sonderlich bequem zum Sitzen, aber wir beide schafften es recht gut, nicht herunterzurutschen.

»Ich bin schon seit sieben Uhr früh in der Werkstatt, um Baupläne zu zeichnen, Materialien zusammenzustellen, Teile zurechtzuschneiden. In der Hinsicht bin ich ziemlich gründlich. Sie kümmert sich indessen um die Mahlzeiten. Deshalb haben wir beschlossen, dass bei allem, was die Küche betrifft, ihre Wünsche erst einmal Vorrang haben sollen.«

»Was macht Kaoru gerade?«

»Sie schreibt Briefe. An die Leute, die ihr bei dem Konzert in Sapporo geholfen haben.«

»Ach so.«

»Sie hat in einem Duett für Cembalo und Querflöte gespielt, auch ein altes Instrument aus Holz. Der Flötist war ein junger Mann von neunzehn Jahren. Sie hat mir erzählt, er sei so schön gewesen, dass sie noch mehr Lampenfieber bekommen habe. Vermutlich schreibt sie ihm gerade einen Liebesbrief.«

Nitta hätte eigentlich auch in Sapporo gewesen sein sollen. Aber wir schnitten dieses Thema nicht mehr an.

Ich erinnerte mich an jene Nacht, in der ich Nitta Cembalo spielen gehört hatte. Es war zwar nur ein einziges Instrument vorhanden gewesen, aber man hatte den Eindruck, sie würden im Duett musizieren. Ein intimes Konzert, das nur zwischen ihnen zur Vollendung gebracht werden konnte.

Ob er mir insgeheim zürnte, dass ich ihn von der Reise nach Sapporo abgehalten hatte? Nein, gewiss nicht. Wäre er wütend gewesen, hätten wir uns nicht so leidenschaftlich geliebt. Jedenfalls versuchte ich mir das einzureden.

Eine Libelle kam von irgendwoher angeflogen, sie sauste haarscharf über die Wasserfläche, ohne ihre Flügel zu benetzen. Zwei Zitronenfalter flogen ihr hinterher. Ihr Gelb leuchtete so intensiv, dass einem schwindlig werden konnte.

»Wenn ich Sie in der Werkstatt sehe, dann denke ich manchmal, dass es nichts auf Erden gibt, was Sie nicht mit Ihren Händen erschaffen könnten«, sagte ich.

»Sie übertreiben. Das ist nicht wahr. Ich versuche lediglich antike Musikinstrumente zu reproduzieren.« Nitta hob einen Kiesel auf und warf ihn in den Weiher. Der Stein beschrieb einen weiten Bogen, bevor er ins Wasser plumpste. Kleine jadegrüne Ringe entstanden und verebbten gleich wieder. Obwohl alles lautlos vor sich ging, flüchteten die Schmetterlinge erschrocken ins Gebüsch.

»Es sind sicher mehr Dinge, die kaputtgehen, als solche, die Wirklichkeit werden.«

Ich tippte mit dem Fuß gegen einen Farn. Auf der Unterseite der Blätter drängten sich Unmengen von Sporen. Ein Bockkäfer kam taumelnd hervorgekrochen.

»Haben Sie als Kind denn nicht gerne gebastelt?«

»Im Werkunterricht hatte ich immer eine bessere Note als in Musik.«

»Ach wirklich?«

»Irgendwelche alten Sachen zu sammeln und daraus etwas zu bauen, hat mir viel mehr Spaß gemacht, als Klavier zu üben. Aber meine Mutter hatte mir verboten, ein Schneidemesser oder einen Hammer zu benutzen. Sie hatte Angst, dass ich mir dabei die Finger verletze. Nach jedem Bad hat sie mir die Hände massiert. Es war wie ein magisches Ritual, damit die Gelenke geschmeidig bleiben und die Finger richtig wachsen. Es hat furchtbar gekitzelt, ich fand es schrecklich.«

»Sie sind wohl sehr behütet aufgewachsen.«

»Die Musik hatte immer Vorrang. Eklige Tomaten essen, Bücher lesen, mit Trockenabreibungen den Körper stärken – alles diente nur dem Klavierspiel. Und was dafür nicht gut war, wurde als sinnloser Quatsch angesehen. Aber ich hatte ein Versteck, von dem meine Mutter nichts wusste, eine geheime Werkstatt. In der Nähe von unserem Haus gab es ein Brachland mit einem ausgedienten Luftschutzbunker. Ich sammelte wie ein Besessener Zweige, alte Nägel, leere Konservendosen und bastelte daraus Roboter, Flugzeuge, Tiere und Waffen, mit denen ich spielte. Doch eines Tages entdeckte meine Mutter das Versteck und warf alles, was ich gebaut hatte, in den Fluss. Noch heute höre ich das Geräusch, mit dem ein Ding nach dem anderen ins Wasser fällt.«

Die Schmetterlinge waren zurückgekehrt. Unsere Stimmen, umhüllt von sanftem Sonnenlicht, schwebten eine Zeit lang durch die Luft, bevor sie vom Grund des Weihers aufgesogen wurden.

»Beispielsweise das Gewürzregal, man sollte es nicht einfach so auf die Schnelle zusammenbauen«, erklärte er.

»Ja, das finde ich auch.«

»Sogar ein Regal verlangt nach Schönheit und Solidität.«

»Verlangen? Wie meinen Sie das?«

»Bei einem Gefäß zum Beispiel gibt es optimale Proportionen, um etwas gut verstauen zu können, aber es braucht auch eine gewisse Festigkeit, damit es ein bestimmtes Gewicht aushält, und die Form sollte außerdem zum Stil der Küche passen. Das meine ich damit. Jedes noch so kleine Ding besitzt eine absolute Form, die ihm entspricht. Eine Art Daseinsberechtigung, vom Himmel bewilligt. Ich selbst kann lediglich gewissenhaft und hingebungsvoll seine Konturen nachzeichnen.«

Ich verstand den Sinn seiner Worte nicht, nickte jedoch schweigend. Denn immerhin wusste ich, dass er von Cembalos sprach.

»Manchmal kann ich jedoch diese Urform nicht mehr erkennen. Die Umrisse verschwimmen, die wichtigen Merkmale fehlen, und dann habe ich Angst. Obwohl es sich um eine eindeutige, untrügliche Form handelt, gelingt es mir nicht, sie zu fassen, sosehr ich mich anstrengen mag. Es gibt immer irgendwo eine Stelle, die zu lang ist, die rau oder zerkratzt ist oder sich nicht harmonisch in das Ganze einfügt. Das, was ich damals in dem schummrigen Luftschutzbunker versucht habe zu erschaffen, war ein Roboter von einer solch absoluten Form.«

»Ach deshalb …«, begann ich zaghaft. »Deshalb haben Sie neulich das Cembalo zerstört.«

»Genau«, bestätigte er nach einem kurzen prüfenden Blick hoch zum Himmel, als wollte er den Stand der blendenden Sonne ausmachen.

»Wollen wir nicht ein wenig gehen?«

Nitta half mir auf.

Wonach strebte er? Ich versuchte angestrengt, mir einen Reim darauf zu machen. War es Ruhe und Frieden? Oder eher Ansporn?

Sie sind doch in der Lage, ein Cembalo zu bauen, dem der Himmel zustimmt. Garantiert würden Sie die verschwundenen Umrisse erfassen. Auch wenn sie mit den Augen nicht mehr erkennbar sind, so kann man sich doch an seinen Klang erinnern. Da bin ich mir sicher.

Aber welche Worte mir auch über die Zunge gegangen wären, sie wären augenblicklich zu Eiskristallen gefroren und hätten mein Herz erkalten lassen, noch bevor sie ihn erreichten. Ich verspürte das Bedürfnis, ihn trösten zu wollen, noch inniger, als Kaorus Tränen es vermochten, die sie bei der Bestattung des Cembalos vergossen hatte. Ich brauchte nur fest daran zu glauben, dass die Kraft dazu irgendwo in meinem Innern verborgen lag.

Ich schlüpfte in die Ärmel der Strickjacke, und dann umklammerte ich seine Hand, um mich an ihm festzuhalten. Ich ließ sie nicht mehr los, während wir tief in den Wald gingen. Mehr konnte ich nicht tun.

Ohne uns darüber verständigt zu haben, schlugen wir den gleichen Weg ein, auf dem ich mich mit Dona verlaufen hatte. Obwohl erst ein paar Tage vergangen waren, zeigte die

Natur am Wasserfall bereits ihr herbstliches Gewand. Die Sommerblumen am Bach waren verblüht, das Wasser war merklich kühler.

Nitta verriet mir die Namen aller möglichen Arten von Kräutern, Beeren und Insekten. Plötzlich schien ihm etwas einzufallen, er blieb vor einem Baum stehen und zog einen der Zweige zu sich heran, um mir dessen Frucht, die eine besonders leuchtende Farbe hatte, zu zeigen. Als er einen aufflatternden Vogel bemerkte, legte er augenblicklich den Zeigefinger auf die Lippen, um mir zu bedeuten, dem Zwitschern zu lauschen.

Dann erzählte er mir von seinen Erlebnissen in den Bergen. Die Begegnung mit einem Kragenbären, bei der er den Tod vor Augen hatte. Das Drama, als Dona einen giftigen Pilz gefressen hatte. Wie er eine ganze Nacht lang reglos am Bach gelegen hatte, als er ausgerutscht war und sich den Knöchel verstaucht hatte. Nitta klang manchmal stolz, manchmal auch verschämt. Kaoru spielte in seinen Geschichten nicht immer eine Rolle.

Die ganze Zeit über genoss ich es, an seiner Seite zu sein und seine Stimme zu hören. Wenn wir uns zwischen den dicht stehenden Bäumen hindurchzwängten oder über den Bach springen mussten, ergriff ich die Gelegenheit, mich dichter an ihn zu schmiegen. Wenn er einen Arm um meine Schulter legte, hatte ich das Gefühl, auf Wolken zu schweben.

Außer uns gab es keine Menschenseele. Niemanden, der uns verfolgte oder auf uns wartete.

Der kleine Jizō unter dem Ahornbaum war unverändert. Sein seliges Lächeln, die moosbedeckte Stirn, die abgebrochene Nase. Nur die beiden Pflaumen fehlten.

»Vielleicht hat ein Eichhörnchen sie gefressen. Oder ein Kaninchen?«

»Die Opfergaben sind immer verschwunden, wenn man wiederkommt. Egal, ob es sich um ein Fläschchen Gurgelwasser, eine Konjakwurzel oder eine Tube Zahnpasta handelt.«

»Solche Dinge bringen Sie hierher?«

»Um es auszuprobieren.«

Nitta legte fünf Blaubeeren, die er zuvor gepflückt hatte, auf den Sockel. Die Stelle war in der Mitte leicht ausgehöhlt.

Etwas höher erwartete uns die riesige Ulme. Hier war es windiger als unten am Bach. Die Böen, die mitunter den ganzen Wald durchschüttelten, umwehten auch uns.

In dem kleinen Himmelsauschnitt zogen vereinzelte Wolken vorüber. Im Hintergrund hörte man unentwegt Vögel zwitschern und Blätter rauschen, doch die überwältigende Ruhe, die hier tief im Innern des Waldes herrschte, wurde nicht im Geringsten davon beeinträchtigt.

»Ich war neulich mit Dona hier.«

»Aha, er findet den Weg also noch. Früher waren wir oft mit ihm hier, aber seitdem sich sein Sehvermögen verschlechtert hat, lasse ich ihn nicht mehr so weit laufen.«

»Er hat mich so zuverlässig nach Hause geführt, dass ich gar nicht auf die Idee gekommen bin, er könne nicht gut sehen.«

»Als er jung war, ist er immer überall herumgetollt. Einmal ist er sogar den Abhang heruntergerutscht und hat sich dabei verletzt. Sein Bellen war viel kraftvoller und das Augenlicht nicht so getrübt wie jetzt.«

Wir lehnten am Stamm der Ulme, während wir mitein-

ander sprachen. In meinem Sichtfeld zeichneten sich einzelne der zahllosen Blätter deutlich ab. Ihre Ränderr waren gezackt, und zur Spitze hin verjüngten sie sich. Selbst wenn der Wind sich legte, zitterte irgendwo ein Zweig.

Nitta nahm mich bei der Hand und führte mich direkt zur Höhle. Ich wollte ihm sagen, dass ich nicht dort hineinwollte, aber ich schluckte meine Worte hinunter und schaute ihn stattdessen ängstlich an.

Keine Sorge, es kann nichts passieren, sagte sein beschwichtigender Blick, bevor er sich umdrehte und in gebückter Haltung in das Loch schlüpfte.

Es ging viel tiefer hinein, als ich vermutet hatte, und im Inneren gab es so viel Platz, dass wir beide bequem nebeneinanderhocken konnten. Aber es war stockfinster und man konnte gar nicht genau erkennen, wie das Innere der Höhle beschaffen war.

Diese Art von Finsternis war anders als alles, was ich bisher erlebt habe. Es war nicht dunkel im dem Sinne, dass kein Licht hierhergelangte, sondern eine Finsternis mit eigener Textur. Ich spürte eine gewisse Dichte, die einem förmlich unter die Haut ging, ein sanftes Fließen, in das man abtauchen konnte. Aber sie war nicht aufdringlich oder gar bedrohlich. Ganz im Gegenteil, sie war freundschaftlich. Meine Angst, mein Zögern hatten sich sofort in nichts aufgelöst.

Der Grund war uneben, aber man konnte gut dort sitzen. Nitta umschlang seine angezogenen Knie. Ich tat es ihm gleich.

»Seit meinem Versteck im Luftschutzbunker liebe ich enge, dunkle Räume«, sagte er.

»Kommen Sie oft hierher?«

»Ja, wenn ich in Ruhe über etwas nachdenken möchte. Aber auch sonst, wenn ich den Kopf freibekommen will.«

Unsere Stimmen drangen nicht nach außen, sondern wurden nach oben gesaugt. Vielleicht reichte die Höhle bis in unfassbare Höhen.

Nur einige Zentimeter vor uns erstreckte sich jenseits der Höhle die Welt des Lichts. Die Grenze zwischen dunkel und hell wurde durch einen Kreis markiert. Der war so klar umrissen, dass man glaubte, die Scheibe ablösen und sie mit beiden Händen greifen zu können.

Weder Sonne noch Wind, noch die Zeit vermochten diese Grenze zu überschreiten und ins Innere zu dringen. Andersherum war auch die diesseitige Finsternis nicht imstande, in die helle Welt hinüberzugreifen. Als würde die Luft hier nie ausgetauscht werden, sondern über die Jahrhunderte weiterreifen wie der Baum selbst.

»War Kaoru schon einmal hier?«

In dieser Höhle entfaltete ihr Name einen besonders lieblichen Klang.

»Ja«, erwiderte er nach kurzem Zögern.

»Mit Ihnen gemeinsam?«

Diesmal spürte ich, wie er nickte.

»Wieso spielen Sie in Kaorus Gegenwart Cembalo?«

Es folgte ein langes Schweigen. Ich lauschte der Stille und wusste nicht mehr, worauf ich wartete. Vielleicht war es gar keine Erklärung, sondern einfach nur eine Umarmung.

»Ich habe Sie gesehen. Wie Sie für Kaoru *Les Tendres Plaintes* gespielt haben.«

Ich streckte die Hand aus, um die Höhlenwand zu berühren. Sie war feucht und leicht uneben. In unserem reglosen

Verharren glaubte ich, nun auch eine gewisse Wärme zu spüren. Nicht die des Baums, sondern die von Organen, die im Schlaf versunken sind.

»Es klang großartig. Ich bin natürlich nicht in der Lage, die musikalische Qualität zu beurteilen, aber ich habe heraushören können, dass es eine ganz eigenwillige Interpretation war. Obwohl dasselbe Paar Hände das Cembalo baute und dann darauf spielte, kam es mir vor, als würden sie zwei verschiedenen Menschen gehören.«

Nitta hüllte sich weiterhin in Schweigen.

»Kaoru hat mir erzählt, dass aus Ihnen kein Pianist geworden ist, weil Sie irgendwann nicht mehr vor fremden Leuten spielen konnten. Dass Ihre Finger sofort steif werden, sobald ein Publikum vor Ihnen sitzt, sobald ein Dirigent oder Intendant anwesend ist. Aber an jenem Abend waren Sie nicht allein. Kaoru war bei Ihnen. An Ihrer Seite.«

Ich hatte nicht die Absicht gehabt, ihm Vorwürfe zu machen, aber je mehr ich in Fahrt geriet, umso leichtfertiger sprudelten anklagende Worte aus mir heraus.

»Ich hatte es mir so gewünscht, und trotzdem haben Sie kein einziges Mal für mich das Cembalo angerührt. Aber für Kaoru haben Sie dieses wunderschöne Stück gespielt. Warum? Erklären Sie es mir. Ich bitte Sie!«

Wieder erwartete ich keine Antwort. In Wahrheit wünschte ich mir, dass er mich in die Arme nahm, aber es war vergeblich.

»Ich möchte Sie Cembalo spielen hören. Das ist eigentlich alles, was ich mir wünsche. Sie müssen nicht meine Wunden verarzten oder mir heiße Milch bringen, damit ich mich aufwärmen kann. Sie bräuchten nicht einmal mit mir

die Nacht verbringen. Wenn Sie doch nur einmal für mich spielen würden.«

Das war eine Lüge. Ich belog mich selbst. Ich war im Begriff, meine kostbarsten Erinnerungen mit eigenen Händen zu zerstören.

Meine Stimme hallte kläglich von der dunklen Höhlenwand zurück. Jenseits des Lichtkreises flog ein kleiner Vogel auf. Es erschien mir wie eine Szene aus einem fernen Land.

»Vor ihr kann ich spielen«, sagte Nitta.

Infolge seines ausgiebigen Schweigens brauchten die Worte eine Weile, bis sie sich in der Dunkelheit zurechtfanden.

»Es ist wahr. Sie ist die Einzige, bei der ich mich traue zu spielen. Warum das so ist, kann ich nicht sagen.«

Obwohl er dicht neben mir saß, konnte ich seinen Gesichtsausdruck nicht deuten. Nur seine riesigen Turnschuhe stachen mir ins Auge. Die Knoten in den ausgefransten Schnürsenkeln, die Lehmkruste an den Sohlen, sogar die Flecken auf dem Leinenstoff konnte ich erkennen.

»Ich würde selbst gerne den Grund wissen. Nicht weil ich wieder Klavier spielen möchte. Das ist undenkbar. Cembalos zu bauen genügt mir voll und ganz. Ich verspüre nicht das geringste Verlangen, Pianist zu sein. Aber ich habe das Gefühl, wenn ich den Grund wüsste, würde ich vieles andere besser verstehen. Was Kaoru mir gibt. Was ich für sie tun kann als Gegenleistung. All diese Dinge. Leider gelingt mir das nicht.«

Er seufzte tief, als würde ihn die Unwissenheit quälen. Ich hätte ihm gerne gesagt, dass er sich nicht so zu quälen braucht, aber hierfür war es zu spät.

»In der ersten Zeit nachdem ich aufgehört hatte zu spielen, war ich noch voller Hoffnung. Ich dachte, wenn ich mir eine Pause gönne, würde es irgendwann wieder klappen. Da alles so plötzlich kam und ich mir den Grund dafür nicht erklären konnte, bildete ich mir ein, ich könnte wie durch Zauberhand meine Fähigkeiten genauso plötzlich wiedererlangen. Auch meine Frau und meine Mutter redeten mir gut zu, um mich zu ermutigen. Aber die Situation war in Wirklichkeit viel gravierender. Meine Phobie war nicht mit Ruhe, Entspannung oder einem Sinneswandel zu kurieren. Die schlimmste Zeit für mich war die Zeit, in der mir zunehmend bewusst wurde, was mit mir los war. Ich versuchte, mit allen Mitteln Klavier zu spielen. Wenn ich ganz allein war, hatte ich keine Probleme damit. Ich konnte mir ein Stück nach Belieben in meiner Fantasie ausmalen, die feinsten Nuancen aus der Partitur herauslesen und mittels meiner Finger nachzeichnen. Ich konnte mich dem Spiel total hingeben. Aber sobald ich nur einen Menschen in meiner Nähe ahnte, gerieten meine Synapsen durcheinander. Das Bild verzerrte sich, die Nuancen verloren ihre Ausprägung, die Tonfolgen gerieten ins Stocken. Dann geriet ich in Panik. Die Angst, die mich befiel, war weder metaphorisch noch symbolisch. Sie war völlig grundlos.«

Er unterbrach sich und schluckte. Die ganze Zeit über hatte ich meine Hände gegen die Wand gepresst, und nun wusste ich nicht, wohin damit. Sollte ich seinen Rücken berühren, sein Haar oder einfach nur meine Knie umfassen?

»Alles Mögliche habe ich ausprobiert. Ich habe die Tür offen gelassen und meine Frau gebeten, mich durch den Spalt zu beobachten oder sich unbemerkt ins Zimmer zu

stehlen und sich im Schrank zu verbergen. Dann habe ich alle nur erdenklichen Personen zurate gezogen. Meinen Psychiater, meine zweijährige Nichte, den Friseur, zu dem ich regelmäßig ging, meinen allerersten Klavierlehrer, einen ehemaligen Spielkameraden, Bekannte aus der Nachbarschaft. Ich habe sogar mal eine Prostituierte in den Übungsraum bestellt. Auch das ging schief. Nichts hat etwas gebracht. Nur weiß ich jetzt, dass es nicht nur um das Klavier ging, sondern auch um andere Instrumente wie Geige, Harmonium, Flöte und Kastagnetten. Ich war komplett unfähig zu musizieren. Meine kurze Laufbahn als Pianist war somit beendet. Als würde eine schwere Tür ins Schloss fallen. Aus und vorbei!«

Bei dem Wort »Tür« nahm er abrupt seine Hand vom Gesicht. Ich erschrak. Es war tatsächlich so, als würde etwas unwiederbringlich zufallen.

»Als Kaoru auftauchte, waren bereits zwanzig Jahre vergangen, seitdem ich nicht mehr für jemanden gespielt hatte. Mir war sonderbar zumute, als ich mich ans Cembalo setzte. Es war nicht unbedingt Freude, die ich dabei empfand. Ich hatte so lange nicht gespielt, dass ich einen Moment lang gar nicht wusste, wie ich anfangen sollte. Und dann habe ich einfach losgespielt. Und sie hat zugehört. Als hätten wir es schon immer so gemacht. Der vor ewigen Zeiten zu Eis erstarrte Klumpen in meinem Herzen begann zu schmelzen. Ich konnte es richtig spüren. Es war keineswegs so, dass sie die Tür wieder aufgestoßen hat. Sie hat mich nicht in die Vergangenheit zurückgeführt, sondern mir völlig neue Gefilde gezeigt. Die Tür war nach wie vor verschlossen und ich war außen vor. Es gab kein Schlupfloch. Aber das war nicht weiter schlimm, denn an diesem neuen Ort konnte ich frei spie-

len. Auf dem Cembalo. Mein Gefühl war ein anderes als damals, als ich vor anderen Menschen musizierte. Neue Muskeln und Nerven kamen zum Einsatz. Nur für Kaoru ...«

Ein Windstoß ging durch den Buchenhain. Aber weder das Rascheln der Blätter noch sein Echo, das vom Hang zurückgeworfen wurde, drang an unsere Ohren.

»Mit mir wäre das unmöglich, nicht wahr?« Ich sah auf meine ausgetretenen Turnschuhe.

»Aber das heißt doch nicht, dass ich Sie als Mensch ablehne. Das hat damit nichts zu tun.«

Ich spürte, wie er heftig den Kopf schüttelte.

»Es geht also nur mit Kaoru?«

»Ich spreche lediglich von dem Cembalo. Das ist alles.«

»Nein, ich meine etwas anderes.«

Unversehens kamen mir die Tränen. Um mir nichts anmerken zu lassen, schlug ich mit der Faust in die Dunkelheit. Die Wand gab nicht nach, es gab nicht einmal einen Widerhall, nur der Schmerz blieb zurück.

»In eurer geheimen Welt dreht sich alles nur um Cembalos.«

Mehrmals schlug ich mit der Faust zu. Obwohl ich nichts erkennen konnte, merkte ich, dass ich mich verletzt hatte. Die aufgeschürfte Haut, die verstauchten Knöchel, das heraussickernde Blut, all das erschien vor meinem inneren Auge ...

»Hören Sie auf damit!«

Er packte mich am Arm. Ich riss mich los und schlug weiter auf die Wand ein, die mich umschloss. Es war, als wollte sie mich erst freilassen, nachdem ich sie zerstört hatte.

Ich dachte an Kaoru, wie sie bei den *Klageliedern des Pro-*

pheten Jeremias für ihren toten Verlobten gebetet hatte. Ihre Tränen, die sie während der Bestattung des Cembalos vergossen hatte. Ich versuchte, mir die Klänge von Nittas Interpretation der *Zärtlichen Klagen* ins Gedächtnis zu rufen, die ihre Wunden gelindert hatte. Doch im Innern der Ulme wurde jeder Ton verschluckt von einem Punkt in der Ferne.

Hatte die Maus ihren Weg durch diese dunkle Passage in den Himmel gefunden? Der Gedanke kam mir ganz plötzlich. Vielleicht weinte ich um die kleine Kreatur, die in meiner Küche ertrunken war.

10

Ich beschloss, für einige Zeit nach Tokio zurückzukehren. Nach und nach kamen neue Aufträge und ich musste mich um die Einzelheiten kümmern. Die Arbeit an den Memoiren der Hellseherin näherte sich ihrem Abschluss, und es wurde Zeit, sich über die Umschlaggestaltung zu beratschlagen. Außerdem hatte mich meine Agentin, die früher meine Kalligrafie-Lehrerin gewesen war, schon vor langer Zeit zum Essen eingeladen.

Vor allem aber wollte ich mich von Nitta und Kaoru fernhalten. In meiner gegenwärtigen Verfassung hatte ich ihnen nichts mehr zu sagen.

All das würde wohl eine Woche bis zehn Tage in Anspruch nehmen. Über meine Abreise informierte ich lediglich die Wirtin des Grashüpfers.

Ich hatte drei neue Aufträge für Weihnachtskarten und einen weiteren für ein Plakat mit Angeboten einer Bäckerei, die in Kürze ihr Geschäft in Shimokitazawa eröffnete. Da der Abgabetermin für die Karten drängte, musste ich möglichst bald die Auswahl des Papiers, den Schrifttyp und die Gestaltung festlegen und zum Händler in Mejiro fahren, um mich dort mit dem erforderlichen Material einzudecken. Der Inhaber der Bäckerei kam aus Deutschland, und die Arbeiten an der Ladenausstattung waren noch nicht abgeschlossen. Ich erkundigte mich nach der Farbe der Tapete und nach der

Beleuchtung, und ich machte mir eine Liste über die diversen Brotsorten und Backwaren, um zunächst einige Entwürfe anzufertigen.

Es waren hektische Tage. Ich musste etliche Telefonate führen, eine Reihe von Terminen vereinbaren und Leute treffen, die ich vorher nicht kannte. Hinzu kam, dass nicht alles glatt über die Bühne ging. Es gab immer wieder Missverständnisse und Nachbesserungen, was eine unnötige Zeitverschwendung war.

Anfangs machten mir allein schon die Gänge durch die Stadt zu schaffen. Ich hatte den Eindruck, dass alle Leute, mit denen ich zu tun hatte, gereizt auf mich reagierten. Eine Flut von Menschen rauschte an mir vorbei, ohne dass irgendjemand Notiz von mir nahm. Hier gab es weder die Luft noch die Aromen oder Geräusche des Waldes. Und auch Dona, der mich durch das Dickicht geführt hatte, war nicht mehr da.

Ich versuchte mich darauf zu konzentrieren, meine Angelegenheiten der Reihe nach zu erledigen. Herauszufinden, was für eine Sorte Tinte für ein bestimmtes Papier geeignet war. Welche Schriftart den Vorstellungen des Auftraggebers am nächsten kam. Wie ich am schnellsten von Mejiro nach Shimokitazawa gelangte. Mein Kopf war voll mit derlei Problemen. Hin und wieder lächelte ich freundlich, verneigte mich höflich und versicherte, dass ich gerne zur Verfügung stand, wenn ich einen neuen Auftrag erhielt. Ich dachte nur an meine Arbeit. Sonst wären all die unangenehmen Szenen, die sich während meines Aufenthalts auf dem Land abgespielt hatten, wieder hochgekommen.

In Tokio herrschte immer noch anhaltende Sommerhitze,

ich schwitzte, selbst wenn ich mich nicht rührte. Zwei Tage hintereinander gab es heftige Regenschauer. Meine Tasche gegen die Brust gepresst, damit das kostbare Papier nicht nass wurde, hastete ich durch die Straßen. Hier in Tokio reagierte die Tinte ganz anders als im Landhaus. Es dauerte eine Weile, bis ich die richtige Menge herausgefunden hatte, um den Federhalter zu füllen.

Eines Abends, als alle anderen Termine erledigt waren, traf ich mich mit meiner ehemaligen Lehrerin zum Essen in einem italienischen Restaurant in der Nähe ihres Kalligrafie-Studios.

»Was ist eigentlich los? Sie verkriechen sich monatelang in den Bergen. Ich dachte schon, Sie würden vorzeitig in Ruhestand gehen.«

Sie war mindestens zwanzig Jahre älter als ich und sprühte vor Energie, immer war sie gut gelaunt, ohne affektiert zu sein.

»Ich brauchte einen Tapetenwechsel.«

Sie wusste über meine Eheprobleme Bescheid und fragte nicht weiter nach.

»Und die Memoiren der alten Dame, kommen Sie gut mit der Arbeit voran? Ich habe neulich mit ihr telefoniert, sie freut sich darauf. Auf ihrer nächsten Geburtstagsfeier – sie wird sechsundneunzig – will sie das Buch ihren Verwandten und Freunden präsentieren.«

»Bisher lief alles gut.«

»Jetzt, wo Weihnachten näher rückt, werden Sie viel zu tun haben. Ist es nicht unpraktisch, auf dem Land zu arbeiten? Für mich ist es jedenfalls schwierig, Sie dort zu erreichen.«

»Oh, es tut mir leid, dass ich Ihnen so viel Mühe mache.«

»Darum geht es nicht. Ich fände es nur schade, wenn ich Ihnen einen dringenden Auftrag nicht vermitteln kann. Gerade wenn die Zeit drängt, sind zuverlässige Leute wie Sie unverzichtbar.«

Sie nahm einen ordentlichen Schluck Rotwein.

»Außerdem ist es dort in den Bergen doch ziemlich kalt, oder? Ich könnte das gar nicht aushalten. Mit meinen Neuralgien, und dann auch noch mutterseelenallein. Ich brauche Gesellschaft.«

»Aber in der Nähe gibt es ausgezeichnete Thermalbäder.«

»Wirklich? Hilft das bei Neuralgien?«

»Ich denke schon.«

»Kein Wunder, dass ich nach all den Jahren, in denen ich Buchstaben für Buchstaben geschrieben habe, nun überall Schmerzen habe. Es ist schrecklich, ich hasse das. Man sollte nicht alt werden müssen.«

Sie verschlang die marinierten Champignons und wischte sich den öligen Mund mit einer Serviette ab, ungeachtet ihrer rot geschminkten Lippen, die dabei verschmierten.

»Übrigens möchte ich etwas mit Ihnen besprechen.«

Die Bedienung brachte schwarze Tintenfisch-Pasta und Risotto mit Saubohnen. Wir teilten beide Portionen.

»Ich möchte gerne Fernkurse für Kalligrafie anbieten, und zwar landesweit. Aber zuvor muss ich genug Interessenten dafür finden. Diese Idee habe ich schon seit Langem. Allerdings musste ich erst einmal meine eigenen Fähigkeiten perfektionieren, und das hat gedauert. Auf jeden Fall wird es Zeit, meine jetzige Tätigkeit an den Nagel zu hängen und etwas Vernünftiges zu machen. Ich möchte noch viel mehr

professionelle Kalligrafen ausbilden, nicht nur Sie. Die Vorbereitungen dazu sind schon in vollem Gange. Werbung, Finanzierung, die ganze Organisation … Ich würde Sie gerne als Dozentin einsetzen und mit der Zusammenstellung des Lehrmaterials sowie der Redaktion der Zeitschrift betrauen. Was halten Sie davon?«

Sie redete ohne Pause, während sie die Nudeln vertilgte. Ihre Serviette war sofort mit dunkler Sauce vollgekleckert.

Ich spielte am Stiel meines Weinglases herum. Auf der Tischdecke bildeten sich Wasserflecken. Sie hatten die gleiche Form wie die Saubohnen.

Nachdem sie mich gefragt hatte, was ich von ihrem Vorschlag hielte, schaute sie mich erwartungsvoll an. Ihre langen Goldohrringe baumelten dabei hin und her.

Ich wollte in Ruhe über ihr Angebot nachdenken. Da ich Hals über Kopf nach Tokio aufgebrochen war, hatte ich so viele Dinge zu erledigen, dass ich ganz nervös war.

»Ich soll unterrichten? Überschätzen Sie da nicht meine Fähigkeiten?«

»Dasselbe haben Sie damals gesagt, bevor Sie sich selbstständig gemacht machen: ›Ach, ich weiß nicht, ob ich dafür geeignet bin‹ … Erinnern Sie sich? Warum sind Sie so bescheiden? Wenn man sein Licht unter den Scheffel stellt, geht man immer den Weg des geringsten Widerstands. Geht etwas schief, kann man sich doch leicht rausreden, und wenn es funktioniert, wird man von allen Seiten gelobt. Es sei denn, Sie wollen, dass man Ihnen schmeichelt: ›Aber nein, nicht doch. Sie schaffen das. Ihnen wird alles wunderbar gelingen.‹«

Da sie beim Reden permanent Spaghetti in sich hinein-

schaufelte, hatte ich nicht das Gefühl, dass sie mir Vorhaltungen machte.

»Es ist wichtig, dass Sie gewissenhaft Ihre Arbeit erledigen, so wie Sie es immer getan haben, aber dennoch bitte ich Sie, darüber nachzudenken, ob es sich nicht lohnen würde, Ihr Berufsfeld zu erweitern. Ich weiß, bei Ihnen ist es keine Frage des Geldes, in finanzieller Hinsicht sind Sie ja versorgt. Trotzdem könnten Sie als professionelle Künstlerin ein wenig mehr Ehrgeiz entwickeln, finden Sie nicht?«

Die Worte »professionelle Künstlerin« betonte sie besonders. Die Tischdecke war nun auch überall von den schwarzen Nudeln befleckt.

»Wenn Sie denken, Sie schaffen das nicht, dann werden Sie es auch nicht schaffen. Und wenn Sie denken, Sie können es, dann können Sie es auch. Mit dieser Einstellung steht Ihnen die Welt offen. Glauben Sie etwa, als ich mit meinen Kursen angefangen habe, wollte irgendjemand westliche Kalligrafie erlernen? Die Leute konnten ja nicht einmal das Wort richtig aussprechen. Und jetzt, zwanzig Jahre später, bestreite ich meinen Lebensunterhalt damit. Niemand redet mir in meine Arbeit rein, ich falle niemandem zur Last und ich kann mich davon ernähren. Und alles hat mit ein paar Utensilien aus dem Ausland begonnen, einem Federhalter und einem Tintenfass. Wenn Sie so weitermachen und die Kalligrafie nur als bessere Freizeitbeschäftigung ansehen, mit der Sie sich ein Zubrot verdienen können, dann werden Sie es nie zu etwas bringen. Haben Sie denn gar keine Lust, sich eingehender mit der Welt der Schrift zu befassen? Sie haben sich doch sicher auch die großartigen Manuskripte im British Museum angeschaut? Seien es Gedichte, Dramen oder

religiöse Texte, es gibt unzählige Gebiete zu erforschen. Sie sollten Ihre Zeit nicht vergeuden. Man ist oft nicht in der Lage, zu erkennen, was man alles leisten kann. In jedem von uns schlummern ungeahnte Fähigkeiten. Fassen Sie sich ein Herz und wagen Sie sich in unbekannte Gefilde!«

Ihre Ohrringe schaukelten jetzt so heftig, dass sie herunterzufallen drohten. Der Hauptgang – Lamm und Garnelen – wurde serviert. Ich beeilte mich, meinen Teller mit dem Risotto zu leeren.

»Wann soll dieser Kurs denn beginnen?«, fragte ich, als sie ausnahmsweise einmal Luft holte.

»Das ist die erste Frage, die Sie mir heute stellen. Ein gutes Zeichen. Sie machen Fortschritte. Wenn man keine Fragen stellt, dann passiert auch nichts. Ich werde erst nächstes Jahr im September anfangen. Aber das ist kein Grund, die Sache nicht jetzt schon anzugehen. Konkret heißt das nämlich, im September werden die Lehrbücher und Übungshefte an die Schüler verschickt. Das bedeutet, dass bis dahin der Lehrplan stehen muss, dass Unterrichtsmaterialien zusammengetragen und Werbebroschüren entworfen werden müssen. Es gibt also eine ganze Menge zu tun. Da ich eine richtige Firma gründe, würden Sie nicht, wie es bisher der Fall war, auf Honorarbasis arbeiten, sondern einen ordentlichen Arbeitsvertrag bekommen. Ich brauche eine technische Assistentin. Für Buchhaltung und Vertrieb würde ich Fachkräfte einstellen. Natürlich möchte ich Sie auch weiterhin mit den bisherigen Aufgaben betrauen. Ihre künstlerischen Ambitionen werden immer Vorrang haben, das verspreche ich Ihnen. Was Ihren Lohn, die Arbeitsstunden, Urlaubstage, Krankenversicherung und andere Vertragsbedingungen angeht, werde ich

Ihnen schon bald ein konkretes Angebot machen können. Bei den Behörden wird die Firma im März angemeldet. Ihr Name lautet »Klub für Kalligrafie«. Es wäre schön, wenn Sie spätestens im März Ihre Stelle antreten könnten. Was halten Sie davon?«

Sie schaute mich eindringlich an, als erwarte sie sofort eine Zusage. Ihr Angebot klang ja auch vielversprechend. Aber es kam so plötzlich, dass es mich lähmte. Außerdem würde ich dann aus dem Landhaus ausziehen müssen. Was daran problematisch wäre, war mir selbst nicht ganz klar, aber der Gedanke beunruhigte mich.

»Ihr Angebot ist außerordentlich verlockend und ich weiß es sehr zu schätzen, dass Sie mich auserkoren haben.«

»Wieso denn gleich wieder so bescheiden? Das ist wirklich eine schlechte Angewohnheit von Ihnen.«

Sie lud mir das größere Stück Fleisch und eine Garnele auf den Teller.

»Würden Sie mir etwas Zeit zum Nachdenken lassen, bevor ich Ihnen eine endgültige Antwort gebe? Ich befinde mich gerade in einer Situation, wo ich zunächst einige private Angelegenheiten regeln muss. Eine solch wichtige Entscheidung würde ich lieber erst dann treffen, wenn mein Leben wieder in geregelten Bahnen verläuft. Bis Mitte des nächsten Monats werde ich Ihnen Bescheid geben, versprochen.«

»Einverstanden. Für mich ist das völlig in Ordnung. Ich kann verstehen, dass Sie die Entscheidung auch nicht allein treffen möchten. Also lassen Sie sich Zeit, um alles in Ruhe mit Ihrem Mann zu besprechen. Dann warte ich auf Ihre Zusage.«

Mit ihren pink lackierten Fingernägeln riss sie einer Gar-

nele den Kopf ab und biss herzhaft ins Fleisch. Mit Olivenöl beschmiert, glänzten die Nägel noch mehr.

Ich war erleichtert darüber, dass ich das Nötigste dazu gesagt hatte, und schenkte mir Wein nach. Ich fühlte mich erschöpft, aber auch wundersam belebt.

Während meines gesamten Aufenthalts in Tokio ließ sich mein Mann kein einziges Mal zu Hause blicken. Offenbar hatte er sein Domizil in die Wohnung seiner Geliebten verlegt. Dies war für ihn sicher praktischer, was die Mahlzeiten und seine Wäsche anging, und da ihn niemand bei uns zu Hause erwartete, war er endlich von dem Zwang befreit, nachts dorthin zurückkehren zu müssen.

Da ich selbst dazu beigetragen hatte, machte mir dieser Umstand auch nicht weiter zu schaffen. Ich zuckte nicht mehr bei jedem Telefonklingeln zusammen, und ich lauschte auch nicht mehr angestrengt auf die Motorengeräusche vorbeifahrender Autos.

Im Haus ließ sich an etlichen Stellen die Abwesenheit menschlicher Bewohner erkennen. Die Spüle, das Waschbecken und die Badewanne waren staubtrocken, der Kühlschrank war leer bis auf ein angebrochenes Marmeladenglas und eine Packung Scheibenkäse mit abgelaufenem Datum, die Garagenwände hatten wegen der geschlossenen Fenster schon einen leichten Schimmelbelag.

Ich hatte das Gefühl, seit dem letzten Mal war die Temperatur im Haus um noch ein paar Grad gesunken. Eigentlich hätte ich gerne eine Zierpflanze auf dem Tisch gesehen oder seine ordentlich zusammengelegte Kleidung im Schrank,

auch wenn ich gewusst hätte, dass sie dafür verantwortlich war.

Zum Lüften öffnete ich alle Fenster, dann schleppte ich sämtliche Wohntextilien wie Laken, Kopfkissenbezüge, Fußmatten und dergleichen zum Desinfizieren nach draußen in die Sonne. Ich saugte den Staub aus den Ecken, wässerte ausreichend den Garten und scheuerte den Schimmel von den Garagenwänden. Aber die frostige Atmosphäre im Haus wurde dadurch kein bisschen gemildert.

Ich traf meinen Mann in einem Café in der Nähe seiner Praxis. Dort erfuhr ich, dass sie ein Kind von ihm erwartete.

Das Lokal war voll. Wir saßen an einem Tisch hinten an der Wand. Die Kellnerin eilte geschäftig durch den schmalen Gang hin und her. Dabei streiften die Rüschen ihrer Schürze jedes Mal die Tischkante.

»Wie läuft es in der Praxis?«

»Es ist nicht viel passiert. Ich habe eine weitere Arzthelferin eingestellt, den Buchhalter gewechselt, einen neuen Behandlungsapparat angeschafft … das war's auch schon.«

»Es läuft also ganz gut.«

»Ja, mag sein …«

Er warf einen Blick auf seine Armbanduhr. Bis zum Beginn seiner Nachmittagssprechstunde blieb nicht viel Zeit. Es war sehr stickig in dem Raum, vermutlich, weil die Klimaanlage abgestellt war. Die Eiswürfel in meinem Orangensaft waren schon halb geschmolzen. Trotzdem behielt mein Mann sein Jackett an und setzte die Tasse mit dem heißen Kaffee behutsam an die Lippen.

»Die Wirtin vom Grashüpfer erwähnte einen Betrunkenen, der ins Haus eingedrungen sein soll.«

»Ja, aber das war nicht so schlimm. Er hatte keine bösen Absichten.«

»Dort in den Bergen scheint es nicht ganz ungefährlich zu sein. Du solltest vorsichtig sein!«

»Ich habe sämtliche Schlösser reparieren lassen.«

»Wenn es jetzt kühler wird, ist es sicher sehr ungemütlich dort.«

»In den Bergen ist bereits Herbst. Die Leute in der Nachbarschaft haben ihre Häuser schon verlassen.«

»Wie willst du ohne Führerschein zurechtkommen, wenn du eingeschneit bist?«

»Die Wirtin ist mir jederzeit behilflich. Und gleich nebenan wohnen Leute, die mir im Notfall zur Seite stehen.«

»Wenn es um Besorgungen und dergleichen geht, kannst du doch nicht ständig die Wirtin bemühen, oder?«

»Nein, sicher nicht.«

Er stellte seine Tasse ab, ich nippte an meinem Orangensaft.

Die Kellnerin holte ein Stück Erdbeertorte aus der Kühlvitrine und legte es auf einen Teller. Im Hintergrund hörte ich, wie die Ladenkasse aufsprang, wie in der Küche etwas zerbrach und jemand laut auflachte, alles im selben Moment.

»Wann ist denn der Geburtstermin?«, erkundigte ich mich.

»Ende Februar«, erwiderte er mit belegter Stimme.

»In der kalten Jahreszeit.«

»Ja.«

»Das ist ja nicht mehr lange hin, Ende Februar.«

»Ja, stimmt.«

Es war vier oder fünf Jahre nach unserer Hochzeit gewesen. Während ich Fruchtbarkeitskliniken abklapperte, verlebten wir die glücklichste Zeit unserer Ehe. Die Aussicht auf ein Kind war die einzige strahlende Illusion, die wir je miteinander teilten.

Ich war ihm dankbar, dass ich aufgrund seiner guten Beziehungen die Chance bekam, für eine neuartige Behandlungsmethode ausgewählt zu werden. Mit viel Geduld hatte er mich immer wieder aufgemuntert, wenn ich erschöpft von den schmerzhaften Untersuchungen eine Enttäuschung nach der nächsten erlebte. Wir schafften es, eine subtile Balance zu halten. Die Sehnsucht nach einem Kind brachte absurderweise eine gewisse Zufriedenheit mit sich.

Da das Problem jedoch bestehen blieb, hatten wir irgendwann genug, uns gegenseitig zu danken und zu trösten.

»Glaubst du, dass sie mich aufgesucht hat, um mir von ihrer Schwangerschaft zu erzählen?«

»Das könnte durchaus sein.«

»Aber sie hat es nicht erwähnt.«

»Sie hat sich vielleicht nicht getraut, als die Gelegenheit da war.«

»Aber sie hätte es als entscheidende Trumpfkarte gegen mich ausspielen können.«

»Deshalb haben wir doch kein Kind gezeugt. Es war nicht unsere Absicht, dich damit zu verletzen. Es war reiner Zufall.«

»Gut, ich verstehe.«

Ich sah den fließenden Schnitt ihres Kleids vor mir und die Geste, wie sie das Taschentuch an den Mund gehalten hatte. Mir fielen die säuberlich platzierten Slipper auf dem

Teppich ein und das Armband, das an ihrem Handgelenk hoch- und runterrutschte. Aber an ihr Gesicht konnte ich mich nicht mehr erinnern. Es war, als würde es sich hinter Nebelschwaden verbergen.

»Reichst du den Scheidungsantrag ein?«

»Wie bitte?«

»Den Scheidungsantrag.«

Er nickte stumm. Er wollte die Tasse an den Mund setzen, merkte jedoch, dass sie leer war, und stellte sie zurück auf den Unterteller. Ich knüllte die Hülle des Strohhalms zusammen und warf sie in den Aschenbecher.

»Ich weiß nämlich nicht, woher ich die Papiere bekomme und wie ich den Antrag auszufüllen habe.«

Die Wunden, die ich mir in der Höhle der Ulme zugefügt hatte, waren noch nicht verheilt. Auf den Abschürfungen an den Handknöcheln hatte sich eine dunkle Schorfkruste gebildet. Sie taten zwar nicht mehr weh, aber ich konnte mich noch deutlich an den im Dunkeln erlittenen Schmerz erinnern.

»Wir könnten doch einen Anwalt einschalten. Das wäre vielleicht besser«, sagte mein Mann.

»Ja«, erwiderte ich.

»Einer unparteiischen Person gegenüber kann man sich freier äußern. Auch die Formalitäten lassen sich so einfacher lösen. Dadurch lässt sich vermeiden, dass wir uns noch weiter zermürben.«

»Du hast recht.«

»Ich werde mich darum kümmern. Das soll aber nicht heißen, dass ich die Sache zu meinen Gunsten regeln möchte. Ganz im Gegenteil, ich möchte die Angelegenheit, auch in Bezug auf deine Ansprüche, gütlich regeln.«

»Das ist sehr freundlich von dir.«

»Ich werde den Anwalt umgehend bitten, Kontakt mit dir aufzunehmen. Hast du vor, aufs Land zurückzukehren?«

»Ich denke schon«, erwiderte ich nach kurzem Nachdenken. »Es tut mir leid, dass ich dir so viel Mühe bereite.«

»Ach, das macht mir nichts aus. Pass gut auf dich auf!«

»Danke. Du musst los, sonst verpasst du deine Sprechstunde.«

»Gut.«

Er warf einen Blick auf die Armbanduhr und erhob sich mit gesenktem Kopf.

»Also dann …«

Mit diesen dürren Abschiedsworten verließ er das Café. Ich hörte, wie sich die Automatiktür hinter ihm schloss. Die Kellnerin kam, um das Geschirr abzuräumen – seine leere Tasse und mein leeres Glas.

Als ich zwei Wochen später ins Landhaus zurückkehrte, war der Herbst in den Bergen angekommen. Die bewaldeten Gipfel waren bereits rot gefärbt. Kaum war ich aus dem Taxi ausgestiegen, spürte ich die klare Luft auf meinen Wangen, die hier eine ganz andere Spannkraft besaß als in Tokio.

»Ruriko!«

Jemand rief meinen Namen.

»Ruriko! Hier bin ich! Hier!«

Ich drehte mich um und erblickte die Wirtin im Wintergarten des Grashüpfers. Sie winkte mich zu sich. Hinter ihr standen Nitta und Kaoru.

»Ruriko, sind Sie wieder da? Herzlich willkommen.

Kommen Sie doch herein und trinken Sie eine Tasse Tee mit uns.«

Sie hatte die Fenster aufgeschoben, um mich einzuladen. Es kam mir vor wie eine Ewigkeit, dass jemand meinen Namen rief und noch dazu mit einer so wohlmeinenden Stimme.

»Sie waren aber lange weg. Ich dachte schon, Sie kämen gar nicht mehr wieder.«

Hinter der Wirtin lugte verstohlen Kaoru hervor. Sie trug einen Wollpullover mit einem Rhombenmuster. Dona war inzwischen auch da und bellte drei Mal, als wollte er die Stimme der Wirtin nachmachen. Sogar der Pfau hinten im Garten stimmte mit einem grellen Schrei in das Begrüßungskonzert ein.

»Kommen Sie doch endlich herein, Sie sind doch sicher erschöpft. Hier drinnen ist es schön warm, der Ofen ist an. Es ist noch ein Stück Kuchen da. Sie kommen genau richtig. Einen Moment später, und Kaoru hätte das auch noch gegessen«, rief mir die Wirtin zu, wobei sie abwechselnd zu mir und ins Zimmer blickte.

Kaoru und Nitta schauten betreten, als sie mich näher kommen sahen. Als könnte er es nicht länger aushalten zu warten, schoss Dona auf die Terrasse hinaus und lief mir entgegen.

»Danke. Ich bin sofort bei Ihnen«, rief ich und winkte ihnen zu.

11

Das Leben im Landhaus nahm wieder seinen Lauf. Drei Tage lang regnete es draußen in den Bergen. Es war ein kalter, lautloser Regen. Vom Sofa im Wohnzimmer aus schaute ich jeden Tag zu, wie der Aprikosenbaum, die Terrasse und die Kieselsteine auf dem Weg nass wurden. Ich stellte mir vor, wie der Jizō und die Ulme wohl im Regen aussehen mochten. Die Zeit verging dabei wie im Fluge. Ehe ich mich's versah, war es bereits Abend, und ich machte überrascht das Licht im Zimmer an. Ich wusste zunächst selbst nicht, ob ich zwischendurch eingenickt oder einfach selbstvergessen war.

Beide Aufträge, die Weihnachtskarten und das Plakat für die Bäckerei, hatte ich erledigt. Meine Kunden waren gleich mit den ersten Entwürfen einverstanden und auch meine Agentin fand die Arbeiten sehr gelungen. Es war keine avantgardistische Kalligrafie mit zahlreichen grafischen Elementen, sondern ich hatte mich für eine streng klassische Form entschieden, wo der Text im Vordergrund stand. Bei dem Bäckerei-Plakat kam das auf die Tapete abgestimmte Blau gut zur Geltung, und es wirkte noch schlichter und eleganter, als ich es mir vorgestellt hatte.

Das Haus winterfest zu machen, war nun meine Priorität. Ich umwickelte die Wasserleitungen mit Stofflappen, reinigte den Ofen und das Abzugsrohr, besorgte Frostschutzmittel und befreite die Dachrinne vom toten Laub. Von nun an

wollte ich die Lebensmittelbestellungen regelmäßig zweimal pro Woche über den Grashüpfer abwickeln und die Wirtin zusätzlich dafür bezahlen. Sie bot mir zwar an, die Besorgungen wie gewohnt bei Bedarf für mich zu erledigen, aber ich wollte nicht die ganze Zeit auf ihr Wohlwollen angewiesen sein.

Was die Memoiren der alten Lady betraf, war nun das Ende in Sicht. Die einstige Hellseherin und ihren Sohn hatte es auf eine Insel fernab von Nagasaki verschlagen, wo sie bei Christen Unterschlupf fanden, die eine schwarze Madonna in einer Grotte verehrten. Auch sie pilgerte täglich zu der Wallfahrtsstätte, um dafür zu beten, dass die Verbrennungen ihres Kindes geheilt werden, aber sein Gesicht blieb entstellt. Dann verliebte sie sich in einen fünfzehn Jahre jüngeren Fischer, mit dem sie gemeinsam nach Honshu flüchtete …

Ich war fasziniert vom Rhythmus der sich aneinanderreihenden Buchstaben. Die Transkription dieser turbulenten Lebensgeschichte gab mir das Gefühl, als würde ich selbst die große weite Welt durchstreifen.

Ich vertiefte mich mehr und mehr in meine Arbeit und hatte bald nur noch Augen für die schönen Formen des Alphabets. Ich unternahm keine Spaziergänge mehr und hörte auch keine der Schallplatten, die Kaoru mir geliehen hatte.

Reuegefühle drängten sich mir auf und ich wollte vor ihnen fliehen. Hätte ich Kaoru nicht mein Kleid angeboten, hätte ich Nitta in der Höhle nicht so vehement mit der Frage bedrängt, weshalb er nicht für mich Cembalo spielte, wäre alles wie früher gewesen. Und ich hätte mich an ihn ge-

klammert wie bisher. Deshalb legte ich den Federhalter nicht aus der Hand.

Zumindest wiesen sie mich nicht ab. Das tröstete mich ein wenig. Auf sanfte, diskrete Weise ließen sie mir genügend Raum. Wenn Kaoru bei mir vorbeikam, klopfte sie nur sachte ans Terrassenfenster.

Zwar herrschte zwischen uns dreien eine gewisse Spannung, die zuvor nicht existiert hatte, aber wir taten so, als wäre nichts geschehen. Wir wussten, dass jeglicher Versuch, dies zu ändern, in einem Fiasko enden würde.

Eines Tages verabredeten wir uns zum Pilzesammeln. Nitta und Kaoru kannten sich dabei gut aus und wussten sogar alle Namen. Wir schaufelten das dürre Laub beiseite und pflückten behutsam die Pilze, die wir zwischen den Baumwurzeln entdeckten. Immer wenn ich einen Pilz fand, rief ich sie zu mir. Entweder hieß es: »Der taugt nichts« oder: »Der taugt«. Ich ließ dann nur die »tauglichen« in die Kiepe auf Nittas Rücken gleiten.

Das Herbstlaub hatte sich inzwischen auch im Hain verfärbt. Die Ebereschen waren rot, die Lärchen gelb, und die Silhouette der Zweige zerteilte den Himmel. Der Waldboden war übersät mit Eicheln, die schmerzhaft unter den Fußsohlen drückten. Ein diffuses Licht fiel auf die feucht schimmernde Erde.

Wir brachten eine ganze Kiepe voll mit Pilzen mit nach Hause, die wir als Tempura, in der Miso-Suppe und im Topf geschmort verspeisten. In der Küche hing das nagelneue Regal. Mehrere Gläser mit exotischen Gewürzen reihten sich dort nebeneinander auf. Es war solide gefertigt, ohne überflüssige Schnörkel. Gehörte es zu den Dingen, die der Him-

mel bewilligte? Kaoru schnappte sich einige Gläser, um die sautierten Pilze zu würzen.

Anderntags gingen wir zu einem verfallenen Haus in der Nähe, um Bretter zu sammeln, die wir verfeuern konnten. Es hieß, die alte Frau, die dort allein gelebt hatte, habe sich erhängt, und deshalb läge das Holz ungenutzt herum.

»Es wäre doch geradezu unbarmherzig gegenüber der alten Dame, wenn man das Holz hier verrotten lässt. Sie wäre bestimmt froh, wenn sie wüsste, dass es zum Heizen dient. Man muss sich hier nicht gruseln, das ist doch Quatsch.«

Ich stimmte mit Nittas Ansicht überein.

Obwohl es nur ein kleines flaches Haus gewesen war, fanden wir reichlich Holz. Wir zogen herausstehende Nägel heraus und zerteilten große Balken mit der Motorsäge. Trotz des kalten Winds, der über das Grundstück fegte, waren wir bald nass geschwitzt.

Wir verteilten das zusammengetragene Brennholz auf die beiden Haushalte. Am Abend saßen wir zu dritt vor dem Ofen und tranken Wein. Kaoru spielte Cembalo. Couperins *Les petits moulins à vent*, Duphlys *La Victoire* und Royers *La marche des scythes*. Mit flüsternder Stimme las sie die Titel der Stücke, als wären es Verszeilen aus einem Gedicht. Wenn sie sich verspielte, entschuldigte sie sich und fing von vorn an.

Wie zu erwarten war, setzte sich Nitta selbst nicht ans Cembalo. Und ich bat ihn auch nicht darum.

»Wieso wollte die alte Frau sterben?«, fragte Kaoru.

»Vermutlich weil sie einsam und traurig war«, erwiderte ich.

»Auf jeden Fall hat sie erreicht, was sie wollte.«

Nitta öffnete die Ofenklappe und legte Holz nach. Das

Feuer prasselte vor sich hin. Die orangefarbenen Flammen spiegelten sich in der Scheibe der Dachluke.

»Vielleicht ist das der Balken gewesen, an dem die alte Frau sich erhängt hat.«

»Ihr Hals ist bestimmt sehr dünn und zerbrechlich gewesen.«

»Er muss erleichtert gewesen sein, als er seine Aufgabe erfüllt hatte.«

»Es gab bestimmt niemanden, der sie davon abhalten konnte.«

»Sterben ist nie so schlimm, wie man meint.«

Nitta schenkte uns allen Wein nach.

Ich zeichnete mit den Fingern seinen Schattenriss auf dem Tisch nach. Die Schürfwunden, die ich mir in der Baumhöhle zugefügt hatte, waren verheilt.

Als ich damals in Tränen ausgebrochen war und gegen die Höhlenwand geschlagen hatte, tröstete er mich nicht, sondern packte nur mein Handgelenk. Sein Griff war so stark, dass ich meinen Arm nicht mehr bewegen konnte. Hinterher war er jedoch wie gelähmt, weil er nicht wusste, wie er sich verhalten sollte. Er hatte weder meine Tränen getrocknet noch meine Wunden geheilt. Wir hegten keine Gefühle füreinander, sondern dachten beide an Kaoru.

Ich versuchte mir vorzustellen, was passieren würde, wenn wir beide allein wären und die Klänge des Cembalos bloß eine Einbildung … Nitta war in der Lage, all die Verletzungen, die ich durch meinen Mann erfahren hatte, vergessen zu machen. Ein lächelnder Blick, ein paar kurze Worte, eine angedeutete Geste, als wollte er mein Haar berühren – all dies galt nur mir.

Auch ich wollte ein neues Terrain betreten, wo mir alles erlaubt war. Wie die Gewissheit, dass er in Kaorus Anwesenheit Cembalo spielen konnte.

Hatte er seitdem noch einmal für sie gespielt? Hatte Kaoru ihn über mich ausgefragt? Hatte er sich rechtfertigen müssen?

Wieder kreisten meine Gedanken um Kaoru.

Nein, sie stritten sich niemals. Der Sumpf, den sie in ihrem Herzen trugen, war abgrundtief. Während ihre Worte an die Oberfläche stiegen, verloren sie an Bedeutung, bis nur noch ein bloßer Nachhall von ihnen übrig blieb.

Nitta rollte den Korken auf seiner Handfläche, doch er entglitt ihm und rollte hinüber zu Kaorus Glas.

Ich bat Kaoru, *Les Tendres Plaintes* zu spielen. Sie willigte ein und legte die Finger erneut auf die Tasten.

Inzwischen hatte Nitta angefangen, ein neues Cembalo zu bauen. Es war sein erstes Werk seit der Bestattung des Instruments für die Musikhochschule. Der Auftraggeber war ein junger Musiker, der in der Region Kansai Konzerte gab.

»Das sogenannte flämische Modell besitzt nur ein Manual«, erklärte mir Nitta.

»Es handelt sich um einen Nachbau des Prototyps, den ein gewisser Couchet im Jahre 1645 in Antwerpen konstruiert hat. Schauen Sie, es gibt noch einen Bauplan davon. Die Stärke des Resonanzbodens, die Verzierungen, die Maße der einzelnen Elemente – alles ist haargenau verzeichnet. Auf dieser Grundlage kann ich den Klang jener Epoche reproduzieren.«

Er holte den Plan aus einer Papprôhre und entrollte ihn. Er nahm fast die gesamte Fläche des Bodens ein. Kaoru fixierte die Ränder.

»Mein Gott, das ist ja ein richtiges Kunstwerk. Es sieht aus wie eine mittelalterliche Handschrift«, rief ich begeistert.

Es ähnelte tatsächlich einer detailgenauen Freskenmalerei. Die feine Zeichnung gab sämtliche Elemente des Instruments wieder, von den Staubfäden der floralen Verzierungsmuster bis hin zu den kleinsten Lamellen und Stiften der Tastenführung.

»Ich kann mich nicht sattsehen daran«, sagte Kaoru.

»Wenn man das gesamte Gehäuse marmoriert, entsteht der Eindruck einer steinernen Lade. Die Beine ähneln dann Säulen und verleihen dem Instrument eine erhabene Solidität. Klappt man den Deckel auf, so kommt einem das Innere wie eine elegante Kleidertruhe vor, und der Resonanzboden ist mit mannigfaltigen Motiven und Ornamenten bemalt.«

»Für den Korpus verwendet man Pappelholz. Es ist ein sehr gutes Holz, das über zehn Jahre getrocknet wurde. Der Resonanzboden hingegen wird aus der Hokkaido-Rotfichte hergestellt. Sobald man das Holz ausgewählt hat, fängt man an, es zu schleifen. Obwohl man zunächst eine glatte Oberfläche erhält, verzieht sich das Holz beim Trocknen wieder. Deshalb muss man es mehrmals hobeln und trocknen lassen, bis man seine spezielle Textur freigelegt hat. Anfangs ist es also eine ziemlich eintönige Arbeit.«

»Wenn wir den ganzen Tag mit Sägespänen übersät in der Werkhalle zubringen, kann es vorkommen, dass wir dabei missmutig werden.«

»So wie ich mit der Kreissäge umgehe, ist es ziemlich riskant, das macht ihn ganz nervös.«

»Nein, nicht nervös, ich zittere vor Angst.«

Die beiden redeten unablässig über ihr neues Projekt.

»Auch die Gestaltung der Rosette finde ich großartig. Werden dort die Initialen von Herrn Nitta eingearbeitet?«, fragte ich.

Kaoru beantwortete meine Frage, indem sie den Plan drehte, damit ich die Rosette darauf besser erkennen konnte.

»Ja, genau. Neben der Rosette gibt es noch eine weitere Stelle. Über dem Manual ist eine Plakette mit dem Namen des Erbauers angebracht, auf dem Plan sieht man sie hier.«

Kaoru drehte den Plan erneut. J. Couchet stand dort geschrieben. Es waren runde, fette Buchstaben.

»So kann man während des Spielens den Namen des Erbauers betrachten, nicht wahr?«

»Das ist die einzige Stelle, wo meine Existenz offenbart wird.«

»Gibt es denn Vorgaben für die Schrifttypen?«

»Nein, überhaupt nicht. Das hat ja keine Auswirkung auf den Klang. Es darf nur nicht das Gesamtbild stören.«

»Wenn es Ihnen nichts ausmacht …«

Ich zögerte einen Moment, bevor ich weitersprach:

»Würden Sie mich damit betrauen, Ihren Namenszug zu gestalten?«

Bisher waren all meine Versuche, mir Eintritt in ihre Welt zu verschaffen, kläglich gescheitert. Ich konnte immer nur von draußen einen flüchtigen Blick darauf erhaschen. Und ich wollte mich nicht erniedrigen, indem ich die beiden störte und sie meiner überdrüssig wurden.

Aber nun hatte ich meinen Wunsch geäußert. Während ich den Plan betrachtete, erschienen die Buchstaben Y. NITTA vor meinem geistigen Auge. Ich wollte den geeigneten Schriftzug finden, der zu einer eleganten Kleidertruhe passte, die sich in einer Steinlade verbarg. Dies erschien mir als das einzige Mittel, das mir gestattete, um Kaoru einen Stich zu versetzen.

»Verzeihen Sie meinen vermessenen Vorschlag, zumal ich von Cembalos nichts verstehe. Sobald ich Buchstaben vor Augen habe, verspüre ich den Drang, sie zu gestalten. Das ist eine schlechte Angewohnheit von mir.«

»Aber nein. Ich finde die Idee großartig. Nicht wahr?«

Kaoru stand auf und wandte sich an Nitta. Der Plan rollte sich an den Rändern zusammen.

»Ja, ganz bestimmt. Wieso ist mir das nicht eher eingefallen? Wo wir doch eine Spezialistin für das Alphabet ganz in unserer Nähe haben. Ich finde das keineswegs vermessen. Im Gegenteil, ich würde mich sehr glücklich schätzen.«

Während er sprach, hatte er meine Hand in seine gelegt. Kaoru spendete Beifall.

Es waren lediglich sechs Buchstaben, aber damit verschaffte ich mir Zutritt in die Welt der Cembalos.

An diesem Morgen war der Himmel bewölkt, und draußen stürmte es. Bis gestern hatte ich den Ofen nur morgens und abends beheizt, aber nun ließ ich das Feuer auch tagsüber brennen. Zum Arbeiten zog ich dicke Socken an und wickelte mir eine Wolldecke um die Beine.

Die einstige Hellseherin, ihr Sohn und der ehemalige Fi-

scher, die von der Insel vor Nagasaki geflohen waren, versuchten in Tokio Fuß zu fassen, aber all ihre Unternehmungen gingen bankrott. Es folgten einige Episoden, wo sie ihren Gläubigern zu entkommen versuchten. In jener Zeit schenkte sie drei Töchtern das Leben. Je näher das Ende ihrer Aufzeichnungen rückte, umso ausgelaugter schien die Verfasserin gewesen zu sein, denn die Sätze wurden immer kürzer und teilnahmsloser.

Der Wind heulte unentwegt. Wenn ich glaubte, er wirbelte noch weit in der Ferne, krümmte er im nächsten Moment die Bäume im Garten und rüttelte an den Scheiben, bis er wieder vom Himmel aufgesogen wurde und einen neuen Anlauf nahm. Sogar das reparierte Geländer auf der Terrasse wackelte. Dürres Laub, Grasbüschel, Sand und was sonst noch auf dem Boden herumlag, wirbelte über die Veranda.

Mehrere Entwürfe lagen verstreut auf dem Schreibtisch. Jedes Mal, wenn mir eine Idee zu dem Schriftzug Y. NITTA kam, notierte ich sie mir auf einem Blatt Papier. Er hatte mir zwar gesagt, dass der Korpus noch nicht fertig sei und ich genügend Zeit hätte, nachdem ich mir einen Gesamteindruck von dem Instrument verschafft haben würde, aber ich konnte es kaum abwarten. Würde ein schlanker, schlichter Schriftzug passen? Sollte er etwas Leichtigkeit mit sich bringen? Konnte man eine Kursivschrift wagen? Ich hatte viele Ideen. Wo die beiden T's aufeinanderfolgten, wollte ich gerne einen Akzent setzen. Wenn die Autobiografie mich ermüdete, legte ich mich mit dem Zeichenblock aufs Bett und schrieb, während ich dem Wind lauschte, immer wieder neue Varianten von Y. NITTA.

Als ich einmal zufällig durchs Fenster schaute, entdeckte

ich Kaoru, die den Pfad entlanggerannt kam. Sie trug diesmal nicht den Pullover mit den Rhomben, sondern einen aus melierter Wolle, den ich noch nie an ihr gesehen hatte. Ihr Haar war ganz zerzaust.

Ich wusste sofort, dass etwas Schlimmes passiert war. Sie wirkte tief verstört. Als sie mich durch die Scheibe hindurch erblickte, rief sie mir etwas zu, aber ich verstand bei dem tosenden Wind kein Wort. Ich öffnete die Verandatür und trat ins Freie.

»Ruriko!«

Sie rief meinen Namen. In dem Augenblick, als ich sie fragen wollte, was los sei, verstand ich sofort. Ihr Pullover, den ich für meliert gehalten hatte, war der übliche mit den Rhomben. Er war nur über und über mit Blut besudelt.

»Herr Nitta … Herr Nitta, er ist schwer verletzt …«

Ich sprang sofort die Stufen hinunter und rannte mit ihr zurück.

Er kauerte am Eingang der Werkhalle, wobei er keinen gequälten Eindruck machte, sondern wesentlich entspannter als Kaoru wirkte.

»Verzeihen Sie, Ruriko, dass wir Sie damit belästigen«, sagte er und rang sich ein Lächeln ab.

In der Halle war alles voller Blut. Auf den frisch abgeschliffenen Hölzern waren Blutspritzer und auch auf dem Sockel der Hobelmaschine. Blut hatte sich im Sägemehl zu Klumpen verkrustet, dazwischen lag Nittas zerbrochene Brille, auf die Kaoru vermutlich in ihrer Aufregung getrampelt war. Bei diesem Anblick bekam ich es mit der Angst zu tun.

Wir schleppten Nitta fürs Erste zum Parkplatz des Grashüpfers, wo wir der Wirtin kurz die Umstände erklärten, be-

vor wir mit Kaorus Wagen zur nächsten Ortschaft rasten, um eine Klinik aufzusuchen. Nitta lag auf der Rückbank, er hatte ein Handtuch um seine linke Hand gewickelt, das bereits blutgetränkt war.

Er hatte die Augen geschlossen. Ich wollte ihn ansprechen, ihn trösten, ein sauberes Tuch auftreiben, um das Blut in der Wunde zu stillen, aber am Ende war ich so konfus, dass ich nichts dergleichen tat. Stattdessen wischte ich ihm den Schweiß von der Stirn, obwohl mir klar war, dass es ihm nicht groß weiterhelfen würde. Kaoru umklammerte das Lenkrad und sagte kein Wort.

Unglücklicherweise gab es nur eine Arztpraxis für innere Medizin, wo der Internist lediglich Erste Hilfe leisten konnte. Da die Wunden ziemlich tief waren, empfahl er uns, in ein städtisches Hospital zu fahren, das für die Behandlung besser ausgestattet sei. Notgedrungen verfrachteten wir Nitta nochmals ins Auto, aber wir benötigten eine Stunde, um ins nächste Krankenhaus zu gelangen.

In der Notaufnahme wurde er sofort auf eine Trage gelegt und vom Behandlungsraum in den Operationssaal transportiert. Wir gingen hinterher, standen dann in einem endlos langen Gang herum, bis wir Auskunft von einem jungen Stationsarzt erhielten. Auf einem Sofa sitzend, warteten wir ab, bis der Eingriff beendet war.

»Sie nähen die Wunde ja bloß. Eigentlich ist es keine große Sache.«

Kaoru nickte stumm.

»Der Arzt hat gesagt, dass weder Nerven noch Knochen in Mitleidenschaft gezogen sind, es wird alles gut.«

Ich ergriff ihre Hand und hielt sie eine Zeit lang.

Das Messer der Hobelmaschine hatte Mittel- und Ringfinger seiner linken Hand getroffen. Dabei waren die Fingerkuppen und teilweise auch die Fingernägel abgetrennt worden, aber da die Knochen verschont geblieben waren, gab es keine gravierenden Folgeschäden. Man musste jedoch die Wunde sauber zusammennähen.

»Es ist meine Schuld«, brachte Kaoru schließlich hervor. »Ich habe die Brettkante nicht ordentlich festgehalten. Dadurch ist sie verrutscht. Und Herrn Nittas Finger sind unters Messer …«

Offenbar hatte sie die Szene noch lebhaft vor Augen. Sie verzog schmerzerfüllt das Gesicht und raufte sich die Haare. Erst jetzt bemerkte ich, dass ihre Hände ebenfalls blutverschmiert waren. Wollte sie ihm zu Hilfe eilen, indem sie sich in seine Arme warf? In ihren Handlinien hatten sich dunkle Krusten gebildet. Die Blutflecken auf dem Pullover waren mittlerweile getrocknet.

»Keiner weiß, wer Schuld daran hat. Es ist doch bloß eine einfache Verletzung. Das wird schnell wieder heilen.«

»Aber wenn er nun keine Cembalos mehr bauen kann …«

»Sie machen sich zu viel Sorgen. Wir haben doch gehört, dass er seine Finger richtig bewegen können wird.«

»Aber die abgeschnittenen Fingerkuppen wachsen doch nicht nach.«

Sie schüttelte den Kopf und stierte zu Boden. Als würde sie dort im Halbdunkel nach den abgetrennten Fleischfetzen suchen.

»Außerdem kann er dann nicht mehr Cembalo spielen …«

Nun tröstete ich sie nicht mehr.

»Seine Finger, die so anmutig über die Tasten gleiten …«

Wir kehrten noch am selben Abend zurück. Seine linke Hand war dick bandagiert und hing in einer Armschlinge. In einer Woche würden die Fäden gezogen werden und er sollte die Hand danach noch einen Monat lang schonen, damit die Wunden gut verheilten. Um die Schmerzen zu lindern, hatte man ihm eine ganze Reihe Medikamente mitgegeben.

Die Wirtin vom Grashüpfer hatte für uns ein Abendessen zubereitet. Wegen der starken Schmerzmittel hatte Nitta keinen Appetit und aß nur Reisbrei.

»Es tut mir so leid, dass ich euch den ganzen Tag herumgescheucht habe«, entschuldigte er sich. Und an Kaoru gewandt sagte er: »Sie haben sich bestimmt sehr erschrocken. Aber jetzt ist alles gut, machen Sie sich keine Sorgen mehr. Ich bin ganz müde von den Medikamenten, weshalb ich gleich zu Bett gehen werde.« Dann stieg er die Treppe zu seinem Schlafzimmer hoch.

Wir räumten die Küche auf, machten Dona sein Schlaflager zurecht und tranken noch eine Tasse Tee. Der Sturm hatte sich inzwischen gelegt.

»Morgen früh soll es Frost geben«, sagte ich.

»Ach«, erwiderte Kaoru.

Der Deckel des Cembalos war zugeklappt und die Lampe über dem Manual ausgeschaltet.

»Sie können gerne bei mir schlafen, falls Sie nicht in die Pension zurück möchten.«

»Das ist sehr freundlich, aber ich werde heute dort übernachten, denn ich muss meine Sachen wechseln.«

»Ach so, das stimmt.«

Wir sprachen im Flüsterton, um Nitta oben nicht zu stören.

Kaoru schien sich immer noch nicht beruhigt zu haben. Sie presste die Lippen zusammen, obwohl es aussah, als wollte sie reden. Ängstlich spähte sie in die Dunkelheit nach draußen und strich sich nervös durchs Haar.

»Seine Brille muss repariert werden«, wisperte sie. »Sie ist kaputtgegangen.«

»Das lässt sich schnell erledigen. Mein Mann ist Augenarzt, mit Brillen kenne ich mich aus.«

»Es war so seltsam. Sie ist ihm vom Gesicht gerutscht und schwebte einen Moment lang in der Luft, bevor sie langsam auf den Boden fiel.«

»Im Hospital gibt es eine ophthalmologische Abteilung. Dort kann er nach seinem nächsten Untersuchungstermin doch gleich einen Sehtest machen, um neue Gläser zu bestellen, oder?«

»Ja, das ist eine gute Idee.«

Sie trank einen Schluck und fummelte wieder in ihrem Haar herum.

Oben war kein Laut zu hören. Dona klapperte mit den Zähnen und wälzte sich im Schlaf herum. Im Zimmer gab es noch Spuren unseres überstürzten Aufbruchs am Morgen. Auf den Pedalen des Harmoniums lag ein zusammengeknülltes Unterhemd, der Inhalt des Werkzeugkastens war auf dem Boden verstreut, die mittlere Schublade der Kommode stand offen.

»Ich habe solche Angst.«

Ich konnte den Ofen heizen, wie ich wollte, die Röte kehrte nicht in ihre leichenblassen Wangen zurück. Ihr Leberfleck sah aus wie eingefroren unter einer transparenten Schicht aus Eis.

»Natürlich, wer würde sich denn nicht erschrecken bei so viel Blut«, sagte ich.

»Ich habe schreckliche Angst. Ich fürchte, ich werde wieder etwas verlieren, was mir wichtig ist.«

Ich rückte mit meinem Stuhl neben sie und legte ihr den Arm um die Schulter.

»Meine Beine sind wie gelähmt, mir ist eiskalt, ich weiß nicht, was ich machen soll. Ich würde es ja nicht mal bis zu Ihnen schaffen, Ruriko.«

Ihre Schultern waren so schmal, dass sie in meiner Armbeuge versanken.

»Sie haben doch alles getan, was in Ihrer Macht stand. Sie haben die Versicherungskarte geholt, den Wagen gefahren und dem Arzt hinreichend erklärt, was passiert ist.«

»Ich will nicht noch mal einen solchen Verlust erleiden.«

Sie schüttelte mehrmals den Kopf. Ich spürte, wie unter dem Pullover ihre Körperwärme zurückkehrte.

»Sie werden nichts verlieren.«

»Als ich das viele Blut sah, kam die Erinnerung zurück. Der Tag, an dem mein Verlobter ermordet wurde. Dieser Schock, als ich ins Badezimmer kam. Es war die gleiche Farbe. Der gleiche Geruch.«

»Sie brauchen keine Angst zu haben, alles wird gut, glauben Sie mir!«

»Am Tag nach der Tat bin ich zu der Wohnung gegangen.

Es war das erste Mal, dass ich sie mir angeschaut habe. Ich musste durch einen langen Betonkorridor, wo überall verstaubte Waschmaschinen standen. Ihr Apartment lag ganz am Ende des Gangs. Auf dem Weg dorthin bin ich einer alten Frau begegnet. Sie hat mich irgendwie mitleidig angeschaut. Der Türknauf hatte einen schmutzigen Überzug mit einem pinkfarbenen Karomuster.«

Sie klang nicht so, als würde sie sich auf ein weit zurückliegendes Ereignis besinnen. Vielmehr schien es, als würde sie eine Szenerie beschreiben, die sie dicht vor Augen hatte.

»Ich wollte sie sehen. Die Frau, die ihn getötet hat. Aber sie war nicht mehr da. Man hatte sie bereits abgeführt. Was ich mir hätte denken können, schließlich hatte sie einen Menschen auf dem Gewissen.«

Kaoru schaute zu mir hoch. Sie machte sich ganz klein, um in meinen Armen Schutz zu finden. Ich nickte.

»Wieso bin ich nur dorthin gegangen? Obwohl es sinnlos war? Ich wollte mich offenbar noch mehr quälen. Wie idiotisch von mir!«

Kaoru sprach in die Beuge meines Ellbogens. Sie hatte sich ein wenig beruhigt. Zusammengekauert in meinem Arm ließ sie ihre Furcht verstreichen.

»Die Wohnung selbst war peinlich sauber. Sie ist eine sehr ordentliche Person. Es gab einen Schrank für das Teegeschirr, einen Briefständer, eine Nähmaschine. Es wirkte alles so hübsch. Wie in einer Puppenstube. Warum, weiß ich nicht. Neben dem Nähkästchen stand eine schwarz glänzende Sauerstoffflasche. Die war das Einzige im Raum, das groß war.«

Durch die Wärme ihres Körpers erlebte ich die beschriebene Szenerie, als wäre ich dabei gewesen. Obwohl ich die

Sauerstoffflasche nie mit eigenen Augen erblickt hatte, sah ich sie vor mir, spürte ihr Gewicht und wusste, wie sie sich anfühlte.

»Er arbeitete bei einer Fürsorgestelle. Als Asthmatikerin bekam sie Sozialhilfe, und er stattete ihr einmal im Monat einen Besuch ab. Sie hätten eine Liebschaft gehabt, meinte der Beamte der Kriminalpolizei zu mir. Ich habe mich gewundert, wieso er ein solch altmodisches Wort benutzt. Obwohl ich mich eigentlich über ganz andere Dinge sorgen musste, ging mir das Wort ›Liebschaft‹ nicht mehr aus dem Kopf. Ich habe versucht mir vorzustellen, was er dort in der Wohnung gemacht hat. Wie er sich mit den Ellbogen auf den niedrigen Esstisch gestützt hat, wie er sich auf die Tatamis legte oder wie er die Sauerstoffflasche aufdrehte. Aber es funktionierte nicht. Meine Vorstellungskraft ließ mich im Stich. Dann habe ich einen Blick ins Badezimmer geworfen. Was für ein trostloser Anblick! Die Lüftung, die Decke, der Duschkopf, alles war schwarz vor Schimmel. Die blauen Keramikfliesen über dem Waschbecken waren stellenweise gesprungen. Mir fiel sofort die Seifenschale ins Auge. Darin lag ein Stück Seife, das überhaupt nicht zu der Umgebung passte. Strahlend weiß, unbenutzt, eine teure Marke.«

Ich hörte ihr aufmerksam zu. Fragen stellte ich keine, denn ich wollte sie nicht unterbrechen. Ich ließ sie gewähren, damit sie all das loswerden konnte, was sie bedrückte. Ich versuchte mich an ihre Stelle zu versetzen, wie sie in dem düsteren Badezimmer stand.

»Es war totenstill dort. Kein Laut war zu hören. Es herrschte eine merkwürdige Ruhe, obwohl in diesem Badezimmer kurz zuvor jemand umgebracht und der Leichnam

hier aufgefunden wurde. Man hatte siebenundzwanzig Stichwunden gezählt. Das hat mir der Polizeibeamte erzählt. Der erste Stich ging in den Rücken und hat seine Lunge getroffen. Die tödliche Verletzung wurde vom zweiten Stich in die linke Seite verursacht. Die Leber wurde durchtrennt und die Eingeweide traten heraus. Sie muss blindlings auf ihn eingestochen haben. Keine Stelle hat sie ausgelassen, bis die Messerklinge schließlich am Oberschenkelknochen abbrach.«

Ihre Worte erweckten den Eindruck, als habe sie selbst ihren Verlobten getötet. Ihre geballte Faust öffnete sich, als würde sie noch einmal den Moment durchleben, als die Klinge kaputtging.

»Da fiel mein Blick plötzlich auf die Badematte am Boden. Es war ein schäbiges Ding, wie man es überall finden kann. Sie war noch feucht. Als hätte jemand kurz zuvor mit nassen Füssen darauf gestanden. Ich hatte sogar das Gefühl, als würde sie noch Körperwärme ausstrahlen. Ich stand wie gelähmt da und starrte auf die Stelle. Und es war niemand dort, der mich davon abhielt, unentwegt weiter zu starren.«

Draußen war es stockdunkel. Die Bäume vor dem Fenster, die der Sturm tagsüber durchgepeitscht hatte, verharrten reglos.

»Es war eine Blutlache. Mit seinem Blut. Gerade mal so groß, dass sie von meiner Fußsohle bedeckt wurde. Sie sah aus wie ein schleimiges Meerestier, dessen Körper mit einer trüben Flüssigkeit gefüllt ist und das sich gleich in Bewegung setzen wird. Sodass ich mich fragte, ob nicht dieses wabernde Wesen ihn getötet hatte. Ich sprang zurück und stieß einen gellenden Schrei aus. Einen sehr langen Schrei.«

Sie weinte nicht mehr, aber sie litt. Es wäre wohl leich-

ter für mich zu ertragen gewesen, wenn sie geweint hätte. Ich spürte, dass Tränen weniger grausam waren als Worte.

Jeder, der die Hintergründe kannte, hätte sich darüber gewundert, weshalb sie sich gerade mir so schutzlos auslieferte. Denn schließlich war ich diejenige, die sich zwischen sie und Nitta gedrängt hatte. Und ich hatte sie gekränkt, indem ich meine Liaison mit ihm gegen sie ausspielte.

War sie vielleicht davon überzeugt, dass er sie trotz meiner Anstrengungen niemals fallen lassen würde? Immerhin war sie stolz darauf gewesen, dass er nur in ihrer Gegenwart Cembalo spielen konnte, und nun litt sie augenscheinlich darunter, dass ihr dieses Privileg durch den Unfall genommen werden konnte.

Das Feuer im Ofen wurde schwächer. Doch keiner von uns beiden legte Holzscheite nach. Wir schauten lediglich zu, wie die Flammen kleiner wurden.

»Immer wieder sehe ich es vor mir. Wie die blutige Qualle über die Badematte kriecht. Bei der Trauerfeier, während der Beisetzung und sogar jetzt noch, seitdem ich hier bin. Es lässt mich einfach nicht los. Sosehr ich auch versuche, es zu vergessen, es drängt sich immer wieder auf. Erst in letzter Zeit ist die Erinnerung daran ein wenig verblasst. Eigentlich kann ich es nur vergessen, wenn ich mit Herrn Nitta Cembalos baue. Die Momente, wo mir bewusst wird, dass ich nicht mehr daran denke, sind häufiger geworden. Aber heute in der Werkstatt ist das Ungeheuer zu neuem Leben erwacht, um Herrn Nitta anzugreifen. Mit unglaublicher Gewalt und in einem Moment, wo er ihm nicht entkommen konnte. Es ist zurückgekommen, um mir abermals das zu rauben, was mir am meisten bedeutet.«

Ihre Schultern bebten. Ich nahm sie fester in den Arm. Ihre zarten Gelenke knackten.

»Ich möchte nichts mehr verlieren.«

Kaoru vergrub ihr Gesicht in meiner Brust. Ich hielt still. Ich konnte nichts weiter tun, als sie in meinen Armen aufzufangen.

Ich fragte mich, ob ich jemals einen anderen Menschen so innig an mein Herz gedrückt habe. Ob ich meine Körperwärme auf diese Weise mit jemandem geteilt habe.

Ihre Haare fielen ihr ins Gesicht und ich konnte ihr Shampoo riechen. Ich spürte ihre Schlüsselbeine, ihre Brüste, ihre Ellbogen. Irgendwie hatte auch ich das Gefühl, von jemandem in die Arme genommen zu werden.

Kaoru würde Nitta nicht verlieren. Das verstand ich in diesem Augenblick. Selbst von Blut besudelt, selbst mit amputierten Fingern würde er für immer mit ihr vereint sein durch die nie versiegenden Klänge des Cembalos. Und ich würde diese Verbindung niemals lösen können.

Anstatt zu erwidern, dass auch ich ihn nicht verlieren möchte, sagte ich: »Herr Nitta wird Sie beschützen.«

Ich wartete, bis ihr Zittern nachließ, bevor ich aufstand und Brennholz nachlegte. Die Flammen wurden erneut entfacht. Ich warf einen Blick in Donas Karton. Er schlummerte ahnungslos.

Ich ging zum Regal mit der Musikanlage, wo ich *Die Klagelieder des Propheten Jeremias* suchte, um die CD in den Player zu schieben, wie Kaoru es zuvor getan hatte.

Wir hörten das erste Kapitel. Die Stimme war klar, unan-

tastbar. Wollte man sie mit beiden Händen auffangen, würde sie sofort in die Poren einziehen und mit der Haut verschmelzen. Ihr Klang schien nur für uns beide bestimmt und für niemanden sonst.

»Würden Sie noch ein wenig bei mir bleiben?«, fragte sie mich.

»Aber natürlich«, erwiderte ich.

12

Nittas Verletzung heilte zusehends von Tag zu Tag. Nachdem die Fäden gezogen waren, galt es noch abzuwarten, bis sich eine neue Hautschicht auf den Fingerkuppen gebildet hatte. Zweimal die Woche fuhr Kaoru mit ihm in das städtische Hospital, um die Wunden desinfizieren und einen neuen Verband anlegen zu lassen, der von Mal zu Mal kleiner ausfiel.

An einem dieser Tage, als sie gerade zum Hospital aufgebrochen waren, machte ich die Werkhalle sauber, obwohl mich niemand darum gebeten hatte. Ich fegte die Sägespäne zusammen und kippte sie in eine Mülltüte, ich wischte das überallhin verspritzte Blut weg, hob die zerbrochene Brille auf. Um nicht aus Versehen das Material für das Cembalo zu beschädigen, rührte ich die Hölzer nicht an. Ich schloss erst die Tür hinter mir, nachdem ich mich davon überzeugt hatte, dass sämtliche Spuren des Seeungeheuers beseitigt waren.

Danach warteten wir geduldig darauf, dass die Wunden verheilten. Jeder von uns vermied es, Nittas linke Hand zu erwähnen. Jeder von uns war auf der Hut vor etwas. Aber um was es sich dabei handelte, darüber sprachen wir nicht. Vielleicht war es die Wiederauferstehung des Seeungeheuers.

Manchmal bemerkte ich, wie Kaoru ängstlich Nittas Finger beäugte. Damit es nicht auffiel, ließ sie zunächst ihren

Blick schweifen und schielte dann mit gesenkten Lidern zu ihm herüber. Wenn sie in die Nähe der bandagierten Hand kam, hielt sie beklommen die Luft an. Sobald derartige Spannungen aufkamen, schnitten wir beide, Nitta und ich, sofort ein neues Gesprächsthema an. Etwa in der Art, dass der Pfau sich mit Dona angelegt hatte oder dass mir ein Kartoffelgratin so misslungen war, dass es ungenießbar war.

Trotz allem besserte sich auch Kaorus Zustand allmählich. Zumindest war sie nicht mehr so voller Angst wie an jenem Abend. Ich sorgte mich mehr um sie als um Nittas Verletzung. Oder vielmehr beschäftigte es mich, was er in meiner Abwesenheit tat, um sie zu beruhigen.

Ich erinnerte mich daran, wie ich ihr sagte, dass er sie beschützen werde. Ich stellte mir vor, wie seine bandagierte Hand über ihr zerzaustes Haar strich und sie sie vorsichtig an ihr Herz drückte. Die frisch angelegte blütenweiße Bandage und ihre durchscheinende, blasse Haut würden ein harmonisches Bild ergeben. Sie besaß zweifellos die Fähigkeit, sofort zu ahnen, was seine lädierte Hand suchte.

Jetzt webten meine eigenen Worte von damals Hirngespinste, die mich marterten. In solchen Momenten schrieb ich reihenweise die Buchstaben Y. NITTA in mein Skizzenbuch.

Der Bau des neuen Cembalos wurde verschoben. Nitta war nicht in Eile, er sagte, er würde sofort daran weiterarbeiten, sobald der Verband ab war, damit er fristgemäß liefern konnte. Er zeigte sich ebenso wenig besorgt über die Frage, ob er das Gefühl in seinen Fingerspitzen zurückerlangen würde. Mir war klar, dass dies aus Rücksicht auf Kaoru geschah.

Bei schönem Wetter trug Kaoru die Bretter aus der Halle nach draußen, um sie in der Sonne trocknen zu lassen. Nitta studierte ausgiebig den Bauplan, erledigte kleinere Arbeiten, die er mit nur einer Hand verrichten konnte, und wartete sein Werkzeug.

Indessen ging auch der Herbst vorüber. Die Berge am Horizont, die ich jeden Morgen aus dem Badezimmerfenster erblickte, sahen schon sehr winterlich aus. Das Wetter war im Tagesverlauf äußerst wechselhaft. Erst schien die Sonne, aber dann zogen unversehens dicke Wolken auf und brachten eisigen Wind mit sich. Es machte keinen Spaß mehr, sich auf der Terrasse in die Sonne zu setzen.

Endlich brachte ich die Memoiren der ehemaligen Hellseherin zum Abschluss. An jenem Tag war ich um halb sechs in der Frühe aufgestanden und hatte dann bis Mitternacht durchgearbeitet, ohne mir eine Pause zu gönnen. Eigentlich war es über einen so langen Zeitraum sehr schwierig, beim Schreiben die Konzentration zu halten, um eine gleichbleibende Qualität zu gewährleisten, aber aus irgendeinem Grund verpasste ich die Gelegenheiten, meine Arbeit zu unterbrechen.

Es war ausgesprochen kalt, und aus dem Wald drang kein Laut an mein Ohr. Sosehr ich auch lauschte, ich hörte nicht einmal ein einzelnes Blatt fallen. Während meines Aufenthalts im Landhaus habe ich unabhängig von den Jahreszeiten immer wieder solch ruhige Tage erlebt. Als Kind hatte ich mich dann immer ängstlich gefragt, ob mein Trommelfell sich gelöst haben könnte.

Sie waren unterwegs zum Hospital. In meinem Skizzenbuch gab es keine freie Stelle mehr.

Die ehemalige Hellseherin und der einstige Fischer hatten am Ende doch noch Erfolg, und zwar mit einer Agentur für Mannequins. Sie begannen damit, ihre eigenen drei Töchter auf den Laufsteg zu bringen, und bauten ihr Geschäft dann aus, indem sie sich auf Mädchen aus dem Ausland spezialisierten. Die ehemalige Hellseherin reiste viel, um überall auf der Welt junge Mädchen zu rekrutieren, während der einstige Fischer zu Hause die Geschäfte führte. Als die drei Töchter im reiferen Alter waren und nicht mehr modeln konnten, übernahm jede von ihnen die Leitung einer Filialagentur. So sorgten sie gemeinsam für das Wohl der gesamten Familie. Finanziell war die Frau nun abgesichert, aber ihr Sohn erkrankte mit fünfunddreißig Jahren an Krebs und verlor dabei sein rechtes Bein, ihre älteste Tochter litt seit ihren Vierzigern an einer Neurose und musste mehrfach stationär behandelt werden, und das erste Kind ihrer zweitältesten Tochter kam blind auf die Welt. Dann kenterte nach fünfzig gemeinsamen Ehejahren ihr Mann bei einem Segeltörn und ertrank. Das Meer war ruhig an jenem Tag, und er war ein erfahrener Seemann, deshalb blieben die Umstände seines Todes rätselhaft. Sein Leichnam wurde nie geborgen. Inzwischen ist die ehemalige Hellseherin mit elf Enkeln und acht Urenkeln gesegnet. Die Älteste ihrer dritten Tochter ist nun Direktorin der Agentur, deren Jahresumsatz gegenwärtig 200 Millionen Yen beträgt.

Als ich die letzte Zeile übertrug, war es bereits weit nach Mitternacht. Es war immer noch absolut still. Obwohl ich den ganzen Tag kaum etwas gegessen hatte, verspürte ich keinen Hunger. Nachdem die Tinte getrocknet war, legte ich den Stapel Papier ordentlich zusammen und verstaute ihn in

einer eigens dafür vorgesehenen Schreibmappe, damit die Bögen nicht geknickt wurden. Dann räumte ich das Durcheinander meiner Utensilien auf dem Schreibtisch auf. Ich schraubte den Deckel auf das Tintenfass, reinigte mit einem Tuch die Federspitzen, zerknüllte die Löschblätter und warf sie in den Papierkorb.

Ich war so aufgekratzt, dass ich mich unmöglich schlafen legen konnte. Also blieb ich sitzen und ließ die Gedanken schweifen. Schließlich machte ich mir einen Instantkakao, röstete auf dem Ofen eine Scheibe Toastbrot und nahm ein bescheidenes Nachtmahl zu mir. Auf der Scheibe Brot hatte sich das Muster des Ofenrosts eingebrannt. Ich knabberte an dem Toast herum und hörte nur meine eigenen Kaugeräusche.

Ich sehnte mich nach Nitta. Allein dieser Gedanke trieb mir Tränen in die Augen.

Ich musste noch einmal für ein paar Tage nach Tokio, um das fertiggestellte Manuskript dem Buchbinder zu übergeben.

Zuvor brachte ich die verderblichen Lebensmittel zu Nitta, damit er sie in seinem Kühlschrank aufbewahrte. Als ich durch das Fenster auf der Südseite des Hauses spähte, konnte ich außer Dona niemanden im Erdgeschoss erblicken. Ich rief mehrere Male, erhielt jedoch keine Antwort.

Dona bemerkte mich und kam herausgelaufen. Er strich mir um die Beine, da er die Nahrungsmittel witterte. Seine heraushängende Zunge hinterließ eine Sabberspur auf meiner Hose.

Waren sie zum Einkaufen unterwegs? Oder hielten sie

sich gerade in der Werkstatt auf? Es schien keine Menschenseele da zu sein. Ich stellte den Beutel mit den Lebensmitteln in die Küche, ging noch einmal ins Wohnzimmer hinüber und rief nach Kaoru. Alles blieb still.

Ich stieg die Treppe hinauf. Dona folgte mir auf den Fersen. Als ich meinen Fuß auf die letzte Stufe setzte, entdeckte ich Nitta durch den Türspalt. Er lag auf dem Bett und schlief. Es sah nicht danach aus, als wäre er krank, er schien sich einfach nur auszuruhen und dabei eingenickt zu sein. Er trug seine gewöhnliche Arbeitsmontur und hatte sich lediglich eine Decke über die Beine gelegt. Sein linker Arm mit der bandagierten Hand lag zur Seite ausgestreckt.

Neben ihm saß Kaoru. Ich sah zwar nur ihren Rücken, aber an der sanften rhythmischen Bewegung ihres Atems erkannte ich, dass auch sie schlief. Auf einem Schemel sitzend, den Oberkörper auf die Matratze gelegt, hatte sie den Kopf auf ihre verschränkten Arme gebettet. Nittas Lippen lagen dicht neben ihrem Arm.

Hatten sie miteinander gesprochen? Vielleicht über das Wetter? Oder über das Abendessen? Über das neue Cembalo? Oder hatten sie einfach nur schweigend der Musik gelauscht? Denn das Standby-Lämpchen des CD-Players auf dem Nachttisch leuchtete.

Das Tageslicht, das durch das Fenster ins Zimmer fiel, umhüllte die beiden. Sanft schimmernd fiel es auf ihre Körper und wärmte sie. Durch die Scheibe vernahm ich das Echo von Vogelgezwitscher, das aus den Wäldern hereindrang. Der angefangene Text auf einem Blatt in der Schreibmaschine, ein achtlos hingeworfener Blouson, die verstreuten Zeitschriften auf dem Boden – nichts drängte sich auf.

Als wollte alles den beiden Ruhe gewähren, als wollte es ihren Schlaf segnen.

Ich wandte mich zu Dona um. Er bellte nicht, und er sprang auch nicht im Zimmer herum. Mit gespitzten Ohren und den Pfoten auf der obersten Stufe hatte er sich der Länge nach hingelegt. Als wollte auch er auf seine Art ihrem Schlaf seine Zustimmung erteilen.

Die beiden hatten sich eingeschlossen im Reich des Schlafes. Und ich wusste kein Mittel, wie ich mir dort Zugang verschaffen konnte. Kaoru sah aus, als würde sie Nittas verletzte Hand küssen.

Ich stieg mit Dona nach unten, verstaute die Lebensmittel im Kühlschrank und hinterließ eine Notiz auf dem Küchentisch:

»Fahre nach Tokio wegen meiner Arbeit. Komme bald wieder. Im Kühlschrank liegen ein paar Sachen, bitte bedient euch. Es gibt Lachsrogen, Milch und Eier. Ansonsten schmeißt es bitte weg. Ich hoffe, euch deswegen keine Umstände zu machen. Verzeiht mir!«

Das Erste, was ich bei meiner Ankunft in Tokio unternahm, war, meine Agentin anzurufen, um ihr mitzuteilen, dass ich ihr Angebot, für sie zu arbeiten, annehmen würde.

»Na bitte, wusste ich's doch. Sie haben ja auch keine guten Gründe, meinen Vorschlag abzulehnen. Zumal es nicht viele Gelegenheiten gibt, aus einer Sache wie der Kalligrafie einen derartigen Nutzen zu ziehen. Nicht wahr? Aber Ihre Entscheidung stärkt auch mein Vertrauen in das Projekt. Jetzt geht es endlich vorwärts.«

Sie war wie immer in bester Stimmung.

»Aber sagen Sie, hat sich denn Ihr Mann nicht dagegen gesträubt? Er war doch immer dagegen, dass Sie viel unterwegs sind? Oder war er nicht der Typ, der gerne seine Schlüssel zu Hause liegen lässt, wenn er zur Arbeit geht?«

»Wir haben beschlossen, uns scheiden zu lassen.«

»Ach so, das wusste ich nicht.«

Ausnahmsweise senkte sie ihre Stimme.

»Ist die Angelegenheit denn schon geregelt?«

»Nein, wir müssen erst die Scheidungspapiere beantragen, aber zumindest sind wir uns einig über diesen Schritt.«

»Das ist dann wohl auch der Grund, weshalb Sie nicht länger zaudern, oder? Gut, umso energischer können wir jetzt die Sache in Angriff nehmen.«

Und schon fiel sie wieder in ihre übliche Lautstärke zurück:

»Sie haben sich doch bereits vor langer Zeit auseinandergelebt. Wie viele Jahre betrügt er Sie jetzt schon? Sie haben sich das einfach zu lange gefallen lassen. Nun ja, wahrscheinlich braucht es einfach seine Zeit, bis man sich zu einem solchen Entschluss durchringt. Auf jeden Fall müssen Sie endlich die Dinge in die Hand nehmen. Natürlich will ich damit nicht sagen, dass Sie bisher untätig herumgesessen sind. Aber eine wirtschaftliche Absicherung ist nun mal entscheidend. Sie wissen wahrscheinlich gar nicht, wovon ich rede, denn um finanzielle Angelegenheiten mussten Sie sich ja nie Sorgen machen. Aber die Mühe auf sich zu nehmen, sein eigenes Geld zu verdienen, ist ein Quell der Freude. Damit sichert man seine Position. Am Telefon lässt sich das schlecht besprechen. Auf jeden Fall müssen wir loslegen.

Auch wenn es sich um eine feste Anstellung handelt, sind die ersten drei Monate Probezeit. Ich werde einen Fortbildungskurs organisieren, sodass Sie Ende März Ihre Tätigkeit aufnehmen können. Es gibt noch etliches zu besprechen, wo stecken Sie denn gerade? Kommen Sie doch bei mir vorbei. Mein letzter Kurs endet um 20.00 Uhr. Es ist doch besser, wir besprechen alles persönlich. Sie müssen doch auch nicht gleich in Ihr Landhaus zurück, oder? Da wartet doch keiner auf Sie. Sagen Sie, wollen wir nicht gemeinsam zu Abend essen?«

Sie redete ohne Punkt und Komma. Ehebruch, Finanzen, Fortbildung, Effektivität ... Ich versuchte mit Müh und Not ihrem Redefluss zu folgen. Nur ab und zu sagte ich leise: »Ja.«

Meine Zukunftsaussichten gaben mir eine gewisse Sicherheit, sie flößten mir aber auch Angst ein. Ich zählte an den Fingern ab, wie viele Monate es noch bis März waren. Dabei stellte sich heraus, dass der Zeitraum, den ich bisher im Landhaus verbracht hatte, länger war als der, den ich noch vor mir hatte. Es würde mir also nicht mehr viel Zeit übrig bleiben.

Am nächsten Tag, nachdem ich das Manuskript zum Buchbinder gebracht und die letzten Einzelheiten mit ihm besprochen hatte, nahm ich Kontakt zu meinem Mann auf. Ich hatte ihm versprochen, dass ich mich auf jeden Fall bei ihm melden würde, sobald ich wieder in der Stadt war. Er nannte mir den Termin beim Anwalt. Wir würden uns in vier Tagen um 14.00 Uhr in seiner Kanzlei in Yokohama treffen.

Wir sprachen nur über formelle Dinge. Da ich ihn in der Praxis anrief, waren vielleicht fremde Leute um ihn herum.

Und dennoch, als er im Begriff war aufzulegen, nachdem alles geregelt war, hörte ich, wie sein Atem stockte. Irgendwie hatte ich das Gefühl, er wolle noch etwas sagen. Fast hätte ich gefragt: »Ist noch was?«, aber dann war ich es selbst, die die Worte hinunterschluckte.

Einen Moment lang herrschte Stille, die durch einen hörbaren Klick unterbrochen wurde. Er hatte aufgelegt

Nun musste ich länger als geplant in Tokio bleiben, obwohl ich eigentlich vorgehabt hatte, nach zwei, drei Tagen wieder abzureisen. Zum einen wegen der Scheidung, zum anderen wegen meiner neuen Stelle. Ich wollte die Gelegenheit nutzen und die Geschäfte für Künstlerbedarf abklappern, um nach neu importierten Papiersorten und Tinten Ausschau zu halten. Außerdem konnte ich in der Bibliothek nach Fachliteratur suchen, um mich fortzubilden. Ich besorgte mir einen neuen *Witch Pen* von Mitchell und einen Pinselstift. Dabei entdeckte ich noch interessantes Papier aus Nepal, das ich ebenfalls kaufte. In einer westlichen Buchhandlung erwarb ich einen Briefwechsel zwischen einem belgischen Dichter und seiner Geliebten sowie einen Bildband über Klöster in Italien.

In der Zeit zwischen den Aufträgen wollte ich mich um meine persönlichen Bedürfnisse kümmern. Ich dachte, wenn ich meiner neuen Arbeitgeberin zur Seite stehen wollte, musste ich mir neue Materialien beschaffen, meine historischen Kenntnisse vertiefen und meinen Stil verfeinern.

Erst jetzt, nachdem ich eingewilligt hatte, wurde mir das Ausmaß der bevorstehenden Arbeit bewusst, die von mir erwartet wurde. Da meine Agentin bereits über einen langen Zeitraum Kalligrafie unterrichtete, waren die Lehrpläne ge-

nau ausgearbeitet. Doch die Teilnehmer eines Fernkurses stellten ganz andere Anforderungen, da musste man in didaktischer Hinsicht genau differenzieren. Es war also keinesfalls verfrüht, sich bereits jetzt schon die nötigen Unterlagen zu beschaffen.

Das Allerschwierigste war, ein Kursprogramm für die Vermittlung der grundlegenden Techniken der Kalligrafie zu entwerfen. Ohne diese Grundkenntnisse kann man seine persönliche Ausdrucksfähigkeit nicht entfalten. Dies in einem geschriebenen Text zu erläutern, war viel umständlicher als in einem mündlichen Vortrag. Hinzu kam, dass man in einem Fernkurs kaum die Gelegenheit bekam, mit den Originalarbeiten in Berührung zu kommen. Eine Kalligrafie als gedruckte Reproduktion war nur halb so reizvoll.

Ich musste an alles Mögliche denken. Ich kramte Kartons hervor, um nach alten Heften, Texten und Übungsblättern aus meiner Anfangszeit zu suchen, die man für den Unterricht verwenden konnte. Ich ordnete meine Kataloge für Importwaren, da ein Versand der nötigen Arbeitsmittel erforderlich sein würde. Dann las ich mir noch einmal die alten Ausgaben der Zeitschrift für Kalligrafie durch, die ich eigentlich längst hatte entsorgen wollen.

Fürs Erste schrieb ich einen Brief an die Lehrerin, bei der ich in England Fortbildungskurse besucht hatte, mit der Bitte, dass sie mir möglichst viele Unterlagen zum dortigen Fernunterricht zuschicken möge, ebenso Werbebroschüren und Lehrpläne für das College, denn an einigen englischen Privatschulen war Kalligrafie ein Bestandteil des Unterrichts.

»Auch in Japan wächst die Zahl der Menschen, die sich

für Kalligrafie begeistern. Ich habe gerade eine umfangreiche Auftragsarbeit erledigt. Nun erwartet mich eine neue Aufgabe, die weitaus schwieriger ist. Aber ich hoffe, dass ich Erfolg haben werde …«

Im Haus, das lange Zeit über unbewohnt gewesen war, roch es muffig, und dieser Mief verzog sich auch nicht, nachdem ich ausgiebig gelüftet hatte. Kartons, Bücher, Kataloge, leere Tintenfässer und zerbrochene Federhalter boten ein heilloses Durcheinander.

Ich ging in die Küche, um mich ein wenig zu erfrischen, aber es war nichts da. Die Kaffeebohnen waren aufgebraucht, das Innere des ausgeschalteten Kühlschranks bot ein trostloses Bild, und auch in der Speisekammer herrschte gähnende Leere, alle Obstkonserven waren verschwunden. Nicht einmal die Erinnerung an die Speisen, die ich für meinen Mann zubereitet hatte, war geblieben.

Schließlich fand ich hinten im Küchenschrank noch ein paar verklumpte Blätter Schwarztee, den ich aufbrühte und ungesüßt trank.

Ich dachte an die beiden. Wann mochten sie aufgewacht sein? Und was haben sie dann gemacht? Ob sie über mich gesprochen haben, als sie meine Notiz auf dem Tisch fanden?

Ich hatte das Gefühl, in zwei Hälften gespalten zu sein. Ein Teil von mir war bei Nitta in den Wäldern geblieben, der andere Teil war hier ohne ihn. Diese Zerrissenheit schmerzte mich sehr.

Um meinen Kummer zu vertreiben, hätte ich gerne dem Geigenspiel des kleinen Nachbarsjungen gelauscht. Es war ein schönes Stück. Ich hatte es irgendwie lieb gewonnen.

Am Mittwochnachmittag suchte ich den Rechtsanwalt auf, den mein Mann beauftragt hatte. Alles verlief reibungslos. Die Regelung, das Einverständnis, die Befragung, die Gütertrennung. Die einzelnen Punkte wurden in dieser Reihenfolge abgehandelt. Und das war's.

13

Am ersten Samstag im November regnete es unablässig, und abends verwandelte sich der Niederschlag in Schnee. Die Tropfen wurden zusehends größer, und auch das Geräusch des Platschens auf die Zweige wurde lauter, und dann entdeckte ich am Himmel die ersten weißen Flocken. Aber der Schnee besaß noch nicht die Kraft, um liegen zu bleiben, er schmolz, sobald er den Boden berührte.

Auch am Sonntag änderte sich das Wetter nicht. Der Abend glich in jeder Hinsicht dem zuvor. Der Wind, die weißen Muster jenseits der Fenster, die Kälte der Scheiben. Die weißen, feuchten Flocken blieben auf dem Laub und dem Terrassengeländer liegen und verwandelten sich sogleich, als könnten sie diesen Zustand nicht aushalten, in perlende Tropfen.

Die Herbstsaison mit dem bunten Laub war vorüber, und in der Übergangszeit, bis die Skipisten ihren Betrieb aufnahmen, verkehrten so gut wie keine Touristen in der Gegend. Die Wirtin nutzte die freien Tage und ging schwimmen.

Ein kleines Schwimmbad mit beheiztem Pool hatte seine Pforten geöffnet, gleich neben der Müllverbrennungsanlage.

»Ich schleppe nun schon seit Ewigkeiten mein Körpergewicht mit mir herum. Dabei sind meine Hüften und Knie kaputtgegangen. Ich bin jetzt fest entschlossen abzuneh-

men. Außerdem ist der Eintritt sehr preiswert. Es gibt eine Tageskarte, die von neun Uhr morgens bis sieben Uhr abends gültig ist und nur dreihundert Yen kostet. Dreihundert Yen, ist das zu glauben?«

Sie hielt mir drei Finger direkt vors Gesicht. Mit ihren dicken Händen hatte sie allerdings Mühe, diese Geste einigermaßen hinzubekommen.

»Das klingt interessant. Ich hätte auch Lust, schwimmen zu gehen. Ich sitze jeden Tag am Schreibtisch, da würde mir ein bisschen Sport sicher guttun. Aber ich vermute, dass der Pool für die Ortsansässigen reserviert ist.«

»Das glaube ich nicht. Ich werde gleich heute bei der Verwaltung nachfragen. Dann könnten wir zusammen schwimmen gehen, falls Sie nichts dagegen haben. Was halten Sie davon? Es ist kaum zu fassen, aber ich habe doch tatsächlich einen passenden Badeanzug gefunden! Sogar im hiesigen Bekleidungsgeschäft. Sie haben ihn ganz hinten im Lager gefunden. Der Karton war zwar vergilbt und staubig, aber der Inhalt noch völlig intakt. Vor rund zwanzig Jahren hatte eine russische Dame, die hier im Hotel abgestiegen war, sich ein Sondermodell anfertigen lassen. Sie ist dann jedoch abgereist, ohne das gute Stück zu kaufen. Die Russin muss genauso korpulent gewesen sein wie ich. Der Anzug ist pink und hat ein Hibiskusblüten-Muster. Er ist vielleicht ein bisschen auffällig, aber keineswegs extravagant. Falls ich ihn einmal verlieren sollte, würde ich nie mehr einen so schönen Badeanzug ergattern, selbst wenn ich sämtliche Geschäfte abgrase.«

Sie brach in schallendes Gelächter aus. Ich musste ebenfalls kichern.

Ich konnte mir vorstellen, dass sie im Badeanzug vielleicht ganz putzig aussehen würde. Bestimmt lud ihre mollige Figur dazu ein, sich ihr in die Arme zu werfen. Wir versprachen uns fest, gemeinsam ins Schwimmbad zu gehen.

Am Montag hatte sich das schlechte Wetter verzogen und wir feierten Nittas Genesung. Zu dritt fuhren wir an den See, den wir im Sommer hatten aufsuchen wollen. Jetzt in der dunklen Jahreszeit kamen wir überein, statt frühmorgens erst gegen Mittag aufzubrechen.

Wir luden ein altes Fass auf den Lieferwagen, um darin vor dem Anlegesteg ein Feuer zu machen. Der morsche Steg hing zur Hälfte im Wasser. Ringsherum war niemand zu sehen. Zwei Kähne dümpelten im See, mit zerschlissenen Seilen an einem Birkenstamm am Ufer festgemacht. In ihnen türmten sich Haufen von toten Blättern, die vom Regen aufgeweicht waren.

Kaoru und ich waren für das Essen zuständig. Nitta hatte sich ausdrücklich gegen ein opulentes Picknick ausgesprochen, er wollte stattdessen lieber handfeste Kost, wie er sie aus seiner Kindheit kannte.

Kaoru hatte Wiener Würstchen vorbereitet, Lachs gegrillt und Hühnerschenkel frittiert. Ich wartete mit einem Kartoffelsalat und Omeletts auf. Für die Onigiri hatten wir gesalzene Pflaumen, Bonitoflocken und Lachsrogen in den Reis getan. Unser deftiges Mahl rundeten wir mit Süßspeisen ab.

Auf einem Campingkocher erhitzten wir Wasser, um Tee aufzubrühen, mit dem wir anstießen. Es sollte kein aufwen-

diger Toast sein, sondern war als bescheidener Auftakt gedacht, das Picknick zu eröffnen.

»Also dann, alles Gute für Ihre weitere Genesung.« Ich prostete Nitta zu, woraufhin Kaoru leise »Kampai« sagte. Vorsichtig stießen wir mit unseren Bechern an.

Nitta, der sichtlich verlegen war, bedankte sich mit einer stillen Verbeugung.

Auf dem See spiegelten sich weiße Birkenstämme und Wolken. Ab und zu ging ein Windstoß, bei dem die beiden Boote leise aneinanderstießen. Kleine Wellen kräuselten die Wasserfläche und das Bild der Birken und Wolken geriet ins Schaukeln.

Waren sie beim letzten Sturm umgeknickt? Die Zweige einiger dünner Bäume, die sich zum See neigten, ragten ins Wasser. Ganz in der Nähe trieb ein abgestorbener Baumstamm. Auf den ersten Blick schien er reglos zu verharren, aber wenn man einen Moment lang wegschaute, bemerkte man, dass sich seine Position danach leicht verändert hatte. Der See besaß vermutlich eine Strömung, die mit bloßem Auge kaum erkennbar war.

Die hintereinandergelagerten Bergkuppen am Horizont hinter dem Birkenwald waren bereits schneebedeckt. Nur über den Kammlinien hingen Dunstschleier, die sich am Himmel im Nichts auflösten.

Wie üblich aßen wir drei mit großem Appetit. Wir spähten in den Picknickkorb, klapperten unentwegt mit den Stäbchen und kauten unsere Onigiri. Für Dona wurde eine extra zubereitete Lachssuppe auf dem Kocher erwärmt, die er so gierig auffraß, dass sein Napf umkippte und er sogleich Nachschub verlangte.

Sobald Nitta einen Bissen zum Mund führte, fragte Kaoru gespannt: »Und, schmeckt es?«, worauf er jedes Mal begeistert »Köstlich!« erwiderte.

Aber den größten Appetit hatte wie eh und je Kaoru. Während sie sich darum kümmerte, dass genug zum Trinken bereitstand und die Teller nicht schmutzig blieben, sich danach erkundigte, ob wir Salz oder Saucen brauchten, verschlang sie in ihrer typischen Art, den Blick gesenkt, ohne die Lippen zu bewegen, einen Bissen nach dem anderen. Alles, was sie sich in den Mund schaufelte, seien es Hühnerschenkel, Kartoffeln oder Petersilie, verschwand in einem rätselhaften dunklen Schlund.

Ich spürte, dass in der Tiefe dieses schwarzen Abgrunds das Seeungeheuer lauerte. Vielleicht aß sie deshalb so unbeherrscht, um dieses gähnende Loch zu stopfen?

»Sie haben doch schon sieben Stück davon gegessen«, bemerkte Nitta, als Kaoru nach dem letzten Onigiri griff.

»Wie aufmerksam, dass Sie mitzählen«, erwiderte sie gereizt, ließ jedoch nicht davon ab.

»Es waren insgesamt fünfzehn Onigiri, drei hat Ruriko gegessen und ich fünf, also bleiben sieben.«

»Das ist mir zu kompliziert, ich bin nicht gut im Rechnen«, lachte sie, bevor sie sich den nächsten Happen in den Mund stopfte.

Nitta und ich mussten auch lachen. Dona verbiss sich in den Rand seines Napfes.

Nach dem Picknick fuhren wir über den See. Nitta und ich in einem Boot, Kaoru in dem anderen.

Auf dem Wasser war es spürbar kühler. Die Kälte kroch uns langsam an den Füßen hoch. Nitta und Kaoru ruderten gemächlich. Dona lief aufgeregt auf dem Steg hin und her und bellte verzweifelt, weil er mitfahren wollte.

»Das ist zu gefährlich, bleib schön da sitzen!«, rief ihm Kaoru zu. »Wenn du ins Wasser fällst, bekommst du einen Herzinfarkt und stirbst.«

Als würde er die Warnung verstehen, kläffte Dona noch ein paar Mal, bevor er bedrückt zur Feuerstelle zurücktrabte.

Eine Zeit lang folgten wir der Uferlinie. Die verwelkten Teichlinsen verfingen sich an den Ruderblättern, um sich sogleich wieder zu lösen und fortzutreiben. So nah am Ufer veränderte sich die Farbe des Wassers ständig. An lichtdurchfluteten Stellen schimmerte es türkis, in schattigen Regionen ultramarin. Undurchdringlich, wo es tief hinunterzugehen schien, und umso transparenter, je flacher es wurde. Die beiden Boote, die sich im Wechsel einander näherten und wieder entfernten, erreichten allmählich die Mitte des Sees. Nitta und Kaoru bewegten die Boote im gleichen Stil. Sie tauchten die Ruder so sachte wie irgend möglich in die Fluten, schaufelten die Wassermasse mit einer kraftvollen Armbewegung weg, bevor sie mit einem tiefen Atemzug wieder in die Ursprungsposition zurückkehrten. Sie ruderten synchron – der Rhythmus, das Plätschern des Wassers, die knarrenden Riemen.

Dona schien nicht aufzugeben und lief aufgeregt um die Tonne herum. Er reckte seinen kurzen Hals mit aller Kraft und spitzte die Ohren, als wollte er zumindest ein kleines Lebenszeichen von uns erhaschen.

»Letztes Jahr, als wir ihn mit ins Boot genommen haben,

ist er ins Wasser gefallen«, erklärte Kaoru, ohne innezuhalten. »Er war so außer Rand und Band, dass er einfach über Bord gesprungen ist!«

»Ja, das war wirklich ein gelungener Hechtsprung«, bestätigte Nitta.

»Zuerst wusste er gar nicht, wie ihm geschah. Erst schaute er verdutzt, und dann bekam er es mit der Angst zu tun. Es war schrecklich. Der kleine Kerl konnte nicht schwimmen, obwohl das alle Hunde können.«

Wenn Kaorus Stimme über das Wasser zu uns herüberklang, hörte sie sich noch gedämpfter an als sonst. Sie schwang im gleichen Rhythmus wie die Ruderschläge.

»Und was ist dann passiert?«

»Wir haben ihm das Paddel hingehalten, aber er hat nur herumgestrampelt, ohne es zu packen«, erwiderte Nitta.

»Herrn Nitta blieb nichts anderes übrig, als selbst ins Wasser zu springen, um ihn zu retten. Dabei ist im September das Wasser schon sehr kalt.«

»Ein Angler hätte sich kaputtgelacht.«

»Dona hat sich an Herrn Nitta festgekrallt und vor Kälte gebibbert. Wie entsetzt er ausgesehen hat! Es war das erste Mal, dass ich ihn in einem solchen Zustand erlebt habe.«

»Seitdem meidet er den See. Aber heute benimmt er sich wie verrückt, wahrscheinlich weil Sie dabei sind, Ruriko.«

»Vielleicht hat er inzwischen vergessen, dass er ins Wasser gefallen ist.«

»Oh ja, das könnte sein. Womöglich lässt sein Gedächtnis nach.«

»Ach, Hunde können auch ihr Gedächtnis verlieren? Dazu passt aber gar nicht, dass er auf seine alten Tage noch

so aufgeregt herumläuft. Bei der geringsten Abweichung von seinem gewohnten Tagesablauf gerät er sofort aus dem Häuschen, er wird übermütig, unbeherrscht und muss sich überall einmischen. Obwohl er so zerstreut ist …«

Ich lauschte ihrem Wortwechsel. Nitta vor mir. Kaoru hinter uns. Ihre Stimme entfernte sich langsam.

Ich drehte mich um und sah, dass ihr Boot das nördliche Ufer ansteuerte. Nitta hatte aufgehört zu rudern. Unser Boot trieb genau auf der Mitte des Sees.

»Ist Ihnen nicht kalt?«, fragte er mich.

»Nein, es geht schon.«

Unsere Worte erreichten Kaoru nicht mehr. Sie schien zu der Bucht am nördlichsten Ende zu rudern.

Nitta knöpfte seinen Blouson zu, stützte sich mit dem Ellbogen auf der Bootskante ab und warf einen prüfenden Blick zum Himmel. Die Wolken zogen Richtung Berge.

Seine linke Hand war durch die Bandagen ein wenig blasser als die rechte. Mir waren seine verletzten Finger bisher nicht aufgefallen, weder beim Feuermachen, noch als er mit den Essstäbchen hantierte und auch nicht beim Rudern. All seine Gesten wirkten ganz natürlich, so wie immer.

Aber jetzt, wo wir uns schweigend gegenübersaßen, fiel mein Blick unweigerlich auf seine Fingerspitzen, wo die Kuppen fehlten. Bei jeder seiner Bewegungen achtete ich auf seine Hände.

»Manchmal frage ich mich, ob es nicht gut wäre, wenn ich ein Instrument spielen könnte«, sagte ich und strich dabei über die abblätternde Farbe des Boots.

»Haben Sie denn in Ihrer Kindheit kein Instrument gelernt?«, fragte er mich.

»Doch, Harmonium. Aber ich habe es gehasst und sofort wieder damit aufgehört. Die musikalischen Eignungstests waren eine Tortur für mich. Da sich jeder Ton gleich anhörte, habe ich stets nur geraten, alle haben mich ausgelacht und ich fühlte mich schrecklich.«

»Oh, das war bestimmt eine traumatische Erfahrung für Sie.«

»Auch wenn ich jede Begabung vermissen ließ, glaube ich, dass die Musik aus mir einen anderen Menschen machen würde.«

»Das ist bestimmt wahr.«

Man hörte weder den Verkehr auf der Landstraße, die nicht weit entfernt lag, noch Donas Gebell. Nur die Tropfen, die von den eingezogenen Rudern aufs Wasser klatschten, waren überdeutlich vernehmbar.

»Sagen Sie, kennen Sie zufällig den Titel dieses Stücks?«

Ich versuchte, ihm die Geigenmelodie vorzusummen, die mein Mann und ich immer wieder aus der Nachbarwohnung gehört hatten. Es war zwar schon eine Weile her, aber trotzdem gelang es mir, sie richtig wiederzugeben. Ich erinnerte mich sogar noch an die Passage, wo der Junge gepatzt hatte.

»Ja, ich weiß. Das Stück heißt *Souvenir d'un lieu cher*«, erklärte Nitta, nachdem er einen Moment lang meinem Summen zugehört hatte.

»*Souvenir d'un lieu cher?*«

»Ja, es ist von Tschaikowsky.«

»Das habe ich mir gedacht. Was für ein hübscher Titel! Das freut mich.«

»Gefällt Ihnen die Musik?«

»Ja«, seufzte ich.

Danach herrschte um uns herum wieder Stille. Eine Stille, die eine schmerzhafte Kälte in sich trug.

»Sie werden nun nie mehr Klavier spielen können, nicht wahr?«, flüsterte ich.

Er sah verdutzt aus, sagte aber nichts.

»Das kann ich seit zwanzig Jahren schon nicht mehr«, meinte er eine Weile später, nachdem eine große weiße Quellwolke vorübergezogen war.

»Lange bevor ich meine Fingerkuppen verloren habe, fehlte mir etwas, um Pianist zu werden. Deshalb macht es mir nichts aus, dass meine Finger nun verstümmelt sind. Diesen Verlust gibt es schon seit Langem, nicht erst seit dem Unfall.«

»Sagen Sie das, um Kaoru in Schutz zu nehmen?«

Nach kurzem Schweigen schüttelte er den Kopf.

Kaoru ruderte immer noch auf das Ufer zu. Die von ihr erzeugten Wellen setzten sich auf der Wasserfläche fort und schlugen gegen unser Boot, bevor sie wieder verebbten.

»Es geht nicht darum, sie in Schutz zu nehmen. Sie war einfach nur in dem Moment an meiner Seite, als der Verlust sich manifestiert hat.«

Ohne es zu merken, waren wir langsam in Richtung Westen abgetrieben. Dona war von hier aus nicht mehr zu sehen.

Ich löste meinen Blick von Nitta und schaute aufs Wasser hinaus. Auf dem See schwammen tote Blätter und Insekten, kleine Zweige, Plastikteile, Fischschuppen, Beeren … Auch sie trieben alle irgendwohin.

Die Sonne neigte sich bereits dem Horizont zu, aber ihre

Leuchtkraft blieb unverändert. Die Strahlen zerbarsten funkelnd auf dem Wasser. Mit jedem Lidschlag änderte sich die Färbung. Vergeblich versuchte ich, die Tiefen des Sees zu ergründen. Ich stellte mir den sandigen Boden vor, auf dem Unmengen von Wasserpflanzen herumschlingerten, aber tatsächlich war nur eine undurchdringliche Dunkelheit zu erkennen.

Ich hielt eine Hand ins Wasser. Es war nicht so kalt wie erwartet. Der Schatten eines Fischs huschte daran vorbei. Ich nahm Nittas versehrte Hand in meine. Das Boot ächzte, die Riemen knarrten in den Dollen.

Am Ring- und Mittelfinger war die Haut ganz zart, denn sie war gerade erst verheilt. Man sah noch die Einstiche. Die Naht wirkte so fragil, als würde sie beim geringsten Anstoß aufreißen und die Wunde anfangen zu bluten. Trotzdem zog ich seine Hand dicht zu mir heran.

Nitta leistete keinen Widerstand. Er ließ es geschehen. Aber er hielt mich nicht fest, als ich mich weit vorlehnte. Er wartete nur geduldig, bis ich den Griff wieder löste.

Tatsächlich war seine linke Hand aus der Balance geraten. Die Nägel seiner Finger waren halb abgeschnitten und wegen der ausgehöhlten Kuppen deformiert. Die neue bleiche Hautschicht wirkte verletzlich. Es war dennoch kein hässlicher Anblick, sondern vielmehr wie eine besondere Gravur, die ihm verliehen worden war, damit er ganz er selbst sein konnte.

Ich kniete mich auf den Boden des Boots und umfasste seine Finger aufs Neue, um sie noch intensiver zu erspüren. Kaorus Ruderschlag war weiterhin zu hören. Was würde geschehen, wenn sie plötzlich umkehrte? Ich verscheuchte die-

sen Gedanken. Ich wollte ungestört das betrachten, was sich gerade in meinen Händen befand.

Seine Hand war ebenfalls nass. Deshalb konnte ich nicht sagen, ob sie kalt oder warm war. Ihre geschmeidige Festigkeit hörte an den Fingerspitzen jäh auf. Ich strich unentwegt über die Mulden, wo nichts mehr war.

Wie schön wäre es, wenn seine Finger allein mir gehörten. Wenn ich sie wie Kaoru nach Herzenslust küssen könnte …

»Sie lieben Kaoru, nicht wahr?«, fragte ich.

»Ja, das tue ich«, erwiderte er.

Seine Stimme klang rein, sie enthielt keinen Trost, kein Bedauern, keine Ablehnung.

Ich gab ihm seine Finger zurück.

»Ruriko! Herr Nitta!«

Kaoru, die mit ihrem Boot in der engen Bucht angelangt war, winkte uns zu.

»Ich starte von hier aus. Könnten Sie bitte die Zeit stoppen! Sind Sie bereit?«

Kaorus Rufe über den See verhallten im Wald.

»Okay!«

Nitta winkte zurück.

»Danach sind Sie an der Reihe, Herr Nitta. Jetzt machen wir endlich unsere Regatta.«

»Ja, ich habe aber als Handicap Ruriko an Bord.«

»Ein Handicap zählt nicht. Das ist ein richtiger Wettkampf.«

»Und was ist die Belohnung für den Gewinner?«

»Ein Eis vom Bauernhof. Die doppelte Portion, Vanille und Schokolade.«

»Einverstanden. Sind Sie bereit?«

Ihre Stimmen verschmolzen auf der Mitte des Sees zu einem harmonischen Klang.

Nitta nahm seine Armbanduhr ab und startete die Stoppuhr.

»Auf die Plätze, fertig, los!«, rief er aus Leibeskräften und schlug mit dem Arm aufs Wasser.

Auf sein Signal hin setzte Kaoru sich in Bewegung.

Sie ruderte ahnungslos, so schnell sie nur konnte.

14

Einige Tage nach unserem Picknick am See schneite es wieder. Und diesmal richtig. Ich konnte so viel Holz nachlegen, wie ich wollte, der Ofen wurde nicht richtig warm. Also holte ich allerlei Hilfsmittel, damit mir nicht kalt wurde, vor allem Heizdecken und eine Wärmflasche.

Die Sonne ließ sich nicht blicken und die Wolken hingen so tief, als wollten sie den Wald erdrücken. Seit dem Nachmittag schneite es unaufhörlich.

Vom Wohnzimmerfenster aus betrachtete ich die weiße Landschaft. Obwohl ich tagtäglich in den Garten hinausblickte, erschien er in seinem neuen Gewand völlig verändert. Der Schnee hüllte alles ein: die knarrende Diele auf der Terrasse ebenso wie das Mäusegrab und den Weg, der zu Nittas Haus führte.

In den Bergen herrschte nun wirklich Winter. Der Tag, den wir am See verbracht hatten, war der letzte schöne Tag vor dem Wetterumschwung gewesen.

Nitta hatte die Arbeit an dem neuen Cembalo wieder aufgenommen. Er beeilte sich, die verlorene Zeit aufzuholen. Zusammen mit Kaoru hielt er sich tagsüber fast nur noch in seinen beiden Werkstätten auf, in der Montagehalle und im Atelier am Teich.

Hin und wieder schaute ich bei ihnen vorbei, um zu sehen, wie sie vorankamen. Dona sprang mich dann freudig

an, denn für ihn waren die Tage langweilig, da die beiden sich nicht um ihn kümmerten.

Sogar ich als Laie erkannte, dass das Instrument Gestalt annahm. Jedes Mal, wenn ich sie besuchte, waren sie mit etwas anderem beschäftigt. Bis zur kompletten Fertigstellung lagen offensichtlich noch viele Arbeitsschritte vor ihnen, die sie mit Ausdauer und Beharrlichkeit zu bewältigen hatten.

Manchmal mussten Holzteile gedrechselt werden. Nitta nahm dann Einstellungen an der Maschine vor und probierte es mehrmals mit Stücken, die er nicht mehr brauchte. Seine Finger hantierten dabei wie eh und je. Die fertigen Verzierungen schliff Kaoru mit Sandpapier glatt.

Ein anderes Mal waren sie dabei, ein Brett in einen Schraubstock zu klemmen, um es über der Hitze des Ofens zu biegen. Kaoru feuchtete es an oder legte es auf die Musterzeichnung, um den Verlauf des Bogens zu prüfen.

Wenn das Zusammenbauen der Teile begann, wurde die Arbeit zunehmend schwieriger. Die beiden mussten sich nun auch intensiver abstimmen. Ein Blick in die Halle reichte, um zu erkennen, wie lebhaft sie zu Werke gingen. Auch wenn die Arbeitsgeräte chaotisch in der Gegend herumliegen mochten, in der Halle herrschte ein Ordnungssystem, das nur sie verstanden. Keiner verlor Zeit, um etwas zu suchen. Kaoru fegte regelmäßig die Holzspäne zusammen und wischte die Arbeitsplatte sauber, um zu verhindern, dass das kostbare Cembalo schmutzig wurde oder gar Schaden nahm.

»Sie verwenden ja gar keine Nägel«, bemerkte ich während einer Arbeitspause.

»Nein, ich verzichte auf Nägel und Schrauben beim Zusammenbauen. Alles wird durch Holzzapfen zusammengehalten«, erklärte Nitta bereitwillig.

»Sogar die berühmte Familie Ruckers verwendete beim Bau ihrer Instrumente an jenen Stellen Nägel, wo sie keinen Einfluss auf den Klang hatten, aber Metall verträgt sich nun mal nicht mit einem Cembalo. Es ist so, als würde man künstliche Knochen in einen menschlichen Organismus verpflanzen«, fügte Kaoru hinzu. Ihre Wangen und Hände glühten, die Ärmel ihres Pullovers waren zerschlissen und ihre Haare staubbedeckt. Aber all das passte harmonisch zusammen.

»Auch wenn man keine Nägel verwendet, bedeutet das nicht, dass die Teile wie Papier zusammengeklebt werden. Man benutzt hierzu Zapfen. Das ist wichtig, damit die Teile auch halten. Hier, schauen Sie, diese Löcher sind etwa fünf Millimeter tief. Da kommt der Leim hinein, bevor man die Teile zusammensteckt. So werden die Teile verbunden.«

Nitta hielt mir ein Brett hin, das er gerade bearbeitet hatte. Mit sanfter Stimme erklärte er mir geduldig die weiteren Arbeitsschritte, als würde die Qualität des Instruments allein davon abhängen, wie viel ich von seiner Bauweise verstand.

Wenn ich sie ein paar Minuten bei ihrer Arbeit gestört hatte, verabschiedete ich mich wieder. Jedes Mal versuchten sie, mich zum Bleiben zu bewegen.

»Leisten Sie uns doch noch ein wenig Gesellschaft.«

»Ja, finde ich auch. Ich könnte uns einen Kaffee machen. Wir wollten sowieso eine Pause einlegen.«

Aber immer blieb ich bei meinem Entschluss.

»Nein, ich komme ein anderes Mal wieder. Bitte, lassen Sie sich nicht von Ihrer Arbeit abhalten.«

Ich winkte ihnen zu und überließ sie ihrem Cembalo.

Anfang Dezember bekam ich zweimal Besuch. Zunächst kam der Scheidungsanwalt.

Ich legte ihm sämtliche Anträge vor, die er mir bei unserem ersten Treffen zum Ausfüllen mitgegeben hatte. Alle waren mit meiner Unterschrift und meinem Namensstempel versehen.

»Nun, dann werde ich Ihnen demnächst die Scheidungserklärung zusenden. Sind Sie damit einverstanden?«, fragte er mich.

Ich nickte.

Dann besuchte mich ein Immobilienmakler in Begleitung eines jungen Ehepaars. Sie wollten das Haus besichtigen.

»Die neuen Parzellen sind uns zu teuer, aber das Haus hier könnten wir uns leisten. Wir hätten nicht gedacht, dass es noch so gut in Schuss ist, denn man hat uns gesagt, das Anwesen sei in die Jahre gekommen. Es scheint ja überhaupt nichts beschädigt zu sein. Schau mal, das Treppengeländer, und hier die Gardinenstangen, das ist ja alles ziemlich luxuriös. Früher sind Häuser tatsächlich viel liebevoller gestaltet worden. Ein Nachteil ist allerdings, dass man von der Landstraße nicht bis ans Haus fahren kann, aber dafür ist es natürlich herrlich ruhig hier. Da kann man diese kleine Unbequemlichkeit in Kauf nehmen. Dürfen wir uns auch in der oberen Etage umschauen?«

Bisher hatte nur die Frau geredet. Ihr Mann prüfte mit

ausdrucksloser Miene den Zustand der Dielen und klopfte die Wände ab. Der Immobilienmakler machte ein betretenes Gesicht, da er nicht damit gerechnet hatte, mich hier anzutreffen. Er kramte in seinem Aktenordner und zog raschelnd einen Vertrag heraus, wobei er mir besorgt ins Ohr flüsterte, es bliebe nicht mehr viel Zeit für die Übergabe des Hauses und ob ich es denn wie vereinbart fristgemäß räumen würde. Erst da begriff ich, dass meine Mutter das Landhaus zum Verkauf angeboten hatte.

Am selben Tag ging ich mit der Wirtin zum Schwimmbad. Außer uns war niemand dort.

»Also los, stürzen wir uns in die Fluten«, rief sie.

Sie strahlte übers ganze Gesicht. Der pinke Badeanzug stand ihr ausgezeichnet. Es war ihm nicht anzusehen, dass es ein zwanzig Jahre alter Ladenhüter war. Je eine Hibiskusblüte verzierte den Bauch, die Brust und den Po, an den Trägern hingen Schleifen. Ihr Dutt, zu dem sie ihr Haar immer zusammenknotete, passte genau unter die rosa Badekappe, welche die gleiche Farbe hatte wie der Badeanzug.

Ich hatte mir den Badeanzug von ihrer erwachsenen Tochter ausgeliehen. Er war gelb mit schwarzen Pünktchen und hatte Rüschen um die Taille.

»Sind hier immer so wenige Leute?«

»Aber nein, wo denken Sie hin. Heute haben wir Glück. Wir können ganz ungestört schwimmen.«

Sie tauchte einmal unter, schüttelte sich die Tropfen vom Kopf und atmete tief ein, bevor sie loslegte.

Ihr Schwimmstil war sehr eigenartig. Ein unausgewoge-

nes Kraulen, das eher an das rhythmische Paddeln von Hunden erinnerte. Ihre Glieder pflügten gemächlich durchs Wasser, fast lautlos, ohne dass es spritzte. Nur beim Luftholen bäumte sich ihr Körper auf, und zwar derart schwungvoll, dass sie nach hinten zu fallen drohte. Dann kehrte sie wieder in die ursprüngliche Bauchlage zurück. Ihre Fettringe schaukelten hin und her und erzeugten Wellen, die bis zu mir drangen. Sanft wiegten sich darin die Rüschen meines Badeanzugs.

Die rosa Badekappe und die Schleifenbänder tauchten auf und verschwanden wieder unter Wasser. Trotz ihrer ausladenden Bewegungen kam sie kaum voran. Sie tauchte, strampelte und drehte sich auf der Stelle. In regelmäßigen Abständen vernahm ich ihr Schnaufen beim Luftholen. Durch das Glasdach sah man den Schnee rieseln.

Als sie die Mitte des Beckens erreichte, tauchten die rosa Kappe und die Bänder komplett unter. Ich sah keinen Wellenschlag und hörte auch keine Atemgeräusche mehr. Was war los? War sie am Ende doch untergegangen? Ich wartete darauf, dass sie wieder auftauchte. Aber die Wasserfläche blieb glatt.

»Frau Wirtin!«, rief ich voller Angst. Das beschlagene Dach warf meine Stimme verzerrt zurück, sie hörte sich fremd an.

»Frau Wirtin!«

Mein Herz schlug wie wild und meine Hände verkrampften sich. So lange konnte sie doch nicht den Atem anhalten, oder? Ihr war gewiss etwas passiert. Etwas Grauenhaftes.

Ich stieß einen lauten Schrei aus und versuchte, das Be-

cken zu durchqueren. Aber ich kam nicht so schnell voran, wie ich wollte.

Das Erste, was ich erblickte, war ihr Rücken. Das weiße, pralle Fleisch, in das sich die Träger schnürten. Luftblasen stiegen auf, eine nach der anderen.

»Was ist mit Ihnen? So sagen Sie doch etwas! Bitte!«

Ich versuchte mit aller Kraft, ihren Körper hochzuhieven. Aber sosehr ich meine Arme auch ausbreitete, ich konnte unmöglich ihren ganzen Körper über Wasser halten.

Sie fühlte sich ganz weich an. War es ihr Busen oder der Bauch? Ich umfasste einen undefinierbaren Klumpen Fleisch. Als ich einen weiteren Schrei ausstieß, löste sich der Klumpen plötzlich aus meinen Armen und tauchte auf.

»Was ist los? Warum sind Sie denn so aufgeregt?«, prustete sie und rieb sich mit beiden Händen das Gesicht. Das Wasser triefte von der Badekappe, von ihren Wimpern und Lippen. »Ich habe etwas Glänzendes am Grund gesehen und wollte es hochholen. Es muss jemand beim Schwimmen verloren haben. Hier, schauen Sie mal! Ein hübscher Ohrring!«

Die Wirtin rollte auf ihrer Handfläche einen goldenen Ohrring hin und her. Er hatte die Form eines Sterns.

»Ein Glück! Es ist Ihnen nichts passiert! Ich hatte solche Angst um Sie. Da bin ich aber froh. Ich dachte schon, Sie hätten einen Herzinfarkt erlitten oder eine Hirnblutung – irgendetwas Bedrohliches …«

Ich fiel ihr um den Hals.

»Ach, das tut mir leid. Ich habe Ihnen wohl Angst eingejagt. Aber Sie sehen ja, mir geht's gut.«

»Ja, zum Glück ist Ihnen nichts geschehen. Meine Fantasie hat mir einen Streich gespielt.«

»Ich bin nur ganz schwer rangekommen. Ich wusste erst gar nicht, wie ich es anstellen sollte, auf den Grund zu tauchen.«

»Und ich war so blöd zu glauben, Sie wären gestorben. Obwohl das doch eigentlich nicht sein konnte. Aber ich habe es wirklich geglaubt. Meine Brust war wie zugeschnürt, ich habe am ganzen Leib gezittert und mir vor Angst fast in die Badehose gemacht.«

»Du meine Güte, so schnell stirbt man doch nun auch wieder nicht. Beruhigen Sie sich doch bitte!«

»Wie idiotisch, mich so aufzuregen! Ich muss den Verstand verloren haben.«

Ich wollte eigentlich losprusten, aber mein Mund verzog sich lediglich zu einem schiefen Grinsen. Statt zu lachen, schossen mir die Tränen in die Augen. Ich verbarg mein Gesicht an ihrer Brust, damit sie es nicht bemerkte.

Ihr üppiger Busen eignete sich vortrefflich, um mein Gesicht darin zu vergraben. Er war weich und warm.

Ich wollte auf keinen Fall weinen, aber die Tränen ließen sich nicht mehr aufhalten. Als ich krampfhaft zu lachen versuchte, brachte ich nur ein albernes Quieken zustande.

»Aber, aber … Es ist doch alles in Ordnung. Machen Sie sich keine Sorgen.«

Sie streichelte mir über den Rücken. Ich nickte, während ich mein Gesicht immer noch an sie presste. Meine Tränen liefen, vermischt mit dem Chlorwasser, in ihren Ausschnitt hinein.

Mit einem Schlag war mir klar geworden, dass ich mutterseelenallein war. Ich hatte keinen Ort, an dem ich bleiben konnte. Weder bei Nitta und Kaoru noch bei meinem Mann oder im Landhaus. Hätte ich nicht dieses Dekolleté vor Au-

gen gehabt, dann wäre ich haltlos im Wasser getrieben, bis ich erschöpft von einem Strudel aufgesogen worden wäre.

Die Tränen waren meine Rettung. Ich sah Nitta vor mir, wie er am Cembalo saß. Ich stellte mir ihn zusammen mit Kaoru vor, wie sie beide schliefen, umhüllt von Licht. Ich erinnerte mich an den Klang seiner Stimme auf dem Boot, als er mir gestand, dass er Kaoru liebe. Ich rief mir Bilder ins Gedächtnis, die ich eigentlich vergessen wollte, und weinte. Und damit ich weinen konnte, musste ich daran denken.

»Machen Sie ruhig. Es schaut ja niemand zu. Lassen Sie Ihren Tränen freien Lauf.«

Ihre Hand hörte nicht auf, mich zu streicheln.

»Hier!«

Ich zog einen Bogen Kent-Papier aus der Klarsichthülle. Mitten darauf prangten die Buchstaben Y. NITTA. Es war unmöglich, all meine Entwürfe für den Namenszug zu zählen. Jedes einzelne unnütze Blatt war schließlich im Ofen gelandet. Nur ein einziges war übrig geblieben.

Es war ein schnörkelloses, schlichtes Schriftbild. Ein wenig geneigt, um eine gewisse Dynamik zu erzeugen. Seinen Ausdruck erhielt es über die verschiedenen Strichstärken und durch den Verzicht auf jegliche überflüssige Verzierungen. Der Stil passte vorzüglich zu Nitta, wenn er mit niedergeschlagenem Blick die unterschiedliche Färbung von Tönen heraushörte.

»Ach, das ist großartig!«, rief er, als er das Blatt entgegennahm.

In diesem Moment fühlte ich mich noch einsamer. Als

würde damit das letzte Band, das uns beide vereinte, gelöst werden. Zugleich fand ich meine Anhänglichkeit erbärmlich. Er selbst starrte fasziniert auf die Buchstaben.

»Es ist etwas Besonderes, seinen eigenen Namen in einer extra dafür gestalteten Schrift zu sehen.«

»Ich hoffe, dass sie gut zum flämischen Stil passt.«

»Das harmoniert sicher perfekt. Die Erhabenheit des Marmors und das raffinierte Muster der Arabesken vertragen sich wunderbar mit diesen Buchstaben«, versicherte er mir. »Haben Sie vielen Dank.«

»Ich habe Ihnen zu danken. Immerhin habe ich mich Ihnen in unverschämter Weise aufgedrängt.«

»Das war doch nicht unverschämt.«

»Doch, ich habe mich zwischen Sie beide und das Cembalo gedrängt.«

»Überhaupt nicht. Wir beide haben Sie gebraucht.«

»Und wozu?«

»Muss es einen Grund dafür geben, eines anderen Menschen zu bedürfen?«

Er nahm die Brille ab und ließ sie in die Brusttasche gleiten. Es war das Modell, das ich ihm anlässlich seiner Genesung geschenkt hatte. Seine linke Hand bewegte sich dabei so geschmeidig, dass man die versehrten Finger nicht mehr von den anderen unterscheiden konnte.

»Ja, da haben Sie recht.«

Ich faltete den Schal auf meinen Knien zusammen. Draußen herrschte anhaltendes Schneegestöber, aber hier drinnen in der Werkstatt war es behaglich warm. Die Flocken auf meinen Stiefeln, den Handschuhen und der Kapuze waren im Nu geschmolzen.

»Ich selbst bin auch grundlos hierhergekommen und geblieben.«

»Aber Sie haben es doch sicher nötig gehabt. Ich meine, diesen Ort. Bitter nötig sogar.«

»Ja, ich bin geflüchtet. Gemeinsam mit meinen misshandelten Wangen, Lidern und Lippen, denen mein Mann Schmerzen zugefügt hat. Es ging mir nur darum, ihm zu entkommen.«

»Der Wald und das Cembalo haben Ihnen Zuflucht gewährt.«

»Ja, aber ebenso Sie, Kaoru und Dona.«

Der fertig geleimte Resonanzboden lehnte an der Wand. Daneben stand das Gehäuse, das noch mit zahlreichen Schraubzwingen zusammengehalten war.

Man sah, dass Kaoru gerade noch an der Werkbank gearbeitet hatte. Die Springer in der Kaffeedose. Vogelfedern in einem Honigglas. Mitten auf dem Tisch lagen ein halb fertiger Springer, ein Cutter, ein Pinsel und Holzspäne. An ihrem Schal, der über der Stuhllehne hing, schien noch ihre Körperwärme zu haften.

Dona lag bäuchlings vor dem Ofen und schlief. Er hatte sich wohl erkältet, denn ab und zu wachte er von seinem eigenen Niesen auf, schlief jedoch sogleich wieder ein, nachdem er sich überrascht umgeschaut hatte. Auf dem Boden hatte sich eine kleine Speichelpfütze gebildet.

»Sie waren für mich da. Ich habe Sie gebraucht«, sagte ich, ohne Dona aus den Augen zu lassen.

Seine heraushängende Zunge, die auf den Vorderpfoten lag, glänzte scharlachrot. Zum ersten Mal fiel mir auf, was für eine hübsche Zunge er hatte.

»Sie müssen sich nicht entschuldigen«, kam ich Nitta zuvor, der gerade etwas sagen wollte. »Und Sie brauchen mich nicht zu trösten.«

Dabei war mir eigentlich klar, dass er keine Entschuldigung auf den Lippen hatte. Wir wussten beide, dass wir das nicht nötig hatten. Und dennoch wehrte ich mit dieser fadenscheinigen Bemerkung seinen Einwand ab, der sich in die Erinnerung an unsere gemeinsamen Nächte hineindrängte.

»Ich frage mich, ob ich Ihnen tatsächlich eine Zuflucht bieten konnte«, sagte Nitta so leise, als würde er ganz behutsam jedes einzelne Wort aus der Tiefe seines Herzens schöpfen.

»Ja, das haben Sie. Über alle Maßen.«

Die kleinen, reifbedeckten Birkenzweige zitterten. Über dem gefrorenen Teich wirbelten die Schneeflocken. Aber das Brausen des Windes drang nicht ins Zimmer, wo nur das Feuer hörbar knisterte. Dona nieste abermals und schaute zu mir herüber, während ihm Sabber aus der Schnauze lief.

Er blinzelte ein paar Mal, als wollte er mir schuldbewusst zu verstehen geben: »Ich versuche mich gerade an deinen Namen zu erinnern, aber es gelingt mir nicht. Was ist bloß mit mir los?« Und dann war er gleich schon wieder eingeschlafen.

»Diese sechs Buchstaben werden fortan für immer zum Klang meines Cembalos gehören. Niemals werden sie erlöschen.«

Nach diesen Worten zog er die Schublade seiner Werkbank heraus und legte den Papierbogen vorsichtig hinein, damit er nicht knickte.

»Ich kann Sie begleiten«, bot er mir an.

»Nein, das ist nicht nötig«, gab ich zurück.

»Bei dem Schneesturm kann man doch kaum etwas erkennen.«

»Es ist doch noch Tag, und außerdem ist es nicht so weit weg, dass man sich verlaufen könnte.«

Ich zog meinen Mantel an und wickelte mir den Schal um.

»Es würde mir nichts ausmachen. Ich bin gerade mit der Arbeit fertig.«

»Danke, das ist sehr nett, aber es geht schon. Mir ist es lieber, ich gehe allein. Arbeiten Sie ruhig weiter, bitte!«

Ich merkte, dass es mich zum Aufbruch drängte. Der Moment, wo ich sie verlassen musste, war gekommen. Ich hatte mich lange genug ausgeruht im Schutz des Cembalos.

»Kaoru hat mir erzählt, dass Sie Weihnachten in Tokio verbringen«, sagte er.

»Ja, übermorgen fahre ich zu meiner Familie.«

»Sie bedauert es sehr.«

»Fährt sie denn nicht nach Nagasaki?«

»Nein, sie bleibt hier während der Feiertage. Zu Weihnachten backt sie einen Kuchen, dann gibt es Geschenke, und später gehen wir in die Kirche. Sie hat mir sogar die Gebete beigebracht. Danach spielt sie auf dem Cembalo. So haben wir es auch das letzte Mal gehalten. Und dieses Jahr wird es nicht anders sein.«

»Dann wünsche ich Ihnen frohe Festtage!«

Ich setzte die Kapuze auf und zog die Handschuhe an. Der Schal hatte sich wieder gelöst, also wickelte ich ihn fester um den Hals.

Schwache Sonnenstrahlen drangen durch ein aufgerisse-

nes Wolkenloch und schienen für einen kurzen Augenblick auf den zugefrorenen Weiher, bis der Wind die gesamte Umgebung wieder im Grau versinken ließ. Am Ufer des Sees türmte sich unberührter Schnee.

Was werden sie sich wohl gegenseitig schenken? Welche Stücke wird Kaoru am Cembalo spielen? Sie haben bestimmt eine schöne Zeit miteinander. Ganz ungestört, inmitten des verschneiten Waldes. Niemand wird dorthin kommen, weder der Postbote noch ein Handelsvertreter und auch keine Touristen. Einzig Dona darf bei ihnen sein.

Den angeschnittenen Kuchen und die benutzten Teller lassen sie in der Küche stehen. Im Spülbecken liegen noch die Backutensilien: der mit Sahne verschmierte Schneebesen, die Teigschüssel, der Messlöffel. Der Boden ist mit Mehl bestäubt.

Unaufhörlich rieselt der Schnee. Er bedeckt das Grab des Cembalos ebenso wie den Grillplatz und verstopft die Fenster. Die beiden werden zunehmend eingeschneit, so sehr, dass sie fürchten müssen, unter den Schneemassen begraben zu werden, wenn sie nichts dagegen unternehmen.

Der Heiligabend, die längste Nacht im Jahr, will einfach nicht vorübergehen.

Auf dem Wohnzimmertisch flackern weiße schmucklose Kerzen. Kaoru spielt auf dem Cembalo. Das Notenheft ist aufgeschlagen. Hin und wieder verspielt sie sich. Aber die Musik verklingt nicht.

Nur Nitta hört ihr zu. Er allein auf der ganzen Welt. Denn Donas altersschwache Ohren sind fast taub.

Ich frage mich, ob sie schon seit Ewigkeiten auf diese Weise das Weihnachtsfest begehen, lange vor meiner Ge-

burt? Und ebenso stelle ich mir vor, dass sich diese Szene auch fortan genauso abspielen wird, bis in alle Ewigkeit, wenn ich längst tot bin.

Während mir nur wenig Zeit zum Leben verbleibt, hausen sie in ihrem einsamen Nest am Rande der Welt, wo die Zeit nicht vergeht.

»Sie kommen doch bald wieder, oder?«, fragte mich Nitta.

»Hm ... Ich habe eigentlich vor, für eine Weile dort zu bleiben.«

»Ach so?«

»Ich muss mich auf meine neue Arbeit vorbereiten. Ich bekomme Material aus England, das ich sichten muss, und ich muss mich um den Unterrichtsstoff kümmern, verschiedene Leute treffen, meinen Vertrag unterzeichnen, Anträge stellen, es gibt viel zu tun.«

Ich zählte die bevorstehenden Aufgaben an meinen Fingern ab, die schon in Handschuhen steckten.

»Das ist eine ganze Menge.«

»Während ich mich hier vergraben habe, kam es mir so vor, als würden sich die Dinge so rasch weiterentwickeln, dass ich den Anschluss verliere.«

Mit gesenktem Kopf knöpfte ich mir den Mantel zu.

Es stand fest. Der Kaufvertrag war unterschrieben. Damit war besiegelt, dass ich das nächste Mal, wenn ich herkam, das Landhaus an einen neuen Besitzer übergeben würde. Trotzdem erwähnte ich dies mit keinem Wort, sondern tat so, als würde ich auch in Zukunft mit ihnen Bootstouren unternehmen, gemeinsam zu Abend essen oder einen Spaziergang zur Baumhöhle machen.

Ich wusste, dass ich eines Tages dieses Refugium am Rande der Welt verlassen würde. Ewig hätte ich hier nicht Unterschlupf finden können. Das war mir immer klar gewesen. Es bedurfte keiner besonderen Abschiedszeremonie. Es reichte, wenn ich still und leise fortging, ohne sie weiter zu behelligen.

Vielleicht würden die beiden auf mich warten. Aber sie wären über meine lange Abwesenheit bestimmt nicht verwundert, und sie würden mich auch nicht vermissen und mir schon gar nicht hinterherlaufen. Denn die Wogen der Zeit gelangten nicht an diesen Ort, wo die beiden verharrten.

»Ich wünsche dir gute Besserung, Dona!«

Ich hob ihn hoch und drückte ihn an mich. Erstaunt wedelte er mit dem Schwanz und verdrehte seine joghurtblauen Augen, als wollte er sagen: »Pardon, aber ich kann dich nicht begleiten.«

»Schon gut. Gönn' dir eine Ruhepause, damit du wieder durch die Gegend flitzen kannst, wenn Kaoru mit dir schimpft.«

Dona gab ein Fiepen von sich und schloss die Augen. Ich schmiegte meine Wange an sein Fell, bevor ich ihn auf seinem Platz am Ofen absetzte.

»Wollen Sie wirklich alleine gehen?«

Ich nickte.

»Wenn Sie wiederkommen, ist das Namensschild bestimmt fertig. Sie sollten es als Erste sehen.«

»Das wäre eine große Ehre.«

»Ich freue mich auf das Cembalo, es wird ein herrliches Stück werden.«

»Ja, da bin ich mir sicher.«

Ich öffnete die Tür. Die Schneeflocken wirbelten um meine Beine. Der auf der Werkbank ausgebreitete Bauplan raschelte.

»Passen Sie auf sich auf!«

»Bitte grüßen Sie Kaoru von mir!«

»Das mache ich.«

»Auf Wiedersehen!«

Nitta winkte mir nach, während ich durch den Schnee stapfte.

15

Zwei Monate habe ich in Tokio verbracht. In dieser Zeit habe ich jegliches Zeitempfinden verloren. Alles wurde von einem hoffnungslosen Gefühl von Verlust beherrscht. Wie gelähmt kauerte ich im Haus, aus dem mein Mann bereits mit seinen Habseligkeiten ausgezogen war. Schon die geringste Bewegung zerrte an meinen Nerven, versetzte meinen Kummer in Schwingung, verstärkte mein Leid.

Ich gehörte zu nichts und niemandem. Ich war ganz allein auf der Welt. Weitaus einsamer als vor meiner Begegnung mit ihnen.

Wenn es etwas gab, das mir Trost spenden konnte, dann war es der Wald, in dem Nitta lebte. Wenn wenigstens das Cembalo und Dona bei mir wären. Wann immer ich diesen sehnsuchtsvollen Gedanken fasste, wurde mir sogleich seine Absurdität bewusst. Denn gerade sie waren ja der Grund dafür, weshalb ich mich so alleingelassen fühlte.

Sie waren genau wie ich in die Welt des Cembalos geraten. Nitta mit Fingern, die unfähig waren, Klavier zu spielen, und Kaoru mit ihrem blutbesudelten Seeungeheuer im Gepäck. Sie beide haben im Wald Zuflucht gefunden, um dort gesund zu werden. Der einzige Unterschied zu mir bestand darin, dass sie länger blieben.

Während ich mich zurückzog, veränderte sich die Welt um mich herum.

Als Erstes willigte ich nun auch offiziell in die Scheidung ein. Als mir die Antragsformulare vom Anwalt zugeschickt wurden, hatte mein Mann sie bereits in seiner akkuraten Handschrift ausgefüllt. Das Papier war makellos glatt, kein einziger Tintenfleck, kein einziges Eselsohr war zu sehen. Ich füllte einfach die gleichen Rubriken aus wie er. Es war kinderleicht.

Meine Schwester besorgte mir eine neue Wohnung. Da ich nicht die Energie aufbrachte, mich selbst um eine neue Bleibe zu kümmern, wälzte ich die Suche auf sie ab. Mir sollte alles recht sein. Es würde ganz gewiss die kleinste Behausung werden, in der ich jemals gelebt hatte. Deshalb deponierte ich den größten Teil meiner Möbel, die ich nicht mitnehmen konnte, im Schuppen unseres Elternhauses.

Die ehemalige Hellseherin war plötzlich verstorben. Ich erfuhr, dass ihr eine Ader im Gehirn geplatzt und sie auf der Toilette zusammengebrochen war. Sie war sofort tot. Im hohen Alter von fünfundneunzig Jahren war sicher damit zu rechnen gewesen, aber die Nachricht machte mich dennoch traurig, da es ausgerechnet einen Tag vor ihrer Geburtstagsfeier geschah, also genau zu dem Zeitpunkt, als ihre Memoiren fertig wurden. Der Veranstaltungssaal wurde unverzüglich für einen Leichenschmaus umgestaltet, und die eingeladenen Gäste mussten ihre Abendgarderobe gegen Trauerkleidung eintauschen.

Die von mir transkribierten Memoiren zierten die Mitte des Altars. Ich rief mir die Schlusspassage ins Gedächtnis:

»Ich bin zutiefst erstaunt und bewegt, dass ich ein Leben mit allen Höhen und Tiefen führen durfte. Die Aufzeichnung meiner Erinnerungen war ein sehr anstrengendes Unterfan-

gen, denn ich habe jeden Augenblick meiner Existenz noch einmal erlebt. Wenn es etwas gibt, das mir noch fehlt, wäre es eine Reise in den Himmel. Etwas anderes fällt mir nicht ein.«

Das war nun geschehen.

Das Landhaus übergab ich den neuen Besitzern, einem älteren Ehepaar. Der Mann hatte für eine Ölfirma gearbeitet und war inzwischen Rentner. Dem jungen Paar mit der geschwätzigen Frau und dem unwirschen Mann war die Terrasse zu klein und die Kücheneinrichtung zu altmodisch gewesen.

»Ich bitte Sie inständig, den neuen Eigentümern mitzuteilen, dass sie keinesfalls den Aprikosenbaum im Garten fällen sollen. Versprechen Sie mir das!« Immer wieder hatte meine Mutter den Immobilienmakler beschworen.

Für mich hatten all diese Begebenheiten keine Bedeutung. Es war nichts weiter als der banale Lauf der Zeit.

Es war Anfang März, als ich das letzte Mal den Wald aufsuchte, um das Haus auszuräumen. Die alten Eheleute wollten die Sitzgarnitur, die Bücherregale und das Bett übernehmen. Obwohl die Möbel schon alt und aus der Mode waren, beteuerten sie, dass sie ihrem Geschmack entsprächen und ein größerer Umzug für sie zu beschwerlich wäre.

Für den Rest hatte ich einen Trödelhändler gefunden, abgesehen von den Dingen, die der Grashüpfer gebrauchen konnte. Solange der Schnee nicht geschmolzen war, konnte jedoch nichts abtransportiert werden. Aber das sollte kein Problem darstellen, da die neuen Besitzer erst nach den Instandsetzungsarbeiten im April einziehen würden.

Ich würde wahrscheinlich nicht mehr erfahren, inwieweit sie das Haus renovierten. Ob neu tapeziert und damit die helle Stelle über der Stereoanlage, wo das Stillleben gehangen hatte, verschwinden würde. Ich dachte an die erlegten Turteltauben neben dem Maiskolben ohne die geringste sentimentale Anwandlung.

Vielleicht ließen sie auch die Terrasse erneuern. Dann würde der Katzendämon sicher nie mehr maunzen. Ich hätte ihn gerne noch einmal gehört, aber die Dielen waren von Schnee bedeckt, sodass ich nicht direkt drauftreten konnte.

Der Wald lag ebenfalls noch unter einer dichten Schneedecke, während die Farbe des Himmels bereits den Frühling ankündigte. Das Wetter war außergewöhnlich schön, und die Kuppen der Bergkette traten deutlich hervor. Das Geländer auf der Terrasse, die Torpfosten und das Dach des Schuppens waren zugeschneit. Wenn man durch die Eiszapfen, die von der Traufe hingen, auf die Umgebung blickte, war alles leicht verzerrt und schimmerte bläulich.

Von der anderen Seite dieser verwunschenen Welt sah ich Kaoru herbeieilen. Sie hatte sich eine orangefarbene Wollmütze tief ins Gesicht gezogen und den Schal zweimal um den Hals gewickelt. Unter der aufgeplusterten Daunenjacke war sie schlank wie eh und je. Bei jedem ihrer Schritte tanzte die Bommel auf ihrer Mütze.

Sie winkte, als sie mich am Fenster stehen sah. Ihre Wangen waren gerötet. Synchron zur Bewegung ihrer Schultern pufften weiße Atemwölkchen aus ihrem Mund. Obwohl sie mir zulächelte, waren ihre Wimpern tränenbenetzt, vermutlich wegen der eisigen Luft.

Es war Kaoru, die mich einst zum Haus der Cembalos gebracht hatte. Und immer war sie es gewesen, die mich hier aufsuchte.

»Oh, zum Glück komme ich noch rechtzeitig.«

Sie holte tief Luft.

»Sie haben einen guten Riecher.«

»Ich habe die Fußspuren auf dem Pfad entdeckt. Und da wusste ich sofort, dass Sie es sind, Ruriko. Ich habe mir nämlich die Abdrücke ihrer Stiefel gemerkt«, erklärte sie stolz. »Das Cembalo ist mittlerweile fertig. Es hat einen wunderbaren Klang. Und auch die Intarsie mit dem Namenszug sieht großartig aus. Ich warte schon die ganze Zeit darauf, es Ihnen zeigen zu können. Morgen ist der Liefertermin. Dann werden wir es dem Musiker übergeben.«

Letzten Endes gelang es mir nie, ihr gram zu sein.

»Wir wollen die Fertigstellung feiern. Sie stoßen doch zu uns, oder? Herr Nitta erwartet sie. Wir wollten gerade anfangen, da habe ich zufällig Ihre Spuren im Schnee entdeckt. Die Götter haben Sie uns geschickt. Also, machen wir uns auf den Weg? Es ist ganz leicht, wir brauchen nur in meinen Spuren zurückzulaufen. Kommen Sie, ziehen Sie sich einen Mantel über!«

Das Cembalo war tatsächlich perfekt. Es stand in der Mitte des Wohnzimmers. Der Widerschein des Schnees tauchte es in ein gleißendes Licht.

Das Marmormuster des Gehäuses verlieh ihm die stattlich kühle Ausstrahlung eines steinernen Gebildes. Wenn man jedoch ins Innere schaute, sprangen einem sofort die le-

bendigen Farben ins Auge, die sich auf dem Resonanzboden entfalteten. Dort blühten Tulpen und Maiglöckchen, es zwitscherte ein Vogelpärchen, Schmetterlinge flatterten umher. Die polierte Oberfläche fühlte sich an wie Samt, man vergaß fast, dass sie aus Holz bestand. Am besten gefielen mir die in Bögen verlaufenden Seitenwände des Cembalos. Sie besaßen eine eigentümliche Formgebung, die in mir den unwiderstehlichen Drang wachrief, über die Kanten zu streichen. Behutsam ließ ich meine Finger die Linien entlanggleiten. Ich hatte Angst, wenn ich es zu ungestüm anfasste, könnte ich die Zeremonie zu Ehren des fertiggestellten Instruments verderben.

Die Innenseite des Deckels war mit gemasertem Papier ausgekleidet, die Umrandung des Manuals zierte eine Bordüre mit Seepferdchen. Die Tasten, die bisher niemand außer Nitta und Kaoru berührt hatte, lagen wohlgeordnet nebeneinander.

Zu guter Letzt betrachtete ich das Namensschild. Hinter der Klaviatur war die Plakette mit dem von mir entworfenen Schriftzug Y. NITTA eingelassen. Sie wartete geduldig auf das Erklingen der Töne.

Ich ging noch einmal um das Cembalo herum. Nitta und Kaoru standen in der Ecke und verhielten sich still. Aus welcher Perspektive ich es auch betrachtete, ich konnte keine Unstimmigkeiten entdecken. Alle Komponenten befanden sich in einem wunderschönen, harmonischen Gleichgewicht: das Gestell mit dem Gehäuse, die Geradlinigkeit der straff gespannten Saiten und die Bögen der Rosette, die weißen und die schwarzen Tasten, die golden schimmernden Arabesken und die Schatten auf den drei geschwungenen

Standbeinen. Das war nichts weniger als Nittas und Kaorus Welt, die hier zur Enfaltung kam.

Als ich nach der Besichtigungsrunde wieder vor dem Instrument angelangt war, drehte ich mich zu den beiden um. Sie standen so dicht beieinander, dass ihre Schultern sich berührten. Nitta nickte mir zu. Ich legte den Finger auf eine weiße Taste in der Mitte des Manuals. Die Schwingung der Saite übertrug sich auf meine Fingerkuppe. Dieser eine Ton gelangte zu ihnen wie ein Wort, das ich an sie richtete. Kaoru erwiderte es mit einem Lächeln.

»Dann lasst uns mit der Feier beginnen«, schlug Nitta vor.

»Ja, fangen wir an«, stimmte ihm Kaoru zu.

»Haben wir auch nichts vergessen? Gläser, Teller, Servietten, Gabeln … Ach ja! Wir müssen Dona holen! Wir brauchen doch Publikum und dürfen unseren Ehrengast nicht vergessen.«

Dona lag in seinem Karton, eingewickelt in seine Decke. Er konnte sein Schlaflager nicht mehr verlassen. Er hatte sich von der Erkältung, die er sich im Winter zugezogen hatte, nicht mehr erholt und war völlig entkräftet, da er sein Futter nicht mehr herunterschlucken konnte. Kaoru stellte den Karton an den sonnigsten Platz neben den Tisch.

Als ich Dona begrüßte, kam nur ein kurzes Schnaufen zurück, wobei er die Augen verdrehte. Sie schimmerten feucht, als sei etwas unbeschreiblich Trauriges passiert und als könnte er seine Tränen kaum noch zurückhalten.

Er war sehr schwach. Seine Sehkraft hatte weiter abgenommen, auf seinem Rücken traten die Knochen hervor und sein Kiefer war vollkommen kraftlos.

»Jeden Tag kommt ein Tierarzt aus der Nachbarschaft vorbei, der ihm eine Aufbauspritze gibt, aber das geschieht eigentlich nur zur Gewissensberuhigung«, sagte Kaoru, die ihre Hand auf Donas keuchenden Brustkorb gelegt hatte.

»Er ist nun mal altersschwach, dagegen kann man nichts machen. Aber heute scheint er relativ gut in Form zu sein. Die Sonne wärmt ihn, genau wie das Wiedersehen mit Ihnen.«

Nitta wickelte ihn gut ein. Dona rieb seine Schnauze an der Decke und schloss die Lider, nachdem er den Geruch geprüft hatte.

Nitta schob die Verandatür auf und holte eine der beiden Weißweinflaschen ins Zimmer, die zum Kühlen im Schnee standen. Er entkorkte sie und wir stießen miteinander an. Die Schneeflocken auf der Flasche schmolzen sofort und Wassertropfen perlten an ihr herab.

Kaoru setzte sich ans Cembalo und legte die Finger auf die Tasten. Nitta und ich nahmen neben Dona Platz. Das neue Instrument und Kaorus Silhouette ergänzten sich prächtig. Unter dem stattlichen schwarzen Gestell wirkten ihre Beine noch zierlicher als sonst, während ihre makellosen Finger mit dem Weiß der Tasten zu verschmelzen schienen. Der Pullover, den sie trug, und das Papier, das die Innenseiten des Gehäuses auskleidete, waren von dem gleichen tiefen Grün.

Sie spielte Bach. Zuerst *Aria*, gefolgt von der *Sinfonie Nr. 5 in es-Dur* und im Anschluss das *Italienische Konzert*.

Ich dachte an den Tag zurück, als ich zum ersten Mal ihrem Spiel gelauscht hatte. Damals fielen durch das Bleiglas der Dachluke, die jetzt mit Schnee bedeckt war, bunte Lichtreflexe auf ihre Füße. Ich kannte die beiden kaum, hatte nie

von einem der Stücke gehört und wusste nicht, dass ich mich verlieben würde.

Die Töne des Cembalos erschienen mir auch jetzt völlig entrückt, als würden sie aus unerreichbarer Ferne zu mir dringen. Es war kaum zu glauben, dass sie aus dem kleinen Kasten vor meinen Augen stammten. Ich hatte den Eindruck, dass der wahre Ursprung dieser Klänge sich am Rande des Universums befindet und Kaoru lediglich Signale empfing. Sie dechiffrierte den geheimen Code, der sich im Inneren des Instruments verbarg.

Nitta schrieb den Titel von jedem Stück auf einen Zettel. Liebevoll glitt sein Füllfederhalter über das Papier, als wäre Kaoru selbst dieser Titel.

Am Ende des dritten Stücks applaudierten wir. Kaoru stand auf, um sich zu verbeugen. Danach stießen wir erneut an und aßen Cracker, die mit Roquefort und Kaviar belegt waren.

Die Tafel war mit vielfältigen Speisen gedeckt.

»Wir essen jedes Mal zwei Teller, wenn ich drei Stücke gespielt habe«, schlug Kaoru vor.

»Gut, aber wenn du dich nur einmal verspielst, musst du eine Runde aussetzen«, antwortete Nitta.

»Wie gemein Sie sind! Nun gut, einverstanden. Ich glaube kaum, dass ich mich auf diesem wunderbaren Cembalo verspielen werde.«

Nach den drei Kompositionen von Bach hörten wir Couperin. *Les Roseaux*, *Le Gentil Mal d'amour*, *Les Petits Moulins à vent*. Dafür gab es Schinken und Melone. Dann folgte Duphly: *Menuett in d-Moll*, *La Du Buq*, *Allemande*. Roastbeef und Krabbencocktail. Purcells *Menuett in a-Moll*, *Ron-*

do in d-Moll, *Ground in c-Moll*. Noch ein Glas Wein und Schokolade zum Dessert.

Kaoru spielte ein Stück nach dem anderen. Im gleichen Rhythmus notierte Nitta die Titel, ohne zu zögern und aus dem Gedächtnis. Dem Cembalo, das vor mir stand, konnte man die schönsten Melodien entlocken.

Das Schilf wogte im Wind, die Flügel der Windmühle drehten sich beschwingt, das Menuett war mit kleinen Verzierungen geschmückt, das Rondo ließ einen wehmütigen Nachklang zurück. Manche Stücke versanken im Schnee. Andere schlugen vor uns Wellen, wiederum andere wisperten traurige Worte.

Der Klang des Cembalos drang in die Tiefen meines Herzens vor. Langsam füllte er jene Finsternis, wo weder Licht noch Sprache hingelangten. Ohne sich wieder zu verflüchtigen. Er blieb dort bis in alle Ewigkeit.

Dona ließ sich nicht blicken, er lag immer noch eingewickelt in dem Karton. Er begnügte sich damit, hin und wieder den Deckenrand abzulecken oder sein Stummelschwänzchen zu bewegen. Wenn man glaubte, er sei eingeschlafen, röchelte er plötzlich, um einen Schleimpfropfen aus seiner Kehle zu spucken. Danach gab er ein leises Fiepen von sich.

Er störte jedoch nie das Konzert. Trotz seines desolaten Zustands benahm er sich dem Cembalo gegenüber zurückhaltend und höflich.

Jedes Mal, wenn Kaoru ein neues Stück begann, zitterten seine Ohren, als würde er ihr damit signalisieren, dass er aufmerksam zuhöre. In seinen Ohren schien noch der meiste Lebensgeist zu stecken. Sie waren aufmerksam gespitzt, dreieckig und in der Innenseite pfirsichfarben.

Wäre Dona in einem besseren Zustand gewesen, hätte er mich sicher aufgeregt begrüßt. Mit dem Geruch des Festmahls in der Nase wäre er hektisch hin und her gelaufen, um etwas davon zu ergattern, was Kaoru zum Anlass genommen hätte, ihn zu schelten. Aber von klein auf war er angehalten worden, sich von Cembalos fernzuhalten. Er leckte nicht daran, und er knabberte auch nicht daran herum.

Zu Beginn des Konzerts hätte er seine Schnauze auf mein Knie gelegt, mit einem herzzerreißenden Blick um einen Leckerbissen gebettelt und auf meine Hose gesabbert.

In der Pause nach jedem dritten Stück nahm Kaoru eine Pipette und flößte Dona etwas Milch ein. Dann überließ sie mir es, ihn zu füttern. Nitta ging mir dabei zur Hand. Wir alle wollten Dona helfen. Wenn ein Tropfen auf seiner Zunge landete, schaute er hilflos zu uns empor, als wollte er sich für seinen misslichen Zustand entschuldigen. Dann versuchte er mit aller Macht, den Tropfen herunterzuschlucken, aber es gelang ihm nicht.

Am Ende lief alles auf seine Decke.

Wir seufzten. Dona machte sich noch kleiner, als würde er sich deshalb schämen. Kaoru spielte seine Lieblingsstücke. Es waren diejenigen, bei denen er, als er noch jung war, beim Herumtollen innegehalten hatte, um ihnen zu lauschen: *Les Tourbillons*, *La Puce*, *Le Rappel des Oiseaux*.

Die Sonne schien unverändert hell und gelangte in jeden Winkel des Waldes. Kaorus und meine Fußspuren waren noch deutlich sichtbar. Der strahlende Schnee sah ganz zart und weich aus. Die gesamte Szenerie bestand nur aus einem einzigen hellen Weiß. Man konnte nicht erkennen, wohin der gewundene Pfad führte, und auch die Böschung war

komplett unter Schnee begraben. Das Dorf, der Grashüpfer und sogar das Landhaus lagen in weiter Ferne.

Nitta hielt die Augen geschlossen. Eine Hand lag zwischen der Pralinenschachtel und dem Füllfederhalter, die andere ruhte auf seinem Knie. Seine Aufmerksamkeit galt allein dem Cembalo. Und Kaoru, die einen Geheimcode nach dem anderen dechiffrierte und für ihn zum Klingen brachte. Es gab kaum noch eine freie Stelle auf dem Zettel mit ihrem Repertoire.

»Das letzte Stück dürfen Sie sich aussuchen, Ruriko. Ich spiele alles, was Sie wollen«, forderte Kaoru mich auf.

Ich wünschte mir *Les Tendres Plaintes* und streichelte Donas Rücken.

Ich versuchte nachzurechnen, wie oft ich dieses Stück bereits gehört hatte, aber es gelang mir nicht. Ich hatte gleichzeitig das Gefühl, dass ich es noch viel öfter hören wollte und dass ich es längst kannte, bevor ich hierher kam.

Auf alle Fälle würde es mein letzter Wunsch sein, den ich an die beiden richtete. Es würden die letzten Töne sein, die sie mir schenkten.

Kaoru legte ihre Finger auf die Tasten.

16

Seit jenem Tag hörte ich das Cembalo mit der Gravur Y. NITTA nur noch ein einziges Mal – in einem Konzertsaal in Tokio.

Der neu eröffnete Saal hinter dem Sportstadion war sehr gelungen. Als ich meinen Platz einnahm, stand das Cembalo bereits auf der Bühne. Als Dekoration diente eine einfache Vase mit roten und gelben Gerbera.

Die grelle orangefarbene Beleuchtung brachte die Bühne voll zur Geltung. Die Lehne des Stuhls, der Resonanzboden, die Saiten, die Vase, alles funkelte in diesem Licht.

Anfangs konnte ich gar nicht glauben, dass es sich tatsächlich um dasselbe Cembalo handelte. Es sah aus wie ein anderes Instrument. Damals hatte wegen des vielen Schnees ein milchiges Licht den Raum erfüllt. Und anstatt einer Blumenvase gab es nur Teller mit Kaorus Lieblingsspeisen.

Aber es war zweifellos Nittas Cembalo. Von den äußeren Konturen bis hin zu den kleinsten Details bei den Ornamenten entsprach alles genau meiner Erinnerung.

Ich hatte das Glück, von meinem Platz aus direkt auf das Namensschild schauen zu können. Natürlich war der Schriftzug Y. NITTA mir besonders in Erinnerung geblieben.

Schließlich wurde es im Zuschauerraum dunkel und der Interpret betrat die Bühne. Es war ein seltsamer, befremd-

licher Anblick, jemand anderen als Kaoru vor dem Manual sitzen zu sehen. In meinen Erinnerungen an den Wald war es immer nur sie gewesen, die Cembalo gespielt hatte. Vielleicht hatte ich mir die ganze Zeit über eingebildet, es handle sich um ein einzigartiges Instrument, das die Götter nur den beiden zugedacht haben.

Die Töne von Nittas Cembalo klangen tatsächlich wie aus einer fernen Welt. Das zu hören beruhigte mich. Ich schloss die Augen, legte meine Arme auf die Stuhllehnen und ließ mich tief in den Sitz sinken. So rückte alles, was um mich war, in den Hintergrund und verblasste: das blendende Licht, die Anwesenheit des Publikums, die aufdringlichen Farben der Gerbera. Ich lauschte nur noch den Klängen des Instruments.

Wie viele Cembalos mochten sie seit meiner Abreise hergestellt haben? Die Hölzer ausgesucht, mit der Schleifmaschine bearbeitet, glatt gehobelt und die Nuten gefräst. Die Bretter gebogen, den Leim geschmolzen, die Teile zusammengefügt. In der Werkstatt fertigte Nitta das Manual und den Steg, Kaoru die Rosette und die Springer. Am Ufer des Weihers flatterten die Schmetterlinge herum, in der ausgehöhlten Ulme waltete Finsternis, auf dem See schaukelten sanft die Boote. Alles war wie immer. War ein Cembalo fertig, übernahm Nitta das Stimmen, und Kaoru spielte darauf, um den Klang zu überprüfen. Oder Nitta spielte selbst, weil ich nicht in der Nähe war. Dona tollte derweil herum. Und Kaoru spielte die drei Stücke, die ihm gefielen.

Plötzlich ertönte tosender Applaus. Die Zuschauer wollten gar nicht aufhören zu klatschen. Schließlich standen sie aber doch auf und machten sich zum Aufbruch bereit.

Auf der Bühne stand nur noch das Cembalo. Der Interpret hatte bis zum Schluss nicht das Stück gespielt, *Les Tendres Plaintes* – die zärtlichen Klagen.

YOKO OGAWA, geboren 1962, gilt als eine der wichtigsten japanischen Autorinnen der Gegenwart. Für ihr umfangreiches Werk wurde sie mit zahlreichen namhaften Literaturpreisen ausgezeichnet.

Bei atb liegen von ihr vor: »Das Geheimnis der Eulerschen Formel«, »Das Museum der Stille«, »Schwimmen mit Elefanten«, »Liebe am Papierrand«, »Hotel Iris« und »Der Herr der kleinen Vögel«.

Tief verletzt durch die Untreue ihres Mannes, flieht die Kalligrafin Ruriko aus Tokio und zieht sich in ein einsam gelegenes Landhaus zurück. Sie will dort Ruhe finden, um die Transkription der Lebenserinnerungen einer englischen Dame abzuschließen. Bald schon lernt sie ihre neuen Nachbarn kennen. Nitta war früher ein bekannter Pianist und widmet sich nun dem Bau von Cembalos. Dabei geht ihm eine junge Frau namens Kaoru zur Hand, die er als seine Assistentin vorstellt. Von ihr erfährt Ruriko, dass Nitta nicht mehr vermag, in der Gegenwart anderer Klavier zu spielen. Die Kaligrafin fühlt sich zu Nitta hingezogen, dennoch spürt sie, dass zwischen ihm und seiner Assistentin unsichtbare Bande bestehen, die stärker sind als das, was Nitta für sie empfindet.

In ihrer unverwechselbaren, poetischen Sprache erzählt Yoko Ogawa die Geschichte einer Frau auf der Suche nach einem Neuanfang.

»Ein sehr intimes Buch über die Unbezwingbarkeit des Glücks.«
EMOTION

Yoko Ogawa

Zärtliche Klagen

atb aufbau taschenbuch